錦繡芳華 1

風文創 121

粉筆琴 著

目錄

自序

小時候，總愛想像古代的女子是怎樣的一種生活，以及她們的世界存在著怎樣的追求。

為此，年幼的我，曾經裹著床單在披帛裡模仿著她們的衣袂翩翩，揣摩著一份悠然的寫意。

再大一些，開始讀書，於傳承的文字裡，找尋著接近的答案。

但所有知道的能夠拼湊的一切都是模糊的，是有些距離的，是隔著歲月長河的。

可心有所念，便放不下，在開始寫文，寫下一個個故事的時候，就再極力的去憧憬、去描繪，但大多的時候，側重於那些纏綿悱惻的愛情時，卻讓筆下的女子看不到成長的痕跡。

於某一個午後，坐在街邊竹椅上的我，正慵懶享受著手邊一杯香茗和蜀地難得的陽光，卻在難得聆聽到的琴弦五音下，恍若看到了一個溫婉娟秀的女子正在小心翼翼的邁步，謹慎的勾勒與織就著自己的錦繡人生。

於是一發不可收拾的，我開始了無盡的幻想，幻想著一個在類似明朝時代的女子，生活在家族名譽下，生活在那個舊時代下，如何步步錦繡，寫意人生。

而對於古代的世家這種唐代之後就消失的階層，我也有自己的想像與心動。

所以，我用一個架空的朝代，把他們大膽的糅合在了一起，我想要寫出一個古代女子在各種制約下的生存狀態，一面還原歷史的殘酷，讓她們這種被壓迫的社會階層展現出來，一面又去寫出她們在這種環境裡，在限制的空間裡尋找著自己的價值。

我也想要寫出一個世家外表的風華下，看不見的血淚付出。顯赫的世家，在歷史篇章上，那麼的不可一世，獨特的資源與地位，超越的存在，都是那麼的迷人，可依然的，耀眼的燭火之後，有不可或缺的陰影。

我迫不及待的把他們放在一起，寫一個完美的男人用睿智扛下重擔，只把內心的真實釋放給愛人，寫一個迷茫的女子找尋到屬於自己的人生之路。

於是，下筆之後的我，隱約間，心頭總有那麼一個謹慎的女孩子，惴惴不安的想要成為一個驕傲，她用自己的謹言慎行，用自己的成長獲得了一份尊重的愛情。

所以，我很慶幸我寫了這個故事，講述心間的她如何步步芳華，如何成就自己的錦繡。也更慶幸的是很多讀者對它的喜愛，讓我內心更加充實與快樂。

感謝狗屋給了它與大家相伴的機會，也感謝起點女生網為它提供的平臺，更感謝那些和我一樣，反省與學習著待人接物，以及願意回頭去看成長之路，力求讓自己更加精彩的讀者，謹慎與熱愛著我們的時時刻刻，走上那條錦繡之路，成就我們自己的美麗芳華。

我筆寫我心，誠摯感謝你們的支持，希望你們喜歡這個故事。

粉筆琴

二零一三年八月於成都

第一章 重生

天陰沈沈的，暑日的熱氣盡數悶在空中，似在心口上壓了重物一般，教人沒有半點爽利。

林府的前後府門緊閉著，內裡的二門處卻掛起了白練，但奇怪的是，來來往往的府中人，雖身戴白花，束了素帶，卻沒瞧見一個哭天抹淚的，都只是神情有些艾艾。

明秀堂內置著一口漆木棺材，此時不少丫頭婆子正在那裡擺放供品，點上素香，更有兩、三個低聲抽泣的丫頭婆子跪在棺材前燒著紙錢。

忽而有丫頭低低喚了一聲「老太太來了」，靈堂內的人立刻規矩的羅列兩旁，只剩下那幾個燒著紙錢的還跪在棺材前。

不多時，一個顫巍巍的老嫗被兩個丫頭架著走了進來，繼而跟進一眾婦人，皆是素服白花的打扮，雖個個臉有哀色，終究是無一人放聲大哭。

老嫗站在堂中，兩眼盯了棺材許久，忽然，她甩開兩個丫頭，跌跌撞撞地奔到棺材前，一面哆嗦著手指摸著棺中人的面孔，一面口中輕呼。「可兒，我的大孫女啊，妳、妳怎麼就造下這等孽事出來，叫祖母悲痛難言，叫父母不能哭訴，叫整個林家有哀不能舉、有悲不能訴啊！」

老嫗的一句句悲慟之言，立時引得跟在她後面的婦人身子一晃，跟前的丫頭手快一把扶住，那婦人隨即步履艱難的前挪，待走到棺材前，看見那棺中人時，只堪堪叫了一聲「我的兒」，便兩眼一翻的昏厥了過去。

「太太！」

「太太！」

屋內的丫頭婆子們叫喊著將人攙扶而出，張羅著要請大夫，可門口立著的中年男人卻是抬手制止——

「請什麼大夫，莫不是怕人不知這醜事嗎？」林昌帶著怒氣輕聲呵斥之後，便擺了手。「且扶她回去歇著，若醒了來，問及這邊的事，半句都不與她提！」

立時丫鬟婆子應著抬了她離開，林昌才邁步進了堂內，可他並未往棺材跟前去，而是在一旁揀了個椅子一坐，顧自低頭不語。

此時其他先前進來的婦人都一一上前瞧看，繼而退開後，無一不是掩面抽泣，整間堂內霎時只聞憋氣的低哭抽泣聲，就像這外面沈悶的天氣一般令人憋得慌。

「大姊，大姊！」忽地一聲尖叫從外而來打破這沈悶，一個少年郎直衝了進來，朝著那棺材就撲了上去，繼而又奔了幾個身影進來，大大小小的俱是孩童。

「大姊！這、這是怎麼回事？怎麼回事？」少年郎瞧望著棺中人，一臉驚懼之色，他扯著嗓子衝著身邊人質問，卻不料坐在一邊的林昌頓時起身喝止——

「長桓，你吵擾什麼！生怕別人不知道嗎？」

林家嫡長子林桓此時淚水已經洶湧而出。「大姊，大姊妳怎麼會死了呢？怎麼會……」林桓的話被幾個孩童聽見，登時孩童們就哭了起來，只除了一個最小的，她晃悠著小小的身子竟朝著那棺材走。

林昌聽著哭聲，一臉怒色的抬手拍了身邊的桌几。「夠了，都別哭了！你們，你們都哭不得！」

「為什麼哭不得？」林桓聞言抬起了脖子。「爹，她是大姊啊，您告訴我這究竟是怎麼回事？大姊她……」

「你爹我羞於啟齒，不提也罷，罷！」林昌說著嘆了一口氣，又坐了下去。

「什麼叫做不提？大姊好好的一個人怎麼突然就死了？而且喪還不在康家辦，他們竟不聲不響地把人給送了回來，這算什麼？這是什麼意思？」林桓一臉的怒色，直衝到了他爹的面前。「爹，這到底有什麼內情，到底是怎麼回事？」

林昌聞言扭了臉。「你大姊她、她與人、與人有私，被你姊夫撞破，就投了井！」

「什麼？」林桓當即倒退，不能相信的看向棺材，而此時最小的那個傻愣愣的站在棺材面前，一副呆滯的模樣。

「你們都死絕了嗎？讓熙兒在那裡做什麼，還不抱開！」林昌注意到了這最小的一個孩童，當即叫喚下人，可當婆子衝上去剛剛抱住她時，那小小的人兒卻脆生生的開了口。「等等，我、我、我要看，看、看大姊姊。」

林昌聞言伸手捂臉，周邊立時又上前兩個婆子急急的哄著那孩童。「七姑娘（注），妳就別湊著了，妳、妳大姊姊她，她睡了，我們不要吵她，嬤嬤這就帶妳出去看魚去！」

「不！」七姑娘大聲地喊著。「我要看她，一定要看她！」說著更是蹬腿掙扎，此時棺材邊一直在抽泣的林家祖母擺了手。「罷了罷了，到底姊妹一場，就讓她瞧瞧吧，橫豎都是最後一眼，她又知道些什麼啊！」

婆子們見狀只好抱著她湊上前去，想著叫她看上一眼了事，豈料才湊過去，七姑娘竟伸出手來死死的抓了棺材邊，繼而雙眼直勾勾的盯著那棺中人一言不發，那神情、那模樣都跟魘著了一般！

老太太瞧見七姑娘的舉動停了抹淚之舉，再瞧見她這眼神不對，立刻叫了起來。「抱開，快抱開！」

婆子們立刻把七姑娘的小手扳開，迅速退了開來，而七姑娘不哭不鬧的就那麼兩眼盯著棺材，一臉的呆相。

老太太猛然拍了棺材，大聲地喝罵起來。「可兒啊可兒，那是妳妹妹，妳做下了醜事轉世投胎，莫勾了妳妹妹的魂兒啊，她可才從閻王爺手裡搶回來，妳莫害了她！」

那三個婆子一聽老太太這話，皆是臉色大變，一個伸手拍七姑娘的背，一個抬手掐她的人中，更有一個雙手合十的朝四方拜了起來。

片刻後，七姑娘哇哇的哭了起來，眾人這才長吁一口氣，那老太太臉色發白的急急說道：「把哥兒姊兒的都帶出去，莫魘著了！」

登時屋裡的人活泛起來，帶著他們這些孩童就往外走，那抱著七姑娘的婆子更是率先往外衝。

「可兒啊，妳說妳這是做的什麼孽啊！」屋內只有老太太的哭聲飄出了一絲來。

痛哭的七姑娘回頭看著明秀堂，兩隻小手在婆子的腦後攥得緊緊的。

「唉，真是沒想到，當初大姑娘嫁進康家時，那般的歡喜風光，這才不到一年，竟出了這等事……」摟著七姑娘睡去的奶媽輕聲嘆息著。「我簡直都不能相信。」

「我聽著也駭然，雖然大姑娘是愛使性子，可咱們府上規矩那麼重，她又是個清楚的，怎麼會做出這種傷風敗俗、有礙家門的事？」一個婆子在旁搖頭嘆息。

「不過……」一旁的另一個婆子蹙眉搖搖頭。「這話也不好說，康家可是書香門第之家，總不會平白污了大姑娘。再者，上個月大姑娘回來時，不還衝太太說著，不願搭理她夫

注：林家大房、二房因為已經分家，子女排行是分開算的。

一、大房：大姑娘／秀兒、二姑娘／佳兒。大哥／沛兒、二哥／洵兒。

二、二房：大姑娘／可兒、二姑娘夭折、三姑娘／馨兒、四姑娘／悠兒、五姑娘夭折、六姑娘／嵐兒、七姑娘／熙兒。

婿的嘛，如今想來，倒也不是沒這個可能，就是不知道她這是和誰有了私，不但被撞破搭上一條命，連帶著林家也丟了臉，要不是老爺死命的捂著這事，康家也不想成為笑話，哪有這麼好處置？」

「說得也是！」抱著七姑娘的奶媽將懷裡的人兒小心的放到了床上，繼而給蓋好了毯子。「如今還說什麼處置，現在她被悄悄送了回來，就算沒聲張，也已不算康家的人了，這大姑娘又能葬哪裡去？勢必要埋進林家的墳地裡，可她這樣，怕是連個碑都立不得！」

「是啊，誰敢立啊，這可是給林家祖宗抹黑的事，何況老爺氣壞了，到現在還和太太吵，說大姑娘如此敗壞了林家的名聲，林家族地裡埋不得。」

「什麼？那大姑娘的屍首……」

「聽說老爺的意思是，一把火化了灰，以故人之名送到靜居庵裡供著，待過上個十年、八年，贖了罪超渡乾淨了，再埋進族地。」

「天哪，大姑娘可是老爺的嫡長女啊，他也太狠心了吧！」

「能不狠嗎？咱們老爺可是清流，名聲上見不得半點污，倘若這事流傳出去，別說老爺日後進閣了，只怕現今的位置都坐不穩，那些御史老爺可是天天捉著筆桿子等著呢！

「怪不得叫我們個個都閉嚴實了嘴，二門外的都沒叫吱聲呢！」

「罷了，我們也別提了，萬一被哪個聽見告去了太太或是老太太那裡，我們可也慘了！七姑娘如今睡了，我還是趕緊去給她做襖子吧！」

「我去給她燉點雞湯補補，瞧著小臉白的，昨兒個那一跤摔得可不輕，回想起來，都心顫。」

「別說妳心顫了，我到今天都還後怕呢。昨天那會兒人已然看著沒了氣，幸得是個命大的，氣又自己續上了，要不然……」奶媽說著低頭撥了撥七姑娘額頭處的劉海，看著那個疤瘌嘆了口氣。「哎，我去找劉嬤嬤要點膏子來，免得姑娘留了疤。」說著放了帳子轉身出去。

這一轉眼間，三個人都出了屋，只留下七姑娘一個睡在小床上，可此時她卻眼皮一抬睜開了眼，霎時淚水就從眼眶裡滾了出來，她小小的眸子裡滿是痛苦神色，直直地盯著床帳頂，喃喃自語。「我沒有做下醜事，沒有與人私通，我是、我是被人陷害的，我是被他們逼著投了井啊！」

她低聲的哭泣著，小小的手死死的捏著毯子，此刻她已不是林家的大小姐林可，而是林家只有六歲的七姑娘林熙，七妹妹已經摔死了，而她竟重生在了妹妹的軀體裡。

一夜的風雨交加，奶媽婆子的幾番過來探視，林熙閉著眼一副酣睡的樣子，才叫她們放心的放下帳子，歇回了梢間裡。

自那日七姑娘見了大姑娘的棺材後，也不知道是不是魘著了，這半個月來隔三差五的會在睡夢裡驚叫著哭醒，弄得下人們但有個風吹草動的都得來瞧瞧。

自出事起，在這半個月的時間裡，林府就壓著消息，待家人瞧了最後一眼，便悄悄的把大姑娘的屍首送去莊子裡的燒窯處給化了，而後添了不少的香燈，才寄於庵內，那康家也若無其事的沈寂不出聲，好似沒出過事一般。

畢竟林府是清流之家，康府也是，誰都丟不起這臉！

至於康家一家因著原大姊夫康正隆的外放，便舉家搬遷去了外放之地的揚州，自此贛州林府的大小姐在別人看來，理所應當的隨著夫家去了揚州，其實卻已經香消玉殞，而康家和林家，也就此斷了姻親。

雨水順著瓦簷滴落在窗臺前的青石地上，啪嗒啪嗒的輕響。

林熙翻了身，撐著身子坐了起來，這大半個月作為一個重生的人，她幾乎每天做的事就是一個——想。

不論是含冤而死，還是含恨而生，她都在想，想自己為什麼會百口莫辯的被逼上絕路，想自己為什麼遭遇這種骯髒之事，又想自己為什麼能夠重生，還是偏巧的以小妹子的身分重生。

老天爺，您為什麼給了我再活一次的機會，而且還是在這個家裡？您是要我洗冤報仇嗎？可我林家清流之門，我說不出半個字來，我若能說，又何至於被逼到那種地步？

眼裡閃過一絲恨，她摳了手指，豈料此時帳子外卻有了低低的說話聲。

「時間差不多了，咱們該叫七姑娘起了。」

「下著雨呢，還是叫多睡會兒吧，去遲點，老太太也不會說什麼的。」

「我瞧著還是早點去的好。」

「怎麼？」

「昨兒個太太房裡的章嬤嬤來打了招呼，說亂了半個月的禮數也該正一正了，我尋思著，前些日子，因著大姑娘的事，老爺把太太好生埋怨一通，說她嬌寵慣養才叫大姑娘長歪了心，生出那孽事來！唉，說到底這不是太太的錯，是大姑娘她自己太倔，偏又膽子太大，結果……太太平白背了這黑鍋，心裡怎生好受，又得教著餘下的哥兒姊兒啊，只怕這府裡要變天了。咱們雖然伺候的是最小的七姑娘，可她到底是太太親生的，不同那些個，若咱們去得遲了，叫老爺知道了，只怕自引了火。」

「哎呀，花嬤嬤說得有理，我是完全沒想起這茬兒的。那就叫姑娘起吧！」

林熙聞言立刻躺倒，才閉上眼，帳子就被撩起，奶媽湊上來輕聲喚著她，並揉搓著她的兩隻手，林熙慢慢地睜開了眼。

「姑娘醒了就起吧，躺了半個月，也沒正經的去請安立規矩，今兒個咱們也早到一次，好不好啊？」奶媽溫氏笑嘻嘻的輕聲言語。

林熙點點頭，坐了起來，由著她們兩個伺候著穿衣洗漱，待收拾規整了，另一個婆子潘嬤嬤送了碗羊奶進來，林熙喝了後，就由花嬤嬤陪著，溫氏抱著往老太太所住的福壽居而去。

雨還在下，以至於天色見暗，亮得有些遲。

林熙被抱到福壽居時，花嬤嬤去問了門口的常嬤嬤得知，老爺和太太才進去問安。一會兒，其他的哥兒姊兒都相繼到了，幾個婆子才胡亂搭茬了兩句，常嬤嬤叫著少爺小姐的進去，林熙便被放下了地兒，花嬤嬤給她扯了扯衣裳，小心的領著跟在後頭進了屋。

一進屋，林熙就看到羅漢床上歪著祖母，老太太許是因自己的事，傷了精氣神，臉色灰撲撲的歪在那裡，眼睛幾乎都沒睜開，要不是手裡的佛珠子還在撥動，看著還真跟沒了生氣一般。

張著小嘴跟著大家請了安，在老太太的擺手間，大家都站了起來，照著大小坐了繡墩。旁邊的丫頭們就開始紛紛上茶，林熙趁著空掃了眼兩邊分坐的爹和娘，只看了一眼，便是揪心不已。

她爹林昌向來少過問她們這幾個女兒，即便是她在世的時候，仗著是嫡長女，得過些許父親的關照，也不過是一年能親自教導的和她說上三、五回話而已，畢竟在爹爹的思想裡，她們這些女兒比著兒子們是低了一頭的，只要母親管教著就足夠了。

所以在她的記憶裡，爹長年都是一張面無表情的臉杵在那裡而已，可今兒個一瞧，卻見爹爹兩鬢多了許多花髮，眼圈子也見了黑，便知自己到底還是傷了爹的心，只是不知道他究竟是惋惜自己多些，還是擔憂前途多些。

而母親陳氏……林熙的小手緊緊地攥了起來，只是半個月未見，豐腴的母親，竟是削瘦了大半，一張銀月盤的臉，竟生生顯出了兩側的頰骨來，再加上面色如菜，神情懨懨，委實是看著跟個活死人一般。

「咳！」老太太咳嗽了一聲，睜開了眼，伺候她的常嬤嬤立刻給老太太身後塞上兩方靠枕，老太太便看起來十分威嚴的坐正了身子。

她掃了眼眾人後慢悠悠地說道：「前陣子的事，亂了些，大家心裡悲痛也都不好受，這府上的規矩就歇著免著的也都停了；可如今康家因為外放揚州已經離開，大姑娘的事，也算壓了下來，過得幾年康家報個信兒再說沒了，掛幾天白練，也就算真正的揭過去了。所以打今兒個起，府裡的規矩都得全部恢復，再不能散著沒了形，而且……嚴厲些吧，咱們林家千萬不能再出樓子了。」

「母親說得是。」林昌接了話。「兒子這幾日也好生想了想，過去我甚少過問孩子們的事，尤其是幾個女兒，如今才會出了這事。常言道，子不教父之過，這是我的錯，所以前些日子我還和陳氏提起，日後得好生管教著孩子們，再由不得慣著寵著了。」

老太太聞言點點頭，看向陳氏，陳氏此時卻扶著扶手起了身，衝著老太太欠身道：「老爺的話，做人媳婦的自然贊同，我思想多日，也覺得自己是有錯的，所以今日婆母提起規矩，我便有個請兒，還請婆母能允了。」

老太太挑了眉。「是個什麼請兒妳只管說就是，何必這麼大的陣仗，孩子們可都在。」

陳氏捏了捏手指，低頭言道：「我想請婆母把、把葉嬤嬤從莊子裡請出來。」

陳氏這話一出，屋裡的幾個上了年歲的都是抽了冷氣，且不說老太太一臉的驚詫，只林昌就是一下跳起，急急地斥責道：「妳這想的又是哪齣？嫌母親心裡還不夠堵得慌嗎？真是越來越糊塗，竟連這話都說得，妳真是……」

「昌兒！」老太太忽然高聲一喝，瞪向了林昌。「你凶她做甚？她向我提請兒，總是有些緣由的。」

林昌忿忿地瞪了陳氏一眼，轉身扭了頭去。

老太太看向陳氏。「妳且說吧，說得有些由頭，我不怪妳，可妳沒事消遣我老婆子，可就……」

陳氏聞言竟是一咬牙的撲通跪了地，慌得一屋子的兒子女兒們起身跟著跪，丫頭婆子的也都盡數地跪了。

「婆母，兒媳婦知道這話說來誅心，會惹您不快，可思量了這些日子，還是決定和您討這個請兒，實在是、實在是不想林家再有差錯了啊！」

「說得透亮些。」

「葉嬤嬤到底是宮裡出來的人，規矩教養都是一等一的，若由她出來做熙兒的教養嬤嬤，定能把熙兒培養成個才，雪了咱家的恥辱，倘若、倘若他日康家漏了風出來，有她撐著林家的脊骨，倒也能、能為可兒討個清白，總不能咱們一輩子都被康家捏著骨頭，抬不起頭，戰戰兢兢的等著那日來吧！」

「妳存的是這個心思……」老太太垂了眼皮撥動起手上的佛珠。

這邊林昌卻是轉了頭說道：「妳這話還是認為咱們可兒是冤的？」

陳氏昂了頭。「是！我生養的閨女，縱是性子嬌慣些，人傲氣任性不知分寸，但好歹是咱林家出來的姑娘，豈會不知廉恥，去做下那醜事。只是可憐我兒，定是被捏了七寸，有苦難言，這才投了井，免得咱們林家就此敗了名聲。可我若說準了，那康家便是一肚子壞水，毫無半點書香門第之風，日後哪處漏了風聲出來，人家自掃門前雪，又怎會管我們林家的瓦上霜？所以我們林家必須得有個能正根骨的姑娘，也不指望她高嫁，入了權貴提點幫襯，只求她能做一處林家的牌坊，保了老爺的名聲，保了林家的世家乾淨！」

這一席話出來，陳氏便臉上已有淚珠，而林昌看了一眼陳氏輕嘆。「難為妳竟想得這麼遠……」

「妳說的我聽見了，只是非得用她嗎？我們多使些銀子請些有名望的就是了，一定要她嗎？」老太太的臉上滿是糾結。

「婆母，您是最清楚她本事的，若您能尋出一個比得過她的，兒媳婦二話不說自請去祠堂外跪著，贖了給您添堵的罪！」

老太太的眼慢慢地閉上，而後啪地一聲，手串竟斷了，咕嚕咕嚕的檀木珠子滾落下來，滾得滿地都是，她則嘆了口氣。「好，為了林家的以後，就請她出來吧！」

第二章　葉嬤嬤

因著有了這麼一齣，早上的請安時間耽擱了些，以至於再到正房給爹娘請安時，林昌卻沒時間再說什麼，只匆匆地對著孩子們點點頭，便急急地出去，陳氏自然相送著出了院門。

「大哥，葉嬤嬤是誰啊？」四姑娘林悠此時扯了扯最年長的林桓，小聲地詢問。

「我也不知的，全然沒聽說過。」林桓皺著眉眼，望著身邊伺候的幾個婆子。「妳們可知道？」

幾個年歲長些的婆子，俱是面有難色，紛紛低頭不語，而此時陳氏一挑簾進了來，張口便道：「都坐下吧，我有話和你們說。」

婆子們上前伺候著幾位哥兒姊兒的坐了，陳氏一擺手，婆子們極有眼色的退了下去，房內除了他們這幾位主子，只有兩個下人伺候著，一個是陳氏身邊最得力的管事秦照家的立在跟前，一個則是站在門口的萍姨娘，她原就是陳氏帶進門的陪嫁，後抬起來，處處幫襯理家，也是陳氏的心腹。

林熙明白，退得如此乾淨定是母親要說些要緊的話，心頭莫名一動就想起了林悠所問，而此時陳氏也壓低了聲音輕輕慢慢地說了起來——

「我知道你們好奇，這位葉嬤嬤是何許人士，我又為何求告著央她來，並且還為此得求請婆母。按說你們年紀都還算小，我本可以不提，但因著你們大姊的事，我覺得還是有些話早些說清楚，你們心裡透亮了，也能明白今日母親的思量。」

林桓當即起身朝陳氏一拜。「母親的計較必定是有其道理的。」

陳氏欣慰的看了林桓一眼，抬手示意他坐下，而後說道：「我先說說這位葉嬤嬤是何許人吧，說清楚了，你們便能知曉我的打算，只不過，聽進耳朵裡，就不要再問，更不要與人提起，否則，引得你們祖母心頭鬱結的話，倒是我們的不孝了。」

眾人齊齊應聲，陳氏這便講了起來——

「這位葉嬤嬤原是安國侯爺的獨生女，天資聰慧才識過人，不但琴棋書畫樣樣精通，更是針織女紅無一不精，並生得一副花容月貌，很是個有頭臉的人物，本來她在京中頗有聲名，很多權貴之家都是想把她瞧定成兒媳婦孫媳婦的，但誰料宮中一場奪嫡，牽連不少權貴，這安國侯因被牽連其中，便遭賜死，一家子都充了奴役，這葉嬤嬤當時不過年方十二，偏那麼美，便有人授意送入教司坊，結果這事漏了風，傳了出來，你們的曾祖母那時和安國侯夫人本就是投緣的人，卻聽說其女要受這罪，心忍不過，便花了錢先把她買進咱們林府做了丫頭，求個相護的意思。」

陳氏說著嘆了口氣。「這葉嬤嬤十分乖巧聰慧，進府之後深得人喜歡，最喜歡她的卻是你們的祖父，那時兩人生了情，你們曾祖母看出端倪來，便想著等日後你們祖父娶了妻後，說道說道給你們祖父納為妾的，可是，她太有名氣了，很多人惦念，以至於新帝得了消息，忽而差了人來將她接進了宮。

「幾日後消息傳來，說她被留在了宮內，你們曾祖母便知到底兩人是沒了這個緣分，也就斷了念頭，豈料那葉嬤嬤為了不侍帝王，竟以剪毀面。先皇是個仁慈的人，知她抵死不從之意，也未勉強，沒收入後宮，卻也沒放出她來，只叫她做了個宮女，伺候在前，自那之後，葉嬤嬤便在宮裡熬了三十年，直到先帝病入膏肓之際，她才得了旨意被放出宮。」

「那她如何到了我們家的莊子上？」林悠聞言一時難忍好奇地開口詢問，陳氏瞪了她一眼，但還是答了。「她從宮裡出來，也帶著許多的賞賜珠寶，雖年歲是大了些，但四十出頭還是能成家的，就算不成家，收個義女乾兒的也能安享天年，並且她是有這傳奇和名頭的人，要知道打宮裡出來的，最是權貴之家喜歡請去做個教養嬤嬤的，所以求她的人也不少。只是她都一一回絕了，帶著兩個包袱一路顛簸竟到了贛州來，那時你們的祖父因著從翰林院裡出來外放做官到此，便紮在這贛州，她卻偏尋了來，二話不說的直直跪在了府門口。

「你們的祖父聞得她來，竟、竟落了淚，再見她容貌後，更是心痛，便有意納她為妾，而你們祖母得知來龍去脈，受不得這段前情，便抵死不從，那葉嬤嬤知了，並未為難你們祖父，只開口求能在府內當個老丫鬟就近伺候你們祖父就是，甚至還自灌了一碗避子湯，好叫你們祖母能放了心。

「自那日後，你們祖母默許了，於是她就在近前伺候著你們祖父，就是你們祖父病入膏肓之際也是不離枕邊半步的伺候，你們祖母看了是又氣又心疼。你們祖父過世後，還不等你們祖母發落，她便自請去了莊子裡做個農婦，就此林府裡的人也都避諱不再提起，若不是當年我遇上這事，也是不知的。」

陳氏說了一氣，把這葉嬤嬤的底細也算是交代清楚了，端了茶潤了一口，便掃視著大家說道：「你們也聽見了，我今日所請，是為了請她來做咱家的教養嬤嬤的，桓兒、佩兒還有宇兒，你們都是哥兒們，不用學這些，但還是說與你們知道，免叫你們管不住嘴的打聽。

「悠兒、馨兒、嵐兒、熙兒，妳們四個中，悠兒和熙兒是我生的，馨兒、嵐兒是庶出，但我平日裡就當妳們一處待一處養，所以這番求了請來，並非是只針對咱們林家的嫡女，而是嫡庶一起都向那葉嬤嬤受教。若是嫡女中有出息的，這便是該有的擔當；若是庶女中有誰能出息，我自去請族長把她添到我名下，認了嫡！」

此話一出，四個女孩相對張望，林熙掃了一眼馨兒和嵐兒雙眼中的喜悅後，便看向了母親，她看到了母親的憔悴，更看到了母親眼中的希冀。

陳氏此時扶著扶手站起，掃視了一遍孩子們後，有些激動地說道：「妳們可要爭氣啊，千萬不能叫林家的名聲毀了，若是那樣，妳們的母親我，便只有一頭撞死在祠堂前了。」

從正房回到芝萱閣，林熙道了一聲睏，假借回籠覺的由頭躲進了帳子裡。

溫氏和花嬤嬤有一茬沒一茬的在外閒聊，林熙則擁著被子扳起了指頭。

她很歉疚，她明白今天母親的舉動全是因為她的「孽事」，林家這個清流世家，怕的就是名聲有污，而偏偏康家雖然搬遷遠走，但山水總有相逢時，若日後這事漏了出來，爹爹林昌便再難於翰林院待下去，倘若林昌真出了事，這林府便多少是要經歷一場暴風驟雨的。

母親不易啊！林熙內心嘆息著。為了扶起林家免得日後禍事，母親是橫下心得讓林家有個拿得出手上得起檯面的千金小姐，是以盤算上了這位葉嬤嬤，可這葉嬤嬤偏偏又是這麼一個情況，母親如此這般，只怕祖母的心裡會怨上母親，這日後……

林熙越想越不是滋味，但此時她眼前恍若出現了母親那憔悴的面容、激動的神情，她捏了捏小手，暗暗發誓——

母親，女兒不肖，害家裡如此惴惴不安，女兒必當珍惜母親搏來的機會，努力成為家中的名聲牌坊，庇護林家，再一雪我的仇怨！

就在林熙發誓的時候，林家老太太已經差人備好了馬車出了府。

馬車裡，常嬤嬤給老太太湊上兩方靠墊確保她的舒適，而後才嘆了口氣小聲念叨起來。

「您這性子一上來，誰都拗不過，不就是叫她來嘛，您要真覺得傳個話不成，寫封信也是成的啊，若是擔心她心裡不舒服，我給您親自送去都成，何必您自個兒跑去請？這不平白給她添了臉，虧了您自個兒嘛！」

「若是不誠，請來也是白搭，好吃好喝的供上，我時不時的還得陪著，若她胡應付幾下，孩子們學個半吊子，我豈不是真正的虧了自個兒？既然橫豎求到人家了，該捨臉就捨，只求能把事辦成！」老太太說著就閉上了眼。

常嬤嬤聽了這話心裡更不舒坦了，尋思半天嘟囔起來。「這太太也真是的，明明曉得這裡的彎彎繞繞，還打主意打到了您這裡來！真是……」

「妳別怨她了！可兒出了事，大家心裡誰不難受？她這個當娘的更是傷了心的，老爺在翰林院供職小心翼翼慣了，咱們林家又世代為了名聲所累，更不能見半點傷，這次可兒的事，老爺埋怨了她整整半個月，她也是被逼到了難處，才想出這法兒的。」

「我的老夫人啊，您倒是處處都體諒了，可就沒想過那位接回來又算什麼事呢？宮中出來的嬤嬤們也不少，花點銀子的事，您只消駁斥上一句，就不必今兒個遭了這罪，您說您怎麼就答應了，就算那位再有本事，也不能弄回來硌著自己的心窩子啊！」

「兒媳婦說的是實在話，她那身本事手段，都是稀罕。何況，我們又不是權貴之家，人家上趕著攀附，說不好聽的，就算老爺拿著銀子去，只怕也請不回來，到時候更加的丟臉，她既然是最好的，我就請她回來吧，反正我都半截進土的人了，覥出這張老臉又算什麼！」林老太太說著擺了擺手，那常嬤嬤也就忿忿的扭了頭不再言語，只摸索著給老太太揉起了腿腳。

葉嬤嬤住的莊子並不算遠，就在京郊外大約十里地的秀水莊。

這裡是林昌入了翰林後，由林家老太爺為他置的一處莊子，當時不過才一百二十畝而已，如今這二十年下來，收買併購的竟也擴到了三百畝。

彼時他們一家都還在贛州時，林昌春闈得了二甲第十三名，後入了翰林院。消息出來的時候，葉嬤嬤尚在府裡伺候著老太爺，便提出在京郊外備下一處莊子，留著日後給林昌就近供著一些閒錢應酬。

官之一途，有太多門道，老太爺深以為意，便差人奔赴京城，購置了這莊子，後葉嬤嬤又給了建議，在京城裡買下了一處宅邸，慢慢地修整，到了老太爺致仕後，這一家子就由贛州搬了上來，倒也住得踏實了。

只是後來林老太爺去世後，林老太太住在那屋裡左右心頭不舒服，而葉嬤嬤反正都已去了莊子裡，老太太乾脆叫人尋了處新的宅邸買下來，搬了過去，把原有的倒賣了，還因此大賺了一筆。

今日裡馬車一到，老太太隔著紗簾看到莊子裡裡外外收拾得規整，這心裡一顫，就想起這事來，急忙的抓了常嬤嬤的手，低聲嘆道：「宅子叫我給賣了，她怕是要怨我的！」

常嬤嬤嘆了口氣，自己伺候了這些年的夫人，平日裡威風，做事也幹練，頗有分寸，可只要一遇上這姓葉的，就心裡沒了底。「她都搬離了的，還管得到那許多嗎？再說了，林府的事，您是主母，豈輪得到她？她連個名分都沒呢！」

一句話給了老太太底氣，她便不再言語，待進了莊子裡歇了口氣再入正房，莊頭和管事都迎了上來。

「給老夫人問安！」莊頭說著躬了身。「今兒個晌午得了報，知道您老人家已出發，我們幾個就趕緊給您把帳冊都清了出來，不知老夫人要幾時對帳？」

林老太太擺手。「得了吧，你們都是林家的老人了，最是忠心的，我犯不著查啊對的。」

莊頭聞言欠了身。「那您來得急，是有什麼差遣？」

「也沒什麼，就是，想看看我那位，老姊姊。」林老太太說著揪拉了下帕子。「她現今可好？」

莊頭一愣，臉上有些尷尬之色。「老夫人可把我問住了，那位葉嬤嬤自來了莊子上，就沒住進備的院子裡，她自己從莊子的佃戶手裡花錢買了一家農院並五畝田，自耕自種的過日子，因著她身分特殊，我們也不好要她交租，是以並無什麼來往，也不知她的情形。」

常嬤嬤聞言不悅的瞪向了那莊頭。「你這也太不操心了吧，那麼大個活人什麼情況你都不知，她可在你的莊子上。」

莊頭腦袋垂了些許，倒是林老太太衝常嬤嬤擺手。「別唸他，不是他的錯，當初是我傳了話，由著她不聞不問的，只是時間太久，竟忘了，如今這會子才想起來。得了，把地兒告訴我，我這就去見見她。」

莊頭急忙欠身。「老夫人您身子矜貴，怎麼能您去瞧她呢，我這就差人去把她尋來。」說著便要去張羅，林老太太立刻開了口。「免了吧！我還是親自去的好。」

坐了二人抬的小轎，常嬤嬤陪著，又帶了兩個丫頭，一行人跟著莊頭的身後穿過了七、八條田埂後，才在一處林地前看到了那座不大的農院。

「就在那兒！」莊頭指了指，立刻奔了過去，待小轎進了農院時，就看到一個膀粗腰圓的婦人端著簸箕立在當中，一臉不解的瞧望著莊頭。

「唐勇家的，妳發什麼呆啊，快去叫妳那乾娘出來，老夫人親自來見她了！」

那婆子聞言頓了頓，立刻放下了簸箕，扯著嗓子奔向後院。「乾娘、乾娘，莊子上的老夫人來尋您了！」

常嬤嬤聞言蹙了眉，湊近了林老太太。「這……」

林老太太瞥了她一眼，心裡也打起了鼓，不過她沒吱聲，扶著常嬤嬤下了轎，便隨著莊頭的指引到了後院，此時那婦人已經從其後的房子裡出來，瞧見林家老太太便言道：「我乾娘說，她衣衫不整不便出迎，您若只是來瞧瞧，大可不必，若是必須見一面，就請您自個兒進屋坐坐。」

常嬤嬤當下眉頭高挑便要言語，林老太太扯了她一把，輕拍了她的手，便笑盈盈地說道：「好，那就帶我進去，瞧瞧她吧！」

婦人立刻引著林老太太入內，只把常嬤嬤氣得是扳起了腕子，口中低聲嘟囔。「這哪裡還有一絲禮了，分明就是不上道和不知規矩嘛！」

林老太太一進屋，人便愣了一下。

屋外看起來簸箕掃把的掛著，真箇是一個農家的貧相，可入了屋，卻是花草蘭梔的供著，一溜竹質的家具竟是看起來很有些雅趣。

「乾娘，老夫人來了。」隨著婦人的一聲喚，林老太太也繞過了屏風，就看到一個身穿纏枝薄紗襖配馬面百褶裙的老婦人正坐在炕頭的小几上，教著一個少年郎寫字。

老婦人聞聲抬頭看她一眼，便是淡淡的一笑。「把瑜哥兒帶出去玩會子吧，我同老夫人說會兒話。」

那婦人應著立刻奪了筆，帶了那孩子出去，頓時屋內就剩下她們兩個了。

「妳是不是料想著，我終有一天要來？」林老太太開了口。

葉嬤嬤笑了下。「您大約不會希望我活得比您長，若您不行了，定會來叫我陪著您一道，所以我見天的等信兒呢，卻不料您親自來了，想來您應是遇著什麼事了，想起我來。」

林老太太閉了眼。「我想請妳回林府做我孫女們的教養嬤嬤。」

葉嬤嬤掛著淡淡的笑。「我哪有什麼資格去做教養嬤嬤，不過一個山野中混日子的老嫗罷了。」

林老太太抽動了下嘴角。「林可兒死了。」

葉嬤嬤的身子一頓，笑容不變。「所以呢？」

「林府需要一個名聲招牌。」

「那也輪不著我，該還的，我已還了。」

「不！」林老太太看著她。「獨獨我的，妳沒還！」

第三章　她來了

「我欠了您什麼？一沒名分，二沒產業，就是老爺的床邊我也沒上去過，難不成您要說一個伺候丫頭搶了您的風光不成？」葉嬤嬤抬眼一笑，比先前的淡淡盛了一些，雖是人老皮鬆，且臉上還有著猙獰疤痕，卻是眉眼閃過一絲明色來，依稀透著風韻。

林老太太攥緊了手中的帕子。「妳奪了他的心，妳更叫我的心扎著了！」

葉嬤嬤一頓，沒再言語，而是垂下了眼皮。

林老太太昂起了腦袋。「我知妳和他有情分，但到底錯失緣分並非我因，妳若不曾回來，他與我和和美美治家，就算不是頂恩愛，卻也能舉案齊眉白頭到老的，而妳自活在他的心裡，哪怕到死，也硌不著我！可偏偏妳回來了，雖是沒要名分，沒沾了他的床，可妳卻從他的心裡走到了面上，橫插在我們中間，他不言卻是怨著我，他不語卻是惦著妳，妳且說，妳欠我不欠？」

葉嬤嬤嘆了口氣。「我和他本就有著誓言，只因先帝的一念，我和他分別，可到底我出了宮，我和他發過誓的，但凡能在一起就是死也得在一起，我自然回來。我還了林家給我的恩，我還了他給我的情，我自問無錯！至於您，那宅子您不也發賣了？您三個兒子，我都幫襯過什麼，您心裡也有數，就算我欠了您，我也還到他們頭上了，您如何還來向我討債？」

林老太太咬了下唇，抬手到袖袋裡一摸，抽出了一封信來。「妳自己瞧瞧吧！」

葉嬤嬤詫異地接過，便見信封未有封口，抽出內瓤來甩透瞧看，面上便是一驚，那熟悉的字體屬於誰，她自是清楚，當下幾眼瞧過，唇便微微哆嗦了一下，而後合上信瓤，便是低聲唸了起來。「何苦託了我，我若再回去，豈不是真叫人厭恨到骨頭裡！」

林老太太聞言，淚在眼窩裡轉悠起來。「老太爺到底只信得過妳，更把整個家宅都託了妳，我算什麼呢？林府的主母，林家的當家，可實際上，我根本比不上一個妳！」

葉嬤嬤再度無言，林老太太卻是抹了淚。「這信原是當初就要給妳的，我受不住，壓住了，妳又自請離去，我便也沒作聲，但妳贏了，我林府出了這麼樁事，雖我心高氣傲想壓著不來求妳，但仔細想想，也是我們無能養出了那麼一個丫頭，竟……罷了，有因有果，我到底這輩子占了妳的一頭，到老也得覥出這張臉來。老姊姊，我輸了，林家的將來我按老爺的意思，託給妳！」

林老太太說著便是跌坐在了炕頭上，揩著幾抹淚，而那葉嬤嬤眼圈子泛紅，把那信瓤摩挲了幾下，細細的收進了信封內，才轉頭看著林老太太說道：「別在這兒哭了，既然是他託了我，您又橫豎要咱們綁一塊兒，我便答應您，只是我有三個要求，但有一條不應，我都不會隨您去！」

「妳莫不是要我給妳補個名分？」林老太太掛著眼淚一臉緊張。

葉嬤嬤卻是嘆了口氣。「不是我諷您，我若稀罕的是名分，您以為我當日真沒手段進府，非得喝那湯藥嗎？」

林老太太臉上青紅皆出，隨即低了頭。「那妳三個要求是什麼？」

「第一，我去是做教養嬤嬤的，我只做這一件事，但這件事要真想做好少不得你們的出力，所以不可干涉，不可插手，卻必須按照我的意思來，尤其是我管教時，不管怎樣都不能駁我。應否？」

老太太捏了捏手指骨。「憑妳和他的那份情誼，斷不會害了我林家子孫，我應！」

「您家裡孫輩上現還有幾個姑娘？」

「四個，兩嫡兩庶。」

「我一把年歲了，也沒心力給您扶起四個來，這樣吧，半年初修，我選出兩個姑娘來，一到兩年內精修，我再從中選出一個來，而後全心全力的給您打造出那麼一個來也就是了，應否？」

林老太太揪扯了一番帕子。「好，十全十美的一個，也成！」

葉嬤嬤當即嘴角一揚。「十全十美？您也不怕折了？我當年因著什麼才毀了的？」

「那不一樣，妳是遇上了……不好的光景。」

葉嬤嬤瞥她一眼。「滿話我說不上，只能，是把我那一身本事盡數傳了，得多少就看你們林家自己的福氣了。」

「有妳這話，我心裡也踏實了。」

「別急，還有第三條。」葉嬤嬤說著坐到了炕頭上。「剛才那孩子您瞧見了吧？」

「瑜哥兒？」林老太太的記性不差。

「我到這莊子上，為免您晦氣，自己與這家結緣住了進來，這家的爺們是個老實人，忠厚，媳婦也是勤快的能人，他們見我一個人，平日裡都頗多照顧，待我不錯，更把我當了自家的老人伺候，是以我做了他們的乾娘，將來也圖個埋骨之地；可如今您來了，我便得去，但那瑜哥兒是個有天賦的，生在這農戶家未免可惜，所以您要我去，可以，但我要把瑜哥兒帶上，日後您得給一份關照，學堂私塾乃至日後的科考，林家能養他一份，他若將來高中有了前程，於林家也是一分善緣，若是不中，在您家混得個錦衣玉食的十年，也算他的造化，長些見識，識得些規矩，日後不濟也能做個體面人，也算我借您的手還了這夫婦倆的恩，應否？」

林老太太頓了頓，點了頭。「妳還真是不欠別人的，本是我尋妳來討債，倒成了妳跟我討了，到底咱們兩個誰欠了誰？」

葉嬤嬤沒言語只看著她，林老太太抽帕子擦擦眼淚。「我應，不就是多張嘴吃飯，多個身板穿衣嗎？那束脩，我林家出得起，只要妳真能給我扶一個出來，便是日後他娶媳婦，我都願意出來牽頭！」

兩人屋內達成了協定，林老太太就從屋內出來匆匆告辭了，畢竟總得給人家收拾的時間。

林老太太一走，葉嬤嬤則與唐勇家的說起，那婦人聞後急匆匆從田埂裡拽回了男人，聽得自己的兒子有此造化自是激動，就算內心不捨，可為了日後著想，也都狠下了心，一番張羅拾掇，又是一夜的囑咐，第二日上，已知此事的莊頭便遣了馬車將這祖孫兩個接上，往林府去了。

馬車上，唐瑜扯了扯葉嬤嬤的袖子低聲詢問。「祖婆，我什麼時候才能再見爹娘？」

葉嬤嬤伸手刮了下他的鼻子。「你要真記掛你爹娘，就需得用心學習，只要你出息了，你便可日日守著你的爹娘好生孝順，若你不長進，你便沒臉見他們！」

唐瑜點點頭。「瑜兒記住了。」

林熙在芝萱閣才用罷了午飯，老太太跟前的丫頭就來傳了話，說叫打扮得得體些，葉嬤嬤稍後到。

兩個婆子當即對視一眼後，就給林熙一頓擦洗，接著梳髮規整的，那架勢讓林熙懷疑自己根本不是去見教養嬤嬤，而是要見媒人。

收拾停當，對鏡瞧看，六歲大的丫頭，竟也乾淨靈秀，倒叫林熙心裡為那早去的小妹嘆了口氣。

收拾停當，自是由花嬤嬤牽著去了福壽居，到了那兒就見三位姊姊也都個個打扮得精神非常且光鮮亮麗，林熙便低頭瞧瞧自己這身板、這年歲，當即用希冀的眼神看向悠兒，指望著她能先入了那葉嬤嬤的眼。

林悠此時卻是一臉的不滿，忿忿地與身後的丫頭抱怨。「這人拿的什麼架子？既然都進府了，怎地還不過來，竟叫我們等著？就算她是教養嬤嬤，可到底也不能這麼拿喬。」

林熙聽著微微蹙了眉，如果她還是當年的林可，並且一併的站在這裡，只怕此刻她同林悠正說著一樣的話，而現如今，吃了虧的她今日再聽此話，登時覺得自己實在是沈不住氣了。

此時兩個丫頭從老太太的房裡出來打起了簾子，姊兒幾個立刻都收斂的躬身退開，立在兩側，隨即常嬤嬤扶著林老太太從屋內走了出來，身後跟著陳氏。

「祖母！」林悠率先一聲招呼，姊妹幾個都欠了身，林老太太衝她們淡淡一笑。「好，都乖乖等在這裡吧！妳們的教養嬤嬤，馬上就來。」

「怎麼？祖母您還要出來迎接的？」林悠一臉驚色，林老太太點點頭。「是，這位葉嬤嬤是妳們祖母我為妳們求來的，她能教妳們可是妳們的福氣！都與我乖乖的等著，且不可亂來，丟了林家的臉。」

林悠應了聲，轉頭就紮進了陳氏的懷裡，循例的撒嬌，但陳氏卻捏了捏她的肩膀，對她搖了頭。「乖乖地立著吧，學妳三姊姊那般帶個好頭兒。」

當下三姑娘林馨便是昂首挺胸硬氣了一般，林悠卻是撇嘴剜了林馨一眼，去了她對面，也就是林熙的身前立著。

此時一個媳婦子跑了過來傳話，隨即就見一個老婦人帶著一個少年郎步履款款的走了來。

「葉氏見過老夫人、太太。」這婦人一上來先對著林老太太同陳氏行禮，因著畢竟當年也算是伺候在林老太太跟前的，便依著規矩喚的是老夫人。

「妳可來了。」林老太太的面上堆著笑，伸手輕扶了她。

葉嬤嬤當即輕聲道：「到底是見太太姑娘們的，昔日農婦之裝，不合時宜，故而進府前先換洗了一番才來，倒叫您等著了。」說完先朝陳氏一笑再轉頭看向立著的四個姑娘，柔聲說道：「我是來做妳們教養嬤嬤的，今日既然妳們遇上這齣，我便先教妳們第一課，儀容得當，寧遲勿失。也就是說妳們日後必須時刻記住儀容儀表之重，寧可遲了，也不可慢待胡湊，免叫人恥笑。」

葉嬤嬤的聲音柔和，音量不大，吐字清晰，那字一個個適中的勻速吐出，似是溫語在耳，但偏偏她的眼神帶著不可輕視之厲，再加上那面容上的醒目疤痕，無端端的叫姊妹幾個不約而同的低下頭來。

「我來給妳說道說道她們都是誰吧！」林老太太此時抬了手指，指了當頭的林馨就要介紹，豈料葉嬤嬤一轉頭朝她恭敬的欠身言語：「老夫人尋了我來做教養嬤嬤，於姑娘們的事還請交與我。」

林老太太一頓明白過來，點點頭。

當下便說道：「那就進屋吧！」

林老太太在前，陳氏在後抬手請了一下，便同葉嬤嬤一前一後的進了正房，四個姑娘們正妳看我我看妳，常嬤嬤踅了出來。「姑娘們快進去吧。」

林悠聞言忽而鼻子裡輕哼了一聲，瞥眼向林馨。「走吧，三姊姊。」

林馨雖然是庶女，但她生在了林悠的前面，排行為三，如今見客依著規矩便是她打頭，而林悠乃是嫡女自然心頭不舒服，若是以往，林悠才不管這排行早竄了進去，只是今日遇上的是教養嬤嬤，太太又是打了招呼的，是以她才肯走在後面。

林馨小心的看了一眼林悠，便提著裙邊邁過了門檻，林悠立刻跟在後面，繼而是林嵐，最後才是林熙，只是她到底只有六歲，身板小些，偏那門檻又高，最後還得是花嬤嬤將她略扶了一下，她才算是跟了進去。

葉嬤嬤此時坐在繡墩上，斜側著身子掛著一抹淡淡的笑容瞧著她們幾個。

林馨帶著姊兒幾個行了福身禮，便想走到一邊立著去，豈料葉嬤嬤忽而開了口。「幾位姑娘還是自個兒與我介紹相識吧。」

林馨聞言頓了一下，衝著葉嬤嬤低頭一福。「我、我喚馨兒，乃、乃家中排行第三。」

葉嬤嬤依舊微笑的看她，顯然認為她還沒說完。

林馨捏了捏衣角。「我、我是庶出的。」

葉嬤嬤臉上笑容不變，依舊望著她，這下林馨更是慌了，把衣角揉捏了好幾遍，竟是一個字都擠不出來。

葉嬤嬤的眼珠子微微動了動，柔聲道：「三姑娘說完了嗎？」

林馨趕緊點點頭，葉嬤嬤朝她也點點頭，笑著轉向了林悠，當下林馨長吁一口氣，非常自覺的往邊上退了些，一副生怕自己站在正中受人關注的架勢。

林熙瞧望著，心中嘆了一口氣，她素來知道三妹妹膽小怕事，以前她未出嫁時，也常對她喝斥過，如今看來，倒十分的怯懦。

「我單名乃悠，家中排行第四，是母親的第二個孩子。」林悠昂著腦袋一臉的得意。「已經讀過《三字經》和《千字文》，最近正在讀《女訓》。」

葉嬤嬤淡笑著望著她，一如之前的模樣，那林悠想了下又補上了一句。「我最近正在習柳體呢！」

葉嬤嬤微微點頭。「四姑娘說完了嗎？」

林悠點點頭，葉嬤嬤立刻就轉向了林嵐，林悠當即嘴巴撇了下，人只往邊上挪了一小步。

「我名嵐，家中排行第六，前日裡才讀完《千字文》。」林嵐說著瞧看了一眼葉嬤嬤，衝其一笑。「我說完了。」

葉嬤嬤朝她點頭後，看向了林熙。

林熙往前走了一步，先對著葉嬤嬤福身，繼而開了口。「我是林家最小的嫡女林熙，今年六歲，葉嬤嬤好。」說完後便低頭等在那裡，那葉嬤嬤笑著點點頭。「妳可和姊姊們一樣，讀了書嗎？」

林熙並不清楚，畢竟她出嫁那會子，七妹妹成日裡還在園子裡玩耍。

當下回頭看了一眼花嬤嬤，見她衝著自己點頭便轉身對葉嬤嬤說道：「有的。」

葉嬤嬤笑了下，眼掃四人後轉頭衝林老太太說道：「四位姑娘我教得，只是老夫人和太太得撒手。」

林老太太早在莊子裡就同葉嬤嬤答應了的，這會兒自然應聲。「應該的，我請妳來做教養嬤嬤，就放心的把她們四個都交與妳，規矩妳定，我不插言，責罵鞭打也全由著妳，我再不過問。」

陳氏聽了這話，眼裡閃過一絲詫異，但隨即她又耷拉下眼皮。「葉嬤嬤放心，我也不會多事的。」說罷便安靜的坐在了那裡。

葉嬤嬤笑著轉頭衝四個姑娘說道：「四位姑娘應該也聽清楚了，自今日我做了妳們的教養嬤嬤，妳們的事便是我來作主了。話我說在前頭，我精力有限，一齊教四位姑娘，也就半年的光景，若是有不適應的，且忍忍，過了這半年也就是了，若是有心多學的，那就把心眼子放正，半年後，我只選兩位姑娘來教，有沒有緣分的，一切就憑各位自個兒作主了。」

四個姑娘齊聲應了，葉嬤嬤便說明個開始，當下老太太一擺手，四人都被領了出去，她們這一走，常嬤嬤放下了珠簾，去外面候著，屋內就留下林老太太、陳氏，以及葉嬤嬤三個人。

「老姊姊瞧著如何？」林老太太嘴角上掛著笑。

葉嬤嬤面上笑容不變，眼掃了下陳氏，而後說道：「林家乃是清流世家，書香門第，禮儀重節，四位姑娘能早早的知道讀書，倒是得了傳承，這是極好的。」

這麼一句話看似答了老太太的問，還誇了四個姑娘，但林老太太卻聽出這話中之意，當即蹙了眉。「怎麼？她們四個不入眼嗎？」

葉嬤嬤依舊往陳氏那裡看，陳氏當即表態。「葉嬤嬤不必忌諱我，話只管往直裡說，我，受得住。」

葉嬤嬤點了頭。「那我就不客氣了。」說著笑容便收了。「這四位姑娘，平日裡，太太您……沒怎麼管教過吧？」

陳氏一頓，看了眼老太太，見她竟閉眼撥起了珠串，便低了頭。「葉嬤嬤慧眼，我……」

「還是我來說吧。」林老太太驀地一睜眼。「我那兒子自婚後，大大小小共收了三位妾侍、四個通房，兒媳婦持家雖有道，卻也不免與她們處處較勁，故而這些年沒什麼心力教誨子女，唯一花費過心思的，也就是可兒，可是……」

「敢問花費過心思，又是如何？」

陳氏紅了臉。「請過女先生教了讀書識字，也請了女紅先生教習過。」

「只這些嗎？」

陳氏點點頭。

葉嬤嬤看向了林老太太。「三姑娘性子太弱，只怕家裡常受些欺負，若要我把她教出來，太太這裡首先就得嫡庶一般的養，其實高門裡，女兒家並不分那麼清楚，反正遲早都是嫁出去的，選夫婿的時候有著一點差別，嫁妝再分個等，也就是了，何必平日裡分得那麼清楚？若是這般差別著，先不說別的，日後若有機緣得說於高門，只叫人聽著見著尋出差別來，便知太太的不容，不但丟了您自己的臉面被人稱惡，更是連林府也會被人嚼在嘴裡的。」

陳氏聞言面上一紅，其實她也出身於書香門第之家，明白這對庶女過於苛責或是懷懶要被人念叨，她不是不想關心，但到底不是自己生的，每每瞧見又會想起那幾個狐媚子，這心裡頭著實上火，不由得就苛責喝斥得多了些，如今遭葉嬤嬤這般唸了出來，也覺得臉上燒得慌，隨即點點頭。「我知曉了。」

葉嬤嬤瞧見陳氏那模樣，忽而一笑。「我瞧太太心裡委屈，我只問一句，您們請我來做教養，為的是何？」

陳氏捏了捏帕子。「想給我們林家教養出一位名聲牌坊。」

「名聲，這便是林家的體面，也是我們女人一輩子的脊梁骨，同樣的，若是四個姊兒裡的庶女們出外有了差池，丟了臉面，您說嫡女們要不要受著牽連？」

陳氏一頓，徹底明白過來，當即起了身。「我明白了，日後我絕不苛責就是。」

葉嬤嬤點點頭，這才看向林老太太說道：「老夫人，這事我應了，日後便少不得要拿捏治理的，於今日我也和妳交個底吧，那三姑娘性子怯懦，沒有大家風範，日後我得給她樹些威，好叫她先站直了自己的脊梁骨；而四姑娘，傲氣過了頭，少不得要打壓一二，讓她知些收斂，免得日後出門在外惹人生厭；那六姑娘是個謹慎的，只是性子裡有些盤算，只怕日後貪念不小，容易出事，少不得敲打一二，正了心；至於那七姑娘嘛……」葉嬤嬤捏了下手指。「她尚小，還有些看不清，不過，也只有她知道向我問安示意，倒有那麼點眼色。」

葉嬤嬤的一番話語，叫陳氏面色發紫，她自認雖然是疏忽了些，但也不至於聽起來四個孩子只有一個七姑娘略略拿得出手，但心中再一盤算，卻又覺得葉嬤嬤說得是句句在理，頓了一下後說道：「那就有勞您了。」

林老太太也發了話。「交與妳，我便不多言了。」

「如此，我便回去準備一二，明日就開始。」葉嬤嬤說著起了身，林老太太招呼了常嬤嬤引著去安排院落以及丫頭婆子的，這人一走，婆媳兩個對視一眼後，都是一聲嘆息。

陳氏眨眨眼，低著頭。「婆母，兒媳是不是太、太沒用了？」

林老太太不置可否，撥了兩下珠子後才慢慢地說道：「她來了，我們就指望著她吧！」

第四章 指腹為婚

林熙眼望著前方三丈開外的投壺，深吸了一口氣，邁著小小的步子，抓著那根有她半身長的投箭，往前直走，片刻後，將投箭入壺，便轉了身看向一旁坐著的嬤嬤。

葉嬤嬤搖搖頭，起了身，衝著四個姑娘低聲說道：「妳們乃是大家小姐，走路要講究四平八穩，且瞧瞧妳們幾個？三姑娘勾著身子弓出了駝背來，四姑娘眼珠子朝天，六姑娘身姿倒是不錯，就是衣服窸窣，幅度不能小些嗎？至於七姑娘，嬤嬤我只是教妳行坐而已，妳何須緊張成這樣？」說著她又一笑。「再來過吧，這次且慢著點，我一個一個的再給妳們糾正一次。」

隨著葉嬤嬤的話，姊妹四個只好輪番上前再來，林馨自然打頭，林悠便挪到了林嵐身後瞥了眼林熙，衝她小聲嘀咕起來。「熙兒妹妹，妳要是挨不住，就哭上兩嗓子，叫花嬤嬤帶妳回去玩去，這又不是入宮當娘娘，要這麼折騰嗎？」

林熙衝林悠搖搖頭。「四姊姊，我、我想學。」

很多話都是不能說的，她更沒辦法告訴自己的這幾個妹妹一定要學，還要用心的學。

當初她也不曾覺得這些有多重要，只要待人接物大方爽利也就是了，在她出嫁前，也曾滿耳好話，不覺得如何，可等到嫁去了康家，和那康家大房的安寧縣主一比，她便莫名的成了個野丫頭。

婆母嘲諷，太夫人蔑視，就連她的夫君也橫挑鼻子豎挑眼的，以至於日後她在康家過得十分鬱卒也就算了，可別人一旦傳出過什麼話出去，竟也沒人會為她開脫上一句，終歸是起始就落了勢，後來事發，在康家族中想要辯解一二，她竟是百口莫辯，無人信，終歸在人家眼裡就當她是個不知規矩的，繼而才在那些冷眼與辱罵中，逼得她生生的走上了末路。

林悠見林熙不聽自己的，當即惱了，抬手對著林熙的腰眼上就是一掐。

很疼，淚水不自覺地就奔出了眼眶子，但是林熙死死的咬了唇沒吱聲，這倒把林悠給驚住了——她可是狠狠的掐了一把啊！

而此時，葉嬤嬤輕聲地喚道：「四姑娘，該妳了。」

林悠立刻堆起了笑走過去，葉嬤嬤二話不說的開始給她指點矯正，此時那林嵐看了幾眼林熙，而後默默地轉了頭去，三息之後更是完全盯著林悠的行姿，好似什麼事都沒有過一般。

待到林悠和林嵐都指導完了，就輪到了林熙，她年紀尚小，有些舉止做來頗有難度，但架不住她一心求學，硬是咬著嘴唇亦步亦趨的模仿矯正，待走到後頭幾步時，竟也有了些樣子，那葉嬤嬤衝她微微笑了一下，倒也算是獎賞了。

上午是閨學，下午是行止禮儀，晚上便是女藝，所以當這行止禮儀結束後，大家能各自回去歇上半個時辰，而後用了晚飯，便要學習女藝。

葉嬤嬤散了大家，林悠當頭第一個就跑了，林熙最小自是慢吞吞的在後，走路都還記得剛才葉嬤嬤教的行不出聲、動不帶裙，於是更是別人都走完了，她才走了一半的路。

「七姑娘。」

身後傳來葉嬤嬤的聲音，林熙微微一頓，慢慢地轉了身，裙襬未動，只有腰上的垂條畫了個圈。

「嬤嬤有事？」

葉嬤嬤笑著走到了她的跟前，蹲了下來。「適才妳為何眼有淚水？」

林熙一頓，眨眨眼。「先前瞌睡來了，打了個哈欠，眼淚就出來了。」

葉嬤嬤瞧著她，伸手慢慢地理了下她的耳髮。「難為妳還知道護著一家人的。」

林熙頓時明白，葉嬤嬤這個眼尖的早是看見了林悠的小動作，當下也不好說什麼，乾脆低了頭。

「妳其實年紀是這裡最小的，很多妳學來怕要吃力些，若是受不住說上一聲，便能免得吃這些苦，等再過上兩年了學，也好一些的。」葉嬤嬤聲音柔和，充滿了規勸之意。

林熙抿了下唇搖搖頭。「不，我想現在就學。」

葉嬤嬤的眼裡閃著幽光。「為什麼?妳的姊姊們，可大多是不耐煩的。」

林熙捏了捏指頭，拚命地想著措辭，她只有六歲，她該怎麼說才合適呢?

葉嬤嬤笑吟吟的望著她，不催不急，林熙幾乎憋了一腦門子汗才想出了應對的答案來。

「娘說，我們得出個什麼，名聲牌坊，林家的女兒都得努力。」

葉嬤嬤聞言卻搖搖頭。「妳應該這麼說，母親囑咐我要學，我便自當努力學。」

林熙登時傻了眼，她打量葉嬤嬤，尋思著她是在教自己說話還是看出點什麼來，但隨即她又安了心，她相信如此蹊蹺的事，根本不會有人想到，畢竟她自己都很意外。

林熙當下照著葉嬤嬤的話學舌了一遍，那葉嬤嬤又問道：「今日便會開女藝了，妳想學哪個？」

林熙這個早有想法，當即開口。「女紅。」

「琴棋書畫皆為才女之藝，妳為何想學女紅？」

林熙眨眨眼。「熙兒想親手為母親做雙鞋子。」

葉嬤嬤笑了。「孺子可教也。」說完起了身，便走了，倒留下林熙瞧看著她的背影獨自回味。

晚飯後，便是女藝課，雖然葉嬤嬤是教養嬤嬤，這些也是樣樣精通的，可她卻沒法同時教四個，是以她早託了林老太太尋了兩個師傅來，卻並非府中原有的，而是她昨日裡到京城的街上轉了一圈，最後約談來的兩個。

一個是繡莊裡的劉繡娘，繡活兒極好，據說做此行當近二十年；一個是成衣鋪裡的丁掌針，縫紉裁剪那也是樣樣精通的。

有了她們兩個連同葉嬤嬤，這才把四人算是弄轉了。

林馨怯懦，雖對琴棋書畫很有想法，卻瞧著葉嬤嬤有些害怕，故而選了女紅，所以她和林熙兩個，一個跟了劉繡娘學繡花，一個跟了丁掌針學縫紉，而林悠選了畫，林嵐選了琴，葉嬤嬤便同時教她們兩個，反正她們之間倒也不是太算做干擾。

林熙之前在康家，手上沒活兒，這些一概都是交由做針線的上人們去做，自己是偷懶的。平日裡為著抒情倒也彈過幾曲，可那康正隆是個繡花枕頭，看起來滿口詩詞歌賦也能論些才情的，卻等到兩人真談起來了，才知那不過是個耍嘴皮子的，肚子裡沒多少存貨，而琴簫之音，看起來十分高雅，卻於兩人無益，每當她剛剛彈出點興味來，婆母便會帶著縣主大嫂駕到，人家一番高談闊論說著什麼靡靡之音害人，倒把她弄得跟那些下賤的窯姊相提並論，委實嘔氣，偏她又爭不得，橫豎都是她的不對。

而康正隆身邊那抬起來的兩個姨娘，一個慣會弄吃的，一個慣會弄做的，把康正隆伺候得舒坦，把她倒比得是不知體貼，一無是處。

林熙想到這裡，略有些失神，就忘了控制手上的速度，只眨眼就縫完了手裡的兩個布片，此時丁掌針一接過，她才醒悟，便想著自己要如何解釋熟練，豈料丁掌針竟衝著她嘆氣。「縫得快是快，可是針腳歪斜，排空太散，七姑娘，還是再來吧。」

林熙臉上一紅，重新拿過，登時覺得自己很丟人——原來自己的真實水平竟如此的差。

轉眼一個月過去，夏日炎炎的六月並不是個讀書的好時節。

但因著葉嬤嬤做了安排，林熙便有任務要將《千字文》熟記。這對於她來說並不難，看了兩遍，就記起種種來，只是難為了她寫字，為著不暴露自己，她特意的選了魏碑來臨，放棄了自己最擅長的小楷。

葉嬤嬤見她選這字體時，曾盯過她兩眼，而後照例什麼也沒說，只由著大家自選自練，她極其好脾氣的不推諉不怠慢，一一教習。

但是總在評定時，會表揚林馨，批評林悠，詢問林嵐，鼓勵林熙。她這一套不變的模式，其他三個姑娘或許沒察覺，但林熙卻早早的發現，繼而意識到葉嬤嬤的無聲改造。

但改造總不是那麼順利的，林馨固然自信猛增，臉上常有了笑容，可林悠卻是相反，她的臉色越來越難看，每每在葉嬤嬤的批評時，更是呼吸粗重。

只是葉嬤嬤像未察覺一般，依舊老樣子的批評，結果在林熙的擔心下，這一日林悠便憋不住的發火了。

葉嬤嬤剛說她字浮氣躁，得重來，她就一把甩了筆。「嬤嬤可還記得前些日子學的『女子無才便是德』嗎？我們姊妹幾個學那字，圖的是個認知，只要識得寫得，周正了也就是了，又不是要當什麼筆帖、書文的大家，何須練得這般辛苦？莫非我們還能去考科舉不成？」

葉嬤嬤嘴角掛著一絲淡笑，抬手將林悠甩了的筆拾起，餵墨，而後在林悠寫過的字旁邊提筆再度寫了一遍同樣的，而後她衝林悠輕聲道：「妳且看看。」

林悠撇著嘴往她跟前湊，冷不防葉嬤嬤執筆就在她臉上畫了一筆，林悠驚呼，葉嬤嬤卻慢條斯理地說道：「妳身為閨秀，總有與人書信的時候；身為主母，更要管帳執筆，若像妳說的那般，便好比妳覥著這張臉出去，根本不必理會臉上是何妝容，反正那橫豎都是妳，不是嗎？我勸妳好好記住，這每一筆都關乎到妳的臉面！」

林悠到底不過十歲，眼見臉上著了墨，又被葉嬤嬤這般教訓，一跺腳轉身就往外跑，其他人雖未動彈，林熙卻不能不理，畢竟那是她的親姊姊，急忙在後面叫著四姊姊，追了出去。

屋內的人面面相覷，那葉嬤嬤卻不理會，將筆一放，慢悠悠地說道：「來，我們繼續吧！」

林悠在前面衝林熙在後面追，伺候的丫頭和婆子這會兒都在院口當差，聽著聲音便湊了過來，林悠見狀捂著臉大喝。「都別過來，誰過來我就喊我娘把她給攆出去！」她喝完又衝。

林熙只能在後面追，花嬤嬤見狀也急了，想跟，林熙知道林悠的脾氣，朝花嬤嬤一擺手。「嬤嬤別追了，我去追四姊姊。」

繼而她提著裙子邁步小跑在後面追。

一個十歲，一個六歲，林熙要追上林悠著實費勁，眼見林悠衝進了母親的院落，這心裡多少吁口氣，豈料等她衝進院子了，卻被林悠一把捂上了嘴。

「噓！」林悠在她耳邊輕道：「爹爹在。」

林熙一瞧整個院子裡竟連個伺候的丫頭婆子都沒，便知林悠說的是真，爹爹這會兒定在娘這裡。

姊妹倆對視一眼，眼裡都是一縷擔憂。

這在林家大約成了一個定俗，每次老爺只要到了陳氏所居的正房處，丫頭婆子無一例外的退避三舍，只有萍姨娘一個會在院口上伺候，對外的口徑是，家中大事由不得人亂聽亂嚼，故而避諱，但作為陳氏親生的兩個丫頭，卻早知道，這是因為爹爹每次到母親房裡來，總會吵架，偏爹爹又是自命清高的，而陳氏好歹也是主母，若讓身邊的人聽到了些，再傳去了其他幾房的耳裡，豈不是會叫那幾位笑話，丟了主母的臉？所以習慣成自然，就如此的成了定俗。

但今日卻有些邪門，院口上竟沒有萍姨娘立著，姊妹對視一眼，小手牽小手的順著牆根貼了過去，剛走到正房門口的窗下就聽到了母親的哭泣聲和萍姨娘的勸慰聲。

「太太，您快別哭了，老爺不過是一時氣話，說渾了的。是吧，老爺？」

「我才沒說渾，就她這個心胸，還做什麼主母？」

啪！不知是什麼砸到了地上，林熙便聽到母親憤怒的聲音。「我什麼心胸？自我嫁給你，我容了你多少事？成親不足半年，你就鬧著屋裡添人，置我臉面於何處？我咬著牙忍了，給兩個丫頭開了臉，轉頭我剛懷上悠兒，你又鬧著要添人，彼時我有孕在身，便將秀萍給了你，作主抬了姨娘，你房裡除了我，且有三個伺候著你總該夠了吧？可你呢，消停了多長時間？通房巧兒也才出懷，你就把婆母跟前的香珍弄大了肚子。若我真是個狠心的，只消逼到婆母跟前要個說法，香珍就得被送去莊子裡，可是誰在我跟前說著好話求我大度？又是誰把她們兩個抬成姨娘？是我！我這還是妒婦？我這還是沒了心胸？」

「妳說這些做什麼？我說的不是妳對我，是對孩子們！妳要真是大度，就得對孩子們一視同仁！可妳呢，就只偏疼妳生的，也幸虧佩兒是秀萍生的，妳還惦念著點，把他也當自己的兒，也有他一份，那宇兒是香珍生的，妳且如何待他的？扣下的東西還少？叫外面人知道妳如此的苛責庶子，丟的是誰的臉？怪不得可兒能做出那種事來，就是妳這個當娘的從起始就是個歪心！」

「老爺！」萍姨娘急聲輕喚。

「你！」母親的聲音陡然拔高。「林昌，你、你欺人太甚！」

「我欺人太甚？我可有說錯了妳？可兒讓妳嬌慣寵溺，目中無人，竟不知臉面做下那孽事！妳若是個好娘，她豈會如此？一個月前，妳一副想通了的樣子，去求我娘尋葉嬤嬤來，說得頭頭是道，我還以為妳真心為這個家打算，結果呢？卻是一心就想著為熙兒尋，妳說妳這心怎麼就那麼不容人，難道別的幾個姊兒就不是我的骨肉了？要不是我出門時給了妳交代，而後又向母親陳情，只怕這會兒葉嬤嬤只教著熙兒一個，妳這還不是歪心?!」

「說來說去，你就是嫌我疼著熙兒了，可你仔細想想我為什麼要那麼著急著熙兒！」陳氏說著嗚咽之聲又起。

「有什麼可想的，不就是偏疼她嘛，妳這次可連妳生的悠兒都沒念著呢！」

林昌的話語傳進林熙的耳裡，她打了個寒顫，偷眼瞧了林悠一眼，就看到她睜大著眼睛盯著自己，當下只得更加小心的埋著腦袋，希冀著千萬別讓林悠就這麼稀裡糊塗的把自己給記恨上了。

「秀萍，去把箱子打開，把那文書取出來。」陳氏吩咐之後，萍姨娘應了聲，窸窣聲之後，便是一聲輕輕的喚。「老爺，給您。」

屋內安靜了片刻，忽而是陳氏含著哂笑的聲音。「敢問老爺，我現在還有錯嗎？」

林昌的話語沒了先前的怒意，竟有些結結巴巴。「這、這是怎麼回事？」

「怎麼，老爺難道連這事都忘記了？」陳氏的話音再度挑高。「這匣子還是你交給我的！」

「我給的？」

「對，在公爹去世後不久。」

屋內又是一片寧靜，片刻後，林昌拍著腦門大笑起來。「哈哈，爹可真是英明啊，當日一紙文書，就給我留了這麼一條好路，辛苦妳記著，我是全忘了啊！」

陳氏嘆了口氣。「你當然忘了，這是公爹與老侯爺簽下的婚約文書，原是指著你們這一代就結下姻親，誰料侯爺家滿共五個兒子，竟沒一個女兒，而你們林家也是三個兒子，生生地把這約就留到了孫輩這一代。」

「妳嘆什麼氣啊，這是好事，別人想和侯府有親，那可難，咱們家憑這個，那等於是平步青雲！我爹也真是的，早先怎麼不拿出來，若不然可兒憑此就能嫁到侯府去，何至於……」

「怕是老爺子早瞧著可兒任性妄為，故而沒吭聲，他老人家去世後，你就把這匣子給了我，只說過一句原來你差點與人指腹為婚便沒了後話，我當時又忙著你屋裡那些鶯鶯燕燕的，也沒留神過，直到咱們和康家都結親了，我才看到這信，當時就道可兒無緣！」

「罷了，大的沒撿上還有小的嘛！」林昌的聲音透著開心。「反正咱們家的嫡女中必然要出一個的，只是，悠兒也是妳肚子裡出的，妳怎麼就只惦念上了熙兒？」

「這還不是……唉，可兒出了這事，我心裡是又疼又懼，疼自己的閨女怎麼就如此的沒了，懼這孽事做下了，若傳揚出去，老爺你的前途晦暗，咱們林府更是飄搖。如今康家的且算厚道，閉緊了嘴，一時相安，但日後的事誰能保得了，萬一有點什麼漏了出來，林府不就……所以我們府上的閨女再不能出錯，而這婚約文書在此，咱們府上便有位嫡女是要入了侯府的，悠兒是我的骨肉我豈能不想著她，只是她和可兒從小親近，脾氣性格就像是一個模子裡刻出來的，我怕啊！」

「也是，侯門規矩多，比我們只怕更重，我們和侯府一旦結親，那可是高嫁，攀了富貴的，的確不能出一點岔子。不過，這葉嬤嬤來了嘛，給教著點改改，妳何至於一開始就沒惦念上呢？」

「老爺說得輕鬆，悠兒如今都十歲了，性子早出來了，這個時候改，能改得了多少？再說了，我算過侯府上的幾位爺，最小的今年剛好十歲，和咱們家悠兒一般大，這年歲上持平，怕不好定。倒是熙兒今年才六歲，能比那位爺小個四歲，他日裡，那邊及冠，咱們這邊已及笄，也恰好合適，加上熙兒又小，此時若葉嬤嬤傾心教導，他日必能是像她那般才情兼備的全人，到時出了名聲，你再去把這文書的事放出風來，侯府必然過問，此物一拿出去，熙兒有個好名聲，也不怕那侯府輕了咱們，你也能討個美名，免得人家說你拿老爺子的名頭去高攀！」

「有些道理。」林昌聲音充滿了歡喜。「夫人果然盤算得周全，如此看來，倒的確是該把熙兒好生培養的。」

「此時你倒說這話了，早幹麼去了？也不知是誰唸著我妒忌，更念著香珍那小蹄子，把我當惡人！我可把話給你說開了，如今我已經依著你，四個姑娘不分嫡庶的全部送去教養，我更許諾，若是庶出的裡面有誰爭氣，學出了本事，我就把她記到我名下，到時候你那香珍的寶貝女兒要是真出了名堂，我且要看看一個成名的假嫡女，人家侯府理還是不理！」

「這，嘖！妳給熙兒說說，再給葉嬤嬤說說也就是了，只要多關注著些熙兒，別個捎帶上不就成了，妳這是較的什麼真！」

「我較真？我告訴你，就算我想，你那位香珍也不肯，在你跟前流兩滴貓尿，你就會來幫她說話了，何況她那女兒林嵐也不是省油的燈！若不然，你今日怎會來尋我的晦氣？還說著我是妒婦，你且出去問問，有幾個老爺會給妾侍莊子鋪頭的置產業？你這般壓妻寵妾，但凡捅出去，我看你還怎麼承這林家的清流名頭！」

第五章　嫌隙

「妳看妳，又亂說了吧！壓妻寵妾這話豈能亂說？」林昌立刻拍桌。「香珍身子本就弱，三天兩頭的生病，她又沒什麼娘家可依靠，老太太自她跟了我，也不再理她，妳叫她靠誰去？我是給了點鋪子莊子，也不過看她可憐罷了！林嵐也是我的女兒，宇兒更是我的兒子，妳總不能叫他們三個喝西北風吧！再說了，妳總是對他們摳索(注)，我要再不幫著點合適嗎？」

「奇了怪了，家裡的姨娘可不只她一個，怎麼別人沒哭天抹淚啊，怎麼就她身子弱了？既然那般孱弱，如何侍奉老爺你啊，不如我這就送她去莊子上調理一二，一來好生調養，二來也免得您三天兩天的宿在那邊沾了病氣！」

「妳！妒婦！我懶得理妳！」

屋內陳氏與林昌剛見好的氣氛又開始變得猙獰，林熙剛想是不是溜走的好，這邊門房啪地一把推開，林昌撅著鬍鬚氣鼓鼓的甩著袖子走了出來，正好瞥見窗下她們兩個，而此時萍姨娘追了出來。「老爺，您……四姑娘、七姑娘？」

萍姨娘一臉驚色，而屋內的陳氏聽聞所喚，急急地跑了出來，那臉上的脂粉都是花了

注：摳索，意指吝嗇、寒酸。

的。

「妳們、妳們怎麼在這裡？悠兒，妳的臉！」陳氏急忙湊上前來，在發現只是墨之後，吁出一口氣，豈料林悠卻一把推搡了陳氏，瞪著眼，跺著腳的衝她嚷嚷。「娘您偏心，憑什麼只想著七妹妹，若說高嫁輪也是輪到我！」

三個大人登時一臉尷尬，萬沒想到話被孩子聽了去不說，她還這般不知羞恥的嚷嚷。

「少胡說，婚嫁之事豈是妳能言語半個字的！」林昌當即黑臉衝著陳氏喝道：「妳看看，這就是妳教養下的好閨女，若是嵐兒在此，斷不會多言一字，不，她連聽窗的事都做不出來！」

陳氏聞言立刻挑眉。「你什麼意思？莫不是要說那賤人比我強？」

「強不強的妳心裡清楚，人家雖無娘家，但到底曾是我娘跟前伺候的一等丫頭，知道什麼叫本分，什麼叫規矩，妳且瞧瞧妳生的這幾個！」

「本分？規矩？哈！若真是本分，豈會不要臉的與你湊在一處，若是規矩又怎麼會挺著肚子進了你的房？」

「妳，不可理喻！」林昌甩了下袖子調頭就走，留下陳氏在那裡氣呼呼的直顫，萍姨娘則趕緊把她往屋裡扶。「我的好奶奶，快別吵了，仔細外面耳尖的聽見啊！」

「我真是倒了楣了，怎麼就嫁了這麼個黑心鬼！」陳氏說著又是淚下，可眼掃到林悠和林熙，更是陡然就怒了起來。「妳們兩個，妳們，給我進來！」當下身子一扭進了屋，萍姨娘趕緊把她們兩個拽了進去。

「我到外面盯著去，適才都是我聽著奶奶您……唉！」萍姨娘說著嘆了口氣，掩上門退了出去。

林悠昂著腦袋忿忿地扭向別處，林熙卻只能低著頭裝傻充愣，畢竟這事以她現在的身分年齡是半分都摻和不起的。

「跪下！」陳氏一聲喝，林熙撲通就跪下了，倒是林悠死槓著不跪，還鼻子裡哼了一聲。

陳氏見狀，轉頭奔去小廳從角櫃上的花瓶裡抽了雞毛撢子站到了林悠跟前。「妳，跪不跪！」

林悠上了性子。「不跪就不跪！」

「我叫妳不跪！」陳氏火上了來，抬手對著林悠的腿上就抽，林悠先是抗了一下，太痛受不住，繼而邊跳邊躲的嚷嚷起來。「娘您偏心，哎呀，您還打我，您前頭疼大姊，啊，現在疼七妹，我呢？啊！」

她越說陳氏越鬧，自然抽打得更恨，眼看林悠在身邊鑽來竄去的慘叫，林熙跪不住了，起身往前去一把抱住了陳氏的大腿。「娘，別打了！」

陳氏被這麼一抱，收了勢，呼哧呼哧的瞪著林悠。「妳且瞧瞧妳妹妹，她才多大，就知道為妳攔著，妳呢？都十歲自己單住的人了，竟還要和娘頂嘴！」

林悠使勁地蹭了兩下屁股，瞪眼向林熙。「呸，她占了我的婚事，這會兒裝什麼好！」

陳氏聞言當即又要抽打，林悠卻是一扭身就往外衝，外面立刻響起了萍姨娘相攔相勸的聲音，豈料林悠竟把她也推搡地跌了一跤，人就給跑了。

此時陳氏已從林熙的相抱裡掙脫，去到門口正好瞧見這一幕，便氣得把雞毛撣子往自己腿上抽。「我上輩子是造了什麼孽，尋了這麼兩個冤家啊！」

萍姨娘聞聲立刻爬起來往回跑，林熙眼見娘這般自虐，忙上前抓了雞毛撣子。「娘，您別哭了，熙兒在，熙兒在。」

陳氏偏頭一看，當即丟了那雞毛撣子，便把林熙摟在了懷裡，此時萍姨娘也到了跟前，一邊抹淚一邊把兩人勸進了梢間裡。

「妳去尋尋四姑娘，切莫叫她傳出風去，萬一漏出去了，咱們林家可就丟大了臉，要再被那賤人聽到風聲，免不了起心盤算。」陳氏抽泣了一嗓子，冷靜下來，急急的吩咐萍姨娘，當即萍姨娘應聲出去了。

她一走，屋內陳氏擦抹了淚，眼掃到林熙便低聲問道：「妳和悠兒聽見了多少？」

林熙眨眨眼，低了頭。

她該怎麼說呢？林悠生氣把話都嚷嚷出來，若她說自己沒聽見，這明擺著扯謊，但說聽見了，一是爹娘吵架算做醜，二來聽到自己的婚事，這又是教養上的避諱，爹爹剛才還為此呲了娘，她又如何敢提？

陳氏見她不語，便是明白她已經聽了不少，在那兒尋思了半天才對林熙招手。「熙兒，來，到娘的跟前來。」

林熙乖乖的挪了過去，陳氏一把摟上了她，一邊摸弄她的劉海一邊低低的言語。「按說妳小，這事還早得很，可偏就讓妳聽見了，也算是命中注定吧！畢竟娘也是因著這個，才起了心思要葉嬤嬤來教養；如今是妳們姊妹四個跟著學，可娘的心裡早許下的人是妳，如今妳四姊已經聽見，她嘴巴會漏出多少來，我不知道，我只望著妳能用心和葉嬤嬤學習，將來真真做個好名聲的姑娘入了那侯府當得起家，也就算給娘爭上了一口氣，千萬別學妳那不爭氣的大姊，讓妳娘我在這個家裡處處窩囊！」

林熙聽著這話，心中抽痛，她萬沒想到自己的任性妄為遭人誣陷後，竟給娘家帶來如此大的變數，眼瞧著心高氣傲的娘憔悴如斯，氣成這般，她萬分歉疚，急急地拉了陳氏的手就想道歉，但還好話剛到口邊，猛然意識到今時今日她是林熙，又想到葉嬤嬤前陣子幾番教她言語，話在嘴邊轉了個圈，便慢慢地說道：「娘莫哭，熙兒會聽娘的話，娘叫如何就如何，定不教娘失望！」

陳氏聞言大感欣慰，一把摟了她。「好、好，我知妳孝順。」說著又趕緊囑咐。「熙兒，今日妳聽見的話，千萬不能對別人講，就是妳那幾個哥哥姊姊的，也都不要提一個字。」

林熙點點頭，陳氏才舒緩了一口氣，便摸了摸她的腦袋。「好了，說說，妳們怎麼會來了這裡？」

林熙只得把先前的事講了一遍，陳氏聞言愣了一會兒，才喃喃自語道：「到底是寵慣了，和可兒一樣的任性！罷了，妳且回葉嬤嬤跟前學習去，稍晚些，我再親自去尋葉嬤嬤提上一提。」

林熙當下應聲告退，學著葉嬤嬤教的退後兩步給陳氏正經八百的一個福身，繼而默默的退了出去，直把陳氏看了個愣，最後便是臉上綻了笑，眼裡卻閃了淚花。

林熙從母親的院落出來，擦了擦眼，這會兒，她理應是照陳氏的言語回葉嬤嬤那裡才對，但想到林悠，她還是拐向了林悠的居所鳳鳴閣。

姑娘上了十歲，便得學著自己住院理事，等到及笄後，便是議親說婚事，故而從十歲起，姑娘們就得單住了。

如今府上林馨十三歲，因非嫡出，便是鄰著她生母巧姨娘的院落分了半間做了居所，喚作海棠居，林嵐也是如此住在珍姨娘隔壁院落裡的玉芍居，唯獨她，因著只有六歲，尚未有能力單住，便跟著婆子奶娘依舊住在芝萱閣裡。

林熙清楚林悠的性子，今日誤打誤撞的聽了這一齣，她這個嫁過一次、死過一次的，心中都驚得惴惴，更別說那什麼好處都拉下，吃不得半點虧的林悠了。嫁入侯府，不管是哪個爺，高門權貴的，都是高嫁，叫人豔羨，林悠心裡怎會舒坦？剛才所言所語，都讓林熙明白林悠是鬧了自己，倘若她不去混鬧著和林悠和解，只怕日後她心裡鬧著，便會有嫌隙，親親的姊妹若到了這分兒上，豈不是林家又多了一事？

她思想著一路小跑進了鳳鳴閣，才跑到院落裡就聽到了內裡萍姨娘的聲音——

「我的四姑娘啊，妳這樣怨下去又有什麼意思？現如今葉嬤嬤不是在教著妳們四個嘛，妳若學成最出頭最棒的那個，夫人難道還能強把妳壓下，把七姑娘湊到妳頭上去嗎？」

林熙站在門前，往前走也不是，往後退也不是，只心中震驚——平日裡和藹溫柔最得母親信任、得府裡人稱讚的萍姨娘怎麼跟變了個舌頭一樣，這樣子勸林悠呢？

「可是那樣我就得去葉嬤嬤那裡聽她唸我，明明有那一紙文書，娘不拿出來用，非得要藏著掖著弄什麼名聲！」林悠大聲嚷嚷。「娘真偏心，當初最疼大姊，現在最疼七妹，我算什麼？」

「唉，我的四姑娘啊，妳且收收聲吧！夫人也有夫人的難處，當然妳心裡要不舒服，那就好生的學，說到底妳也是四姑娘，成親這事怎麼也在七姑娘前頭呢，何必在這裡怨？若是讓院子裡的婆子丫頭聽見了，傳了信兒給那位，妳看六姑娘拚不拚上勁兒！」

「丫頭婆子妳不都攆了嘛！」林悠的聲音頓時低下去許多。「那我回葉嬤嬤那裡？不行的，她剛剛還斥了我！」

「斥責而已，又沒打妳手心。我那佩兒前兩天還被私塾裡的墨先生打腫了手回來呢！」萍姨娘說著似乎起了身，音往外飄，林熙果斷扭頭就往外跑，只依稀聽了個半句話。「四姑娘還是忍忍吧，別人家想求葉嬤嬤教，還求不……」

林熙呼哧呼哧的跑了出來，稍一定神，便決定還是回葉嬤嬤那邊的好，免得林悠過去瞧不見她，心裡更加梗得慌。

不過……萍姨娘今日的話有那麼點怪，雖說是勸林悠安定下來的法子，只是這勸法並非解事而是結了疙瘩，想來哪天得了空，她還是得給娘提提，免得錯信了人。她已經吃過虧，絕不能讓娘再吃虧。

林熙想著便邁步往葉嬤嬤那裡去，剛剛從二門前的抄手遊廊走過，就聽到一片朗朗的讀書聲。

下意識的，她伸手巴著廊柱站上了遊廊欄凳，而後踮著腳，從那二門的半尺縫裡往那邊瞧，就見幾個弟弟，不，應該是幾位哥哥們坐在那敞門的大廳裡搖頭晃腦的讀書。

朗朗之音，甚為悅耳，她不自覺地想起小時候爹爹教她讀書時的情景，心中暖暖，眼掃四周，卻發現多了一個！

欸？不對，那是誰？怎麼還有個不認識的？

林熙詫異的歪了腦袋，難道什麼時候家裡又多了個哥兒？可也不能啊，她出嫁尚未一年，屋裡怎麼就會多出個八、九歲的哥兒呢？

她正想著，冷不防腰間一股大力撞來，她驚叫一聲往下栽，卻是扶也扶不著，大叫著一頭栽進了廊外的水池子裡。

「唔……」她拚命掙扎，可小胳膊小腿無力不說，連池底也搆不著，她想要掙扎出水，卻又竄不上去，只大口大口的喝水。不過耳中依稀能聽到些許叫嚷，隨即「轟」地一下水花四濺，似有什麼也下了水，繼而她感覺到自己被誰從身後一抱，連拖帶拽的出了水，而後七手八腳的衝她伸來，她嗆咳著躺在了地上。

「七妹妹，七妹妹！」長桓的臉在眼前晃悠，林熙咳了一嗓子，輕喚：「大哥……」長桓臉上的焦慮登時舒緩。「哎呀，妳可嚇壞我了！」說著他抬頭看向一邊。「瑜哥兒，你可好？」

一個脆脆的聲音。「好著呢，這點水不算啥，俺在河裡摸過魚肚皮呢！」

林熙眼朝一邊掃，想看看是誰救了她，只是偏偏丫頭婆子們都聚集了過來，竟是連叫帶嚷的把她給抱了起來。

「我的好祖宗啊，怎麼好端端您就下水了？這是怎麼回事啊？」有婆子大聲嚷嚷，林熙立時被分了心神，下意識地往周邊掃，就看到了林悠一臉煞白的站在那裡，登時心裡一個咯噔。

「四妹妹，七妹妹是怎麼落的水？」長桓這會兒似乎想起問因由了，抬頭就衝著林悠問去。

「我、我怎麼知道？」林悠白著臉擺手。

「可我們聽見聲音過來時，就妳立在這兒啊！」長桓說著直衝了過去。「說啊，七妹妹怎麼就落了水？」

「你別問我！」林悠猛的一甩胳膊。「我也是聽了聲音才跑過來，她怎麼落的水，我如何知道？弄不好是低頭看池子裡的魚，腳下一滑栽下去了吧！」

兄妹倆正說著，又幾個婆子跑了來，照例是一番叫嚷，長桓便瞪了眼喝斥起來。「都嚷嚷什麼？人都救上來了妳們還喊？早幹什麼去了？這院裡的人呢？竟沒盯著的，還有跟著姑娘們的丫頭婆子呢，都死去了哪裡？這會兒使勁的扯嗓子喊，裝管事了，先前若不是瑜哥兒識水性下去撈了七妹妹上來，還不知會成了什麼樣？」

長桓恨恨地斥責了一圈，丫頭婆子們全都閉上了嘴，那長桓當即指手畫腳的分派起來。「都愣著做什麼？妳們趕緊把七妹妹抱上回我娘房裡，妳們幾個去妹妹處取換的衣裳，二弟、三弟，你們陪著瑜哥兒回去換了濕衣，記得叫小廝煮碗薑湯，我去和先生告了假，自會過去！你們這些憊懶的，別指望著編瞎話矇了過去！」

長桓一口氣吩咐完，便甩袖出了二門，林熙瞥了一眼長桓的背影，只覺得眼淚在眼眶裡轉。

出嫁之前，她便是和這個弟弟玩得最親最好，整日裡與他對詩詞聊琴簫，十分的快活，從未見他有喝斥下人之舉，似是一個只知道讀書的人，可如今他卻能夠斥責下人，且理起事來頭頭是道，她忽然覺得若不是這個弟弟一夜長大，便是以前都是他在讓著她這個姊姊。

林熙很快被送到了太太陳氏那裡，此時葉嬤嬤跟前等著的丫頭婆子也都聞訊趕了過來。

陳氏一見林熙那濕漉漉的樣子，就嚇白了臉，叫著又是換衣，又是熱水澡的一通折騰，等到林熙喝了紅糖薑湯從梢間被帶到屋裡時，卻陡然發現，先前一屋子的人，這會兒竟只剩下幾個了。

章嬤嬤、秦照家的還有萍姨娘魚貫的退去了外面，林悠和長桓對立而站，陳氏一臉怒色的坐在那裡，臉上還掛著淚，而她身邊竟然立著的是老太太跟前的常嬤嬤。

「熙兒沒事吧？」陳氏見林熙出來，趕緊上來抱了她，花嬤嬤一臉的歉疚之色。「七姑娘沒事，都怪老婆子糊塗，竟停了腳，早知道就該跟著。」

陳氏埋怨的看她一眼。「妳也是，這麼大的人了，豈能熙兒叫妳等著妳就等著了？」說完擺擺手。「行了，妳也出去吧！」

花嬤嬤低著頭退了出去，陳氏將林熙放在身邊，張口便衝林悠喝道：「悠兒，妳還不說實話嗎？」

林悠昂著腦袋。「娘要我說什麼？莫非要說是我推下去的不成？我是聽了聲響才跑過去的！」說著瞪向了嫡長子長桓。「大哥向娘告我，莫非你瞧見是我推的了？」

「這……」長桓低了頭。「我可沒說是四妹妹妳推的，我聽著聲出來就見妳站在那廊裡，便思量著妳怕是看到了什麼。」

「我才沒看見呢！」

林悠話音才落，陳氏就拍了桌子。「胡說！妳前頭還使性子呢，妳說，是不是妳把她……」

林熙心中一驚，一把抓了陳氏的手。「娘！」

陳氏回頭瞧她，林悠也瞧向她，眼神閃爍明顯的心虛。

林熙心裡嘆了一口氣，嘴上輕聲說道：「娘，別怨姊姊，是我自個兒，聽見哥哥們讀書有意思，便爬上了廊欄去，結果腳下沒站穩，就栽了下去，怨不得人。」

「真的？」陳氏聞言，臉上的怒色頓時少了大半。

有誰願意自己的女兒心惡呢，眼見林熙點頭，她著實安下心來，一面摸著林熙的頭髮一面衝林悠言語。「悠兒，是娘錯怪妳了，娘還以為妳心裡惱恨拿妳妹妹撒氣呢！」

林悠臉上又紅又白，悻悻地撇了嘴。「敢情娘不但看不上我，還心裡都把我當惡人。」

陳氏聞言蹙了眉，長桓立時站起身來。「四妹妹，妳怎麼可以這樣和娘說話？太過失禮！」

林悠當即剜他一眼，鼻子裡哼了一下。「沒我事了吧？沒我事，我可走了！」

「四姊姊！」林熙忽而開了口，繼而伸了小胳膊。「四姊姊，熙兒要看四姊姊畫畫！」

屋內人都是一愣，陳氏隨即揉揉她的劉海，看向林悠。「妳瞧妳七妹妹多黏著妳，就跟妳小時候長黏著妳大姊一樣，既然她想看，妳就帶她去吧，親親的姊妹兩個終歸是親近的。」

林悠的臉上紅紅的，人湊了過來，扯了林熙的手，繼而便要拉著她往外走，林熙卻扯扯她的衣衫站住，而後一轉身衝著陳氏便是一福，又衝著長桓一福。

陳氏見狀臉上滿是欣慰，那林悠見妹妹都如此，只得也照做，而後才扯了她出去。

姊妹兩個一出屋，林悠一把抱起她來，快走了幾步，眼瞧著花嬤嬤她們還錯著幾步，便低聲問道：「真是妳沒站穩栽下去的？」

林熙抓了林悠的領口。「姊姊下次和我玩時，一定要看清楚我站穩了沒。」

林悠登時雙眼圓睜。「妳！」

「姊姊不要惱我，娘不是說，我們都是她生的嗎？姊姊和我可是親姊妹，得一輩子相親相愛呢！」

林悠聽了這話，臉上浮現一抹羞紅，抱著林熙往前衝了幾步，忽而又轉頭跑回來把她塞進了花嬤嬤的懷裡。「我今兒個不畫畫。」說完扭身就跑，她房裡的丫頭婆子立刻追了去。

「七姑娘，咱們回去吧？」花嬤嬤一臉後怕的神情。「今兒個妳可把嬤嬤我嚇壞了！這才一個多月的工夫，妳前後傷兩回了，要再來一回，太太非扒了我皮不可！」

林熙把頭靠在花嬤嬤的肩上，輕輕地嗯了一聲，眼睛卻是盯著林悠一行人的背影。

自己能做的都做了，若是真箇把林悠扯出來，少不得是要動了家法的，那以她對林悠性子的瞭解，定然是會讓她們兩個就此斷了姊妹間的好；何況，林熙覺得林悠應該不是要害死她的，畢竟林悠只有十歲，怎麼可能起那壞心？想來應是過來瞧見自己，一時氣惱才推了自己一把，偏自己是踮腳立著的，故而才……

她抿抿唇，思及方才她與林悠所言，只希望林悠能念她的好，不再惱著自己。畢竟這事真真於她而言，她也是委屈的，想來，若不是被林悠帶著聽了一耳朵，她又如何會知道這事？更不知道母親竟然是指著她！

侯府文書，指腹之婚，來得太過突然，她毫無準備，何況這一耳朵也聽得模糊，侯府？京城裡的侯爺共有五位，誰知道是哪一家？再者，她的上面還有幾個姊姊，正如萍姨娘所言，若是大家都學了出來，也未必非得指著她。

哎，我當如何呢？

第六章　瑜哥兒

因著有了這件事，當夜的女藝便停了課，第二日則全都恢復。

林熙以為葉嬤嬤好歹也會問上一句，可人家卻跟不知道這事一樣，依舊教課、批評，照例的態度，一點沒變。

而唯一變的是林悠，往日裡葉嬤嬤唸她兩句，她不是瞪眼也得扭脖子，嘴裡憋著氣，恨不得隨時給頂回去，可今兒個卻乖順得不得了，葉嬤嬤說她浮躁，她沈默；葉嬤嬤叫她重寫，她乖乖重寫；就是葉嬤嬤叫她把那禮儀之舉一連做了三遍，她也乖順的照做，倒讓葉嬤嬤末了多看了她一眼，口裡輕唸了一句。「開了心智終歸是好，只是莫唸錯了經。」

林悠聞言身子微微顫了一下，依舊乖順的低著腦袋，林熙則是看向了葉嬤嬤，實不明白這人的心到底怎生長的，是不是上面布滿了眼睛。

此日過後，林悠全然成了一個乖順的姑娘，再不似往日那般任性傲氣，這讓林熙隱隱有些不安，而其他人卻也反應不同。

林馨是覺得常欺負她的林悠竟然不尋事了，每日裡心情大好，不時的會在繡花時，輕輕地哼著戲詞，而林嵐則是更加的勤奮小心，更加的謹慎，那小心翼翼又時時警惕的模樣，常讓林熙覺得她就像一隻驚恐的貓。

一個人變了三天，別人可能覺得不算事，可一旦變了半個月，這倒是個事了。

先是太太陳氏，眼瞅著林悠變得懂事聽話，鎮日裡臉上掛著笑，隔三差五的叫人捧著東西往葉嬤嬤屋裡送，顯然認為這是葉嬤嬤教導有方；其次是老爺林昌，這半個月來林悠乖順不惹事不說，竟還知道隔三差五的去向他討教一些書籍條陳，以至於他對陳氏的臉色好了些，早上請安時，林熙常能見到爹爹對母親微笑……

這在以前可很少能見到，在她的記憶裡，爹爹似乎對著母親九成的時間都只有一張冷臉的；最後是林老太太，聽聞四姑娘轉了性，先是狐疑，後叫常嬤嬤勤著跑，眼見著真就懂事了，立時遣車馬備起轎去了趟廣覺寺，而後回來便興沖沖的要開一次家宴。

林熙由花嬤嬤牽著入了屋，就看到林老太太一臉喜色的坐在上首。依著葉嬤嬤所教，她丟了花嬤嬤的手，不緊不慢的上前，攏手，並指，穩身，福拜，端端正正的行了禮。「熙兒見過祖母。」

林老太太一個勁兒的點頭，眼裡滿是欣喜。「好好，快起來吧！」

林熙答應著起身，順去了邊上，丫頭送來繡墩，她乖乖地坐下，這才半斜了身子，偷眼四瞧，但見哥兒姊啊的都在，而葉嬤嬤身邊則立著一個眉清目秀的少年郎，依著那八、九歲的光景，再憶起當日人家的施救，之後的打聽，便知道這個少年喚作瑜哥兒，是葉嬤嬤帶來的乾孫子。

林老太太高興，很是誇了一番，那葉嬤嬤臉上依舊是慣有的淡笑，只待林老太太誇完了才淡淡地說了一句。「這都是個人的造化，能有我多大事？」

林昌聞言立刻接茬說著葉嬤嬤的客氣，可林熙覺得，葉嬤嬤這話聽來不但不是客氣，還有著那麼一絲譏諷，但終歸也不過是自己的一時念想，便乖乖的低頭聽著。

屋裡說了一起，便要開宴，外面自然有婆子傳話說著巧姨娘和香姨娘也到了。

依著正經規矩，通常男客一桌，女客一桌，小孩子們又一桌，只是林老太太心裡歡暢，便只是叫著分了兩桌，男一桌女一桌，用一張屏風給隔了，以至於墨先生被請來時，林老太太也方便過去寒暄二句。

墨先生是京城裡有名的私塾先生，林昌託了國子監的祭酒才給拜請了來，供住在林府的外院裡，如今葉嬤嬤教養姑娘們得了誇，林老太太心裡高興便又過問起幾個哥兒們的學問，林昌便一時興奮做了考官，給這幾個哥兒們考了起來。

從四書五經裡挑問，長桓早就熟爛於胸，自是答得頭頭是道，林熙頗為高興；問到長佩時，他卻答得有些磕絆，不過終究是答了出來也非錯，故而勉強過了；問及長宇，七歲的小人兒卻嘴巴甚為順溜，明明問的不過是一首詩詞，他卻一口氣背了五首，要不是累得呼哧呼哧的，只怕還要背下去，逗得林昌甚為開心，唸著他聰慧，笑呵呵地賞了長宇一只香囊。

林老太太卻是臉上笑容不增不減，轉頭看向了瑜哥兒。「瑜哥兒，前些日子你進林府，我也不曾向大家介紹過你，今日大家一同坐了席，你便也不算外人，何況這些日子你也是跟著墨先生讀了書的，我常聽桓兒說你肚裡很有些才華，不若讓林老爺出個題考考你，如何啊？」

瑜哥兒聞言先對著林老太太一拜，而後又向林昌一拜，繼而說道：「請林老爺賜問。」

林昌伸手捋了一把鬍子，笑言道：「桓兒說你頗有才華，想必你也是早將文章熟爛於胸，我且叫你背一番也沒什麼意思。日前我曾問過你，出過幾次遠門，你說到我林府便是頭一回，想來你這一路，應該也看到不少山山水水吧？」

「是。」

「那不妨說說這一路你經過何山何水，報幾個地名吧！」林昌笑問道，引得同桌其他幾個哥兒不免騷鼻，尤其長佩一臉可惜之色，恍若剛才爹爹若問這個，他便可以答個順溜。

林熙聽此問，便猜想父親因是感激葉嬤嬤而不願問過，怕叫瑜哥兒答不上來，傷了葉嬤嬤的面子，才出此問，便低了頭擺弄著手帕，等著聽個熱鬧，豈料那瑜哥兒所答卻是——

「不曾記得。」

如此乾脆之答，叫林熙詫異，下意識地看向葉嬤嬤，卻見葉嬤嬤依舊淡笑如斯，並無赧色，而屏風之後已經傳來嬉笑聲，竟是長佩言語道：「長阪道、雲霞瀑那般顯眼易見的，你竟不知，莫非是車裡睡過來的？」

「不曾睡，倒是巴著窗戶細細地瞧看過。」

林昌此時一咳嗓子。「瑜哥兒，既然如此，你為何連個地名都報不上來？這等淺顯的事你都做不好，將來又怎能學下諸多！」

瑜哥兒聞言眨眨眼，沈默一息之後，淡然而答。「修道參佛，未學者，見山是山，見水是水；入道而未悟道者，見山不是山見水不是水；參悟大道者，見山是山見水亦是水，小兒不過入道而未悟道，自然無法與林老爺您等列奇觀。」

他字句吐露清晰，聲音舒而淨，林熙隔著屏風聽來，內心卻極為震撼。

想她當年好讀詩書，又為討爹爹喜歡，很是費心費力，也算胸有點墨的，若今日答不上地名來，已覺羞愧，遇上爹爹輕斥，自是只有低頭挨訓的分兒，絕對辯不出一句來，卻不料人家一個八、九歲的少年卻已能侃侃而談，答得不慌不忙如此清晰，辯得頭頭是道，分外有理，便不由得轉了頭，從那屏風的鏤空花紋裡向那邊瞧望。

但見父親得意的捋鬍，那瑜哥兒一臉的坦然澄淨之色，便不由得心生好感——這人日後定是個不簡單的，想那葉嬤嬤不急不躁穩如姜太公之色，只怕早是清楚這哥兒底子的。

一問一答間，老太太已經笑呵呵的撤回屏風後，便在老太太一句客氣下，起了席。

繼而外桌就此論起學問來，裡桌則是讚揚起葉嬤嬤的慧眼獨具。

一桌酒說說笑笑間，吃的時間長了點，林熙身子尚小，想去方便，便扯了花嬤嬤的衣袖，悄然退了出去，待方便後回來，想從梢間偏門裡入，卻忽聞兩人對話之聲，好奇下湊了過去偷瞧，便見長桓與那瑜哥兒在言語。

「你呀你，真是口才極好，竟如此能說會道，記不得就是記不得，哪裡來的那些藉口？」長桓說著搖頭，豈料那瑜哥兒卻是翻了個白眼。

「桓哥兒應該還記得九方皋相馬的故事吧，瞧馬瞧的是神駿，哪家伯樂需得記住馬兒是什麼長相了！」

長桓聞言登時噎住，平日裡能說善辯的一個人，真真的啞了聲，最後只能衝著瑜哥兒點了點指頭。「幸虧你沒衝我爹這麼說啊！」

瑜哥兒倒衝著他嘿嘿一笑。「我有那麼傻嗎？」說完便拉著長桓的衣袖兩人往淨房去，林熙便趕緊縮了身子，從偏門入內。

屋內的女桌上，此時老太太同葉嬤嬤正說著什麼，其他幾人便是傾聽，只有陳氏偶爾會陪襯上幾句，遠沒那桌的熱鬧。林熙默默的回到座位上，身邊的林悠竟主動給她推來一碗湯羹。「七妹妹，這是妳的，我知道妳愛喝薏米雞湯，專門給妳留了一碗。」

「謝謝。」林熙剛剛接過，桌面上話題竟陡然一變，落在了她們兩個的身上。

「瞧瞧，我們家四姑娘竟知道關愛妹妹了，這可是破天荒的頭一回！」陳氏一臉的欣慰。

林老太太也是笑著點頭。「是啊，熙兒乖巧，悠兒懂事，這很好！」

「馨兒和嵐兒也是不錯的！」忽然間林昌舉著酒杯從屏風後走了過來。「葉嬤嬤您好本事，馨兒從小怯懦上不得檯面，如今看起來也落落大方，尤其那嵐兒，越發的謹慎懂事，實在令我欣慰啊！我可得向葉嬤嬤您敬一杯酒的！」

葉嬤嬤笑著擺手。「林老爺客氣了，這酒我可喝不得，我不過一個鄉村老嫗而已，就算是修剪枝椏，也只能順了木紋去向，可當不得亂砍亂伐的，所以到底還是姑娘們自己的修為，我最多錦上添花罷了。」

葉嬤嬤一番話實是推諉，偏說得話中滿是誇獎，林昌聽著自己的女兒們底子都不錯，臉上自然喜色多多，當下衝著葉嬤嬤微微一欠身說道：「葉嬤嬤這話太客氣了，您可算不上什麼鄉野村婦啊，是我這四個姑娘讓您受累了！」

葉嬤嬤當即也是一拜，算是無聲對了禮，只是按說這就算完了，偏林昌眼掃了四位姑娘後，又衝葉嬤嬤說道：「葉嬤嬤啊，其實我這四個姑娘裡，除開兩個嫡女，另外兩個性子上都綿了些。馨兒如今尚不錯，大方了些，但到底還是小家子氣，如今她已經十三歲了，再過兩年就要及笄，得說婆家了，所以，想著您是不是給帶帶，畢竟我父親他老人家在世時，雖是最後未能入閣，可也做了幾任外放官，頗有些名望……」

「林老爺的意思我明白，望她見些世面，有些見識，不至於弱了勢。」

「對對，就是這個意思！」林昌臉上興奮多多。「還有我那嵐兒，她是最謹慎乖巧，品性不錯的，只是，我總覺得她少了一點官家女的骨氣……」林昌這次話沒說完，看向了葉嬤嬤，等著葉嬤嬤接茬，豈料葉嬤嬤笑了笑，並不接茬。

她沒有言語，可此時陳氏卻忽然滿臉笑容地說道：「葉嬤嬤，我家老爺是指著您把兩個庶女當作嫡女教養呢！」

林昌聞言瞪向陳氏，陳氏也毫不客氣的回瞪他，林老太太見狀當即臉上的笑容就收了，轉頭衝常嬤嬤說道：「我乏了！」

常嬤嬤立刻招呼起來，席面上的人，只得起身相送，剛把林老太太送出去，葉嬤嬤便也說著不勝酒力，告了退，那邊桌的墨先生當即也說著相似的話，撤了出去，轉眼間堂內便空泛起來。

林昌落了個沒頭沒尾的結果，臉上冷得幾乎凝霜，將酒杯往地上一擲，便瞪了陳氏一眼。「妳就非得兌上那麼一句？我不過是託下葉嬤嬤而已，又沒託於妳！」

陳氏聞言登時臉上飛起了紅，這些年就算再有不滿，吵架責怪那也是人後的事，如今的姨娘婆子連帶孩子們都在，自家丈夫就這般當眾數落她這個主母，這無疑是在眾人面前抽了她巴掌。

「老爺這話說得可不公，你要為兩個庶女討好處，我不攔著，也請在人後了託去，哪怕你送上上百兩呢，也不是在檯面上！外面坐著墨先生，內裡還坐著我這個嫡妻，你卻為這兩個庶女討起好來，這不是分明在眾人面前抽我的臉嗎？今兒個屋裡這麼多人，若是哪個嘴碎傳了話出去，只怕明兒個人家就道我這個主母如何如何的惡毒，到時候御家不力，看看是我丟人還是老爺您丟人！」

陳氏板著臉一串話出口，人就扭了腦袋看向一邊，林昌自知陳氏所言非差，也是有些懊惱自己的話快了些，可眼瞧著三房妾侍連帶兒女的都在此，便覺得若軟了話下去，哪裡像個家主，當即便是豎了眉頭。「我不過說妳一句，妳就一串話的等著我，無理取鬧！」說完不等陳氏反應，轉身便拂袖而去。

陳氏兀自氣惱，卻也只能望了丈夫的背影，眼掃屋內的人，更覺得惱恨，便眼一轉的瞪向了珍姨娘。「又是妳整日的給老爺念叨的吧？」

珍姨娘卻一臉不解之色。「夫人這話，香珍著實不明白，妾身素來身子差，身分也較卑微，幾時敢插言多事了？是以鎮日裡縮在院裡，都不敢出來，今日不過因著家宴才難得出來一遭，夫人便這般誤會到我這裡，真是，教香珍難過。」

陳氏聞言便豎眉欲駁，此時立在門口的章嬤嬤卻快步走了進來，張口便言。「太太，這席面能撤了嗎？」

陳氏聞言一愣，驚覺自己在兒女面前和妾侍口角實在丟臉，便趕緊的順了話說道：「撤了吧，反正人都走了，還有哥兒姊兒的也都回去吧！」

當下孩子們只得福身告退，由丫頭婆子們領著走了，屋裡轉瞬就剩下三位姨娘，陳氏便想要再好好訓斥上一番，此時秦照家的卻湊到了跟前。「太太，老太太跟前的姑娘明雪來向您討兩粒清心丸，說是老太太嚷著頭疼，您看……」

陳氏當即收了那口氣。「老太太不舒服便要吃這個，萍兒，妳快去取兩粒清心丸出來，我這就給老太太送去！」說著她朝那兩個礙眼的一擺手。「得了，妳們也下去吧！」

兩個姨娘當即福身而退，萍姨娘急急地奔去了內裡的小庫，陳氏連忙轉身往自己的正寢去，打算卸下待客的頭面，換去這扎眼的衣裳，著樸素的過去送藥，豈料一進了屋，秦照家的便對著陳氏躬了身。「太太別急，老太太那邊沒過來人。」

陳氏一愣，蹙著眉抓下了頭上的翟鳳穿花南珠赤金大釵往那鏡前一丟。「妳攔著我做甚？」

秦照家的不是外人，是隨著她嫁過來的陪房，原本就是她母親選在她身邊侍奉的丫頭，後跟了莊子裡的管事秦照；這是個頗有些謀算的，是母親有意給她提點的人，所以陳氏聽聞後，只是話裡帶著些許不痛快，卻並未惱她。

「我的太太啊，老爺終歸是林家的家主，固然他今兒個有些不對，卻也是極要臉面的人，您毫不客氣的一番話兌了過去，已經傷了他臉，您若再抓著那位一番斥責，她再回去衝著老爺一哭，您說您這不是白送人家機會嘛！」

秦照家的一心為主，話語可是半點沒客氣，陳氏一聽忿忿地拍了桌。「那我的臉呢？他當著大家的面去為兩個庶女求託，心裡哪裝著我生的了？之後又來駁我，我到哪裡尋我的臉去？」

「哎呀，太太，您這話可錯了，老爺的臉和您的臉那可是拴在一處的啊！他若傷了臉，您也傷臉，您傷了臉，他也跑不掉的，若我是您，今兒個老爺說出那話來，葉嬤嬤不接茬，您就該好好的勸著讓葉嬤嬤接話，而後沒了人您再和老爺清算，那時他在外有了臉，在內也得念著您的好啊！」

「我才不幫那賤人的孩子說話呢！」陳氏立刻搖頭。「更何況，他剛才也沒顧著我。」

秦照家的立刻搖頭。「太太，您只要不接茬，趕緊的散了眾人，老爺又豈會不知自己的話說得不是時候？那時也當為這道歉，回留在這正房。如今他可氣惱著甩了袖子出去，八成留在那位的房裡了！」

陳氏聞言咬著唇瞪向鏡中的自己。「由他去！他最好一輩子都住在那兒！將來出了醜攀不上高門權貴，我看他怎麼哭去！」說完坐回了椅子上，卻又嘟囔道：「這葉嬤嬤也奇怪，林馨的請兒，她接茬，怎麼林嵐她倒不吱聲了？」

「人家可是個人精！」林老太太歪在羅漢床上由著常嬤嬤給她鬆著雙肩。「怎麼可能著了道摻和進來？也就是我那不爭氣的昌兒，才會想著從葉嬤嬤這裡借光，可這院子裡教養的事，當家主母是能越過去的嗎？」

「您這話說得是沒錯，可是林馨她不就接茬了？」

「不一樣。」老太太瞥了常嬤嬤一眼。「她生母是陳氏挑出來的通房，縱然算不得一路，也不是對立的，何況巧兒那丫頭，老實本分得很，女兒也從來都是膽小怕事的，要葉嬤嬤關照一二免得小家子氣了，倒也在理，畢竟也都十三的人了。至於香珍，到底是我這裡出去的丫頭，縱然這事上有太多道不明，可也算是個貴妾了，葉嬤嬤若摻和進來，不成了老爺和太太中間的刀槍了？何況，那香珍是個什麼性子，妳還不清楚她了嗎？」

第七章 姨娘

常嬤嬤聞言臉上顯出忿忿之色。「那人的心生著九個彎呢！當初您那麼護著她，還說給她指個好親事，可人家多會盤算，一掉頭鑽了二老爺的床，當時就把我氣了一回，這真箇是打了您的臉啊，可您倒好，竟嚥得下這口氣，也不知這十幾年您是怎麼了，越發的心軟，要是我，一早把她發賣了，她哪有如今的機會做個姨娘！」

「妳說得輕鬆！」林老太太瞥了常嬤嬤一眼。「我是個心軟的人嗎？但凡當主母的，若是家宅不寧，么蛾子橫出，誰手裡又沒幾條人命了？只是自老太爺去了，我越發的明瞭，我辛辛苦苦的張羅著、守望著有什麼用呢？該來的照來，我何必毀了自己的福？我叫妳不吭聲，不過是順了天意，若伸手攔著，是不打我的臉了，可昌兒難免會怨著我，我那又是何苦？妳看盛兒，我得到了什麼？」

常嬤嬤當即摸出了帕子蹭起了眼角。「大老爺真格的糊塗，您那般千攔萬攔的還不是為他好？好歹大奶奶也是鹽城郝家的千金閨女，若由著大老爺那般胡來，豈不是要惹禍？可他不知您的心，到了今日都還怨著您，說得好聽，他外放在蜀地，日子困苦不伺候著您，還不是心裡記恨著？真不知那窯姊有什麼好！」

林老太太咧了嘴苦笑。「呵呵，這就是天下父母的心，做兒子的永遠不知好，所以妳說，這事我怎敢攔？若我再發一次飆，豈不是連昌兒都要生分了去？那我不是只能收拾收拾細軟去金陵尋榮兒去了！」

「其實三老爺那裡還是真箇不錯的，只是您慣了北方的舒爽，受不得那股子潮濕。」

林老太太笑了笑，嘆了口氣。「得了吧，人家有生母的，我不過是他的嫡母而已，如今我若過去，那不自找不自在嘛！」

「三老爺還是挺孝順您的！」

「要說孝順，三個兒子裡，就數昌兒了，只是這孩子，唉，得了他爹讀書的腦袋，偏失了他爹的心眼，若他有上一半，也不至於總是這麼不上不下；還有那陳氏，當初瞧著不錯的一個人，卻是個強性子，不知道讓著人的，生生弄到這個地步，其實當初，若她是個有主意夠機靈的，一早聞著聲了，就該求到我跟前來，雖然說當婆婆的給兒子塞個妾，再正常不過，但也不會由著身邊的丫頭胡來，我好歹也會給她撐腰不是？只可惜她打進門，就是個強性子，總喜歡跟我熬著，我何必要幫她呢？而且這香珍的事，她不就算在我頭上嗎？」

「老夫人啊，您是明眼人，太太若是真格的機靈有主意了，何至於和老爺到了今日還對掐著？說句不中聽的，若她有香珍一半的心眼，她和老爺不說如膠似漆，也能相敬如賓的！」

林老太太聞言抿了抿唇。「是這個理，真真除了一手好帳，再揀不出好來，要不然我那可兒也不會被慣得一身毛病，弄出……罷了，天可憐見的，那般強性子，如今竟也都給我跪了，到底還是醒了過來，若再由著家裡這般下去，只怕二房這一脈真格的就完了！」

「老夫人……」

「沒啥，關起門來的話，也沒那許多顧慮。老太爺給我添堵，我心裡就鬧氣，那十幾年，誰又何曾痛快了？便是那位，也是明白的，不然為何求去了莊子裡。其實論著氣，由著這個家敗了，也算和他算了帳，可到底這孩子都是我肚子裡掉下的肉啊！」

「您得想開。」常嬤嬤當下抓了林老太太的手。

「妳這會兒又勸我想開了，當日裡還怨我尋她回來呢！」

「我那不是替您不值嘛！」

「再不值，我有兒子，孫子孫女，還有個林家的正妻身分，她呢？她有什麼？如今一把年紀了，為著老太爺的一封信，也還是出來了不是？」林老太太說著搖搖頭。「以前我或許想不通，可我現在真格的想通了，人老了，積福吧，由著他們去吧！他們想過好點，我幫一把，想要亂來，我就冷眼看著，一切就那麼回事吧！」

「老爺，您以後，還是別為嵐兒打算了吧？」珍姨娘執著帕子擦著眼角，抽噎得身子不時輕顫，再配著她那張白皙過頭的臉，細腰削骨的怎生看著都是嬌弱如柳。

「娘，您怎生和爹這般說？就算嵐兒再不好，也是爹爹的骨肉啊！爹！」林嵐一臉淚水的撲去了林昌的跟前，扯了他的衣袖，淚眼婆娑。

林昌急忙抬手為她拭淚。「傻孩子，妳當然是爹爹的骨肉了，爹定會管妳的！」說著衝珍姨娘說道：「香珍，妳是嵐兒的娘，怎麼這麼說話，多傷孩子的心啊！」

珍姨娘猛然起身上前去扯林嵐的胳膊。「放開，妳不過是我生的一個庶女，有什麼資格去要嫡女的講究？妳仗著妳爹疼妳，妳就亂來，可知妳給妳爹添了多少亂？今兒個妳爹為了妳，在賓客面前丟了臉，還和太太爭執起來，妳可知，妳有多不孝？還累及妳生母我被斥責，這是妳為人子女該有的孝道嗎？」

「什麼？她又訓斥妳了？」

「沒、沒有，太太只是以為是我攛掇了老爺您……」珍姨娘急忙擺手，可林昌卻是瞪了眼。「哼，攛掇，妳整日裡受著她的不待見，時時都約束著嵐兒、宇兒，如何就攛掇了？是我看不慣！」

珍姨娘聞言，猛然轉身朝著林嵐就抽了一巴掌。「妳瞧瞧妳，妳爹為了妳去捨了臉，偏妳不爭氣！妳、妳是個不孝順的！」

林嵐捂著臉呆滯了一息，繼而嗚嗚的哭著跪到了地上。「娘說得是，是女兒不對，是女兒不孝，是女兒害得爹生氣，害得娘落淚，以後嵐兒一定小心謹慎，一定努力不惹母親大人生氣，好叫爹和娘都舒坦些……」林嵐說著眼淚嘩嘩的流，可林昌卻是猛然拍了桌子。

「夠了！」他立時起身衝著珍姨娘埋怨起來。「妳怎麼還打她？這家裡的幾個姑娘裡，就數她最懂事最孝順了！想她平日裡已經夠謹慎的了，這麼個乖順孩子，還要如何？我如今已經覺得她過於小心，才想著讓她生出點傲骨來，妳怎麼還攔著，妳……」

「老爺，她不是托生在太太的肚子裡啊！」珍姨娘說著再度抹淚。「我知道老爺疼她，可是，太太心裡不舒服，這又是何苦呢？若累得你們夫妻二人生了嫌隙，便是我的不是……我也難做啊！」

林昌兀自呼吸粗了些，繼而一把拉起了林嵐。「妳且起來，今兒個這事不算完，明兒個我就去找葉嬤嬤，不求她別的，至少也得讓她費費心思，把妳教養得體體面面的，別叫人輕慢了去！」

「真的？」林嵐雙眼充滿了喜色。

林昌自然拍了胸脯。「當然，爹還能騙妳不成！」

林嵐當下便是鑽去了林昌的懷裡。「爹，您真好，您真疼我，您放心我一定乖乖地，一定想法子討母親大人的歡心！」

一句話說得林昌是又心疼又心酸，一時竟是無言，而珍姨娘此時卻湊了過來。「傻丫頭，妳又說胡話呢！難道妳爹為妳尋了葉嬤嬤才是疼妳了嗎？妳得記著，妳爹待妳的點點滴滴都是疼妳，不論成與不成，他都是最疼妳的爹啊！」

林嵐當即表示受教，林昌卻一把按上了珍姨娘的肩頭。「到底還是妳知事，不愧是我娘跟前出來的人，若是她有妳的一半，我也不至於心裡這般窩著氣。妳放心，我一定讓嵐兒不輸嫡女！」

珍姨娘此時卻是淡淡的笑了下。「香珍不要老爺什麼許諾，只期望著嵐兒將來出嫁時，能別太寒酸，更祈求著太太能容了她，將來把她記在名下，也能給她攀個好親事，我跟著老爺您，可以不計較一切，只望著孩子們別太委屈了，嵐兒將來體面出嫁，宇兒也不至於沒有寄託的就成！」

「傻瓜，我豈會慢待了他們兩個？都是我的孩子啊！妳生養的這兩個最最懂事貼心，嵐兒乖巧，宇兒聰慧，日後他們的機會多得是。」

「嗯，這是自然的！只要老爺念著他們，他們又何愁別人眼裡的高下？」

林昌看看珍姨娘又看看林嵐，低聲說道：「明兒個我把南街的那個鋪頭地契拿來交給妳，妳找時間去談攏一下租金，也好給孩子們添置上些東西，免得孩子們傷了心。」

「老爺，您真好，可是這合適嗎？若是太太知道了……」

「這她不知道，年前春闈我得了點利，購置了這鋪子，原本就打算捂一捂了再說，如今看著妳如此教子有方，心頭著實的暖，且拿去吧，當我賞了妳，畢竟妳跟了我，也是委屈了。」

「老爺這話可錯了，香珍並不委屈，若說機會，當年我也是有的，老太太畢竟疼我，指門好親事，還是沒問題，只是我與老爺天長日久的生了情，實在不想與您分開，才只好走了這條路。於您的情分，我不覺得虧，老爺還請不要多想。」

林昌當即眼裡閃出疼惜之意，林嵐縮了下脖子低聲說道：「爹娘您們早些休息，女兒先告退了。」說罷福身而退，珍姨娘當下抓了件薄紗的披風迎了出去。「嵐兒，夜裡涼，妳吃了酒的，別受風。」

說話間兩人已到了外間，珍姨娘一臉疼惜的摸上了林嵐的臉頰，林嵐卻衝她眨眨眼一笑，無聲地說著「不疼」，繼而邁步出去了。

「七姑娘，今兒個難得歇著，您怎麼又縫補起來了？」溫氏見著林熙拿著布條針線的練手，忍不住嘟囔起來。「要我說，姑娘您該學學那刺繡是真的，日後繡個帕子啊、圖樣的，也是好的，可這縫補，日後終也輪不到您來做的，何必這麼上勁？您可是咱們林府裡的嫡女，是七小姐，將來嫁出去了，難道夫家還能沒幾個做針線的上人不成？」

林熙衝她笑笑，輕輕地說道：「嬤嬤教，總有道理的。」

溫氏聞言愣了愣，悻悻地笑了一下，當即扭身去給林熙鋪床，鋪著鋪著就接二連三的打了幾個哈欠。

「奶娘既然累了，就去歇著吧！」林熙知道她們這些婆子也會趁著有家宴的時候小聚一下吃酒，而溫氏酒量顯然不高，幾杯酒下去，就犯睏了。

「那不成，您還沒歇著呢！再說了，今兒個可該我值夜，要是花嬤嬤和潘嬤嬤瞅見姑娘醒著我歇著，那還了得？」溫氏說著卻又打了個哈欠。

林熙便衝她無奈的笑了笑，收了手裡的傢伙。「好，我歇著。」

當下溫氏服侍著她梳洗，待她歇下了，溫氏才拉了紗簾，自己去了梢間裡歇著。

林熙睡不著，聽聞到溫氏睡熟了，便乾脆自己扯開了紗簾，下床坐去了桌前，動手把那些布條針線的又拿了出來，略略挑亮了些燈火，就著光，一針一線的又縫了起來。

若是以前，她自是不屑的，不管有沒有做針線的上人伺候，她都覺得這是下等人的活兒，輪不到她動手。可是在康家，看著那兩個妾侍處處比自己強的時候，她才知道，手中無技的尷尬。

廚藝也罷、針線也罷，只要能熨貼了人心便是手段，相比之下她最擅長的陽春白雪、琴棋書畫卻只能是妝點門面，顯得那麼可笑。所以當葉嬤嬤尋來兩位能人時，她便意識到，既然再活一次，就不能犯同樣的錯誤，一個女人再有本事，若出嫁後攏不住丈夫，那便是失敗的，就如自己的母親，今兒個就生生的丟了臉。

林熙胡亂想著，縫了一氣，回過神來看著那平整的針腳，便意識到這大半個月的時間沒白費，欣慰之餘卻陡然想到了林悠，這心裡的不安又冒了出來。

林悠一夜之間的改變，在別人看來，也許是開竅了，可她知道，不是那麼回事。

萍姨娘的勸誡之詞至今還迴蕩在她的腦海裡，她覺得，林悠應該是為了嫁入侯門才有如此改變，她相信林悠定是希冀著變成林家最好的名聲，這樣就能風風光光的高嫁進入侯門中。

我是應該順著母親的意思成為最好的那個呢？還是應該把機會讓給林悠呢？

林熙蹙了眉，她覺得這是個問題。

翌日，葉嬤嬤依舊同往日那般教學，只在早課結束的時候遞給林馨一張書單，用不大的聲音囑咐著。「我列了十本，妳若能看完其中五本便是不錯，其餘的便只能是多些應酬了。」

林馨初接單時，臉有興奮，聽到最後一句，卻是迅速失笑，繼而難掩失落。

林熙瞧看她如此，心中微微一嘆。

她很清楚母親的肚量，就算陳氏不是真心為難庶子庶女，但要她一視同仁這實在很難，身為庶女其實並不是沒機會出去見客應酬的長見識，關鍵在於嫡母是否樂意。

「妳不用那樣，太太是個宅心仁厚的，她往日不曾帶妳去，是因為妳怯懦膽小，沒有大家閨秀的樣子，如今妳已好些了，相信等妳讓她覺得可以帶出了，便不會少了妳的。」葉嬤嬤出言勸慰。

林馨急忙福身。「謝嬤嬤提點。」

葉嬤嬤笑了下，衝她微微的搖了頭。「妳說，妳們吃飯是為了什麼？」

林馨一愣。「啊，果、果腹。」

葉嬤嬤掃看向林悠，林悠一笑。「強身。」

她又看向林嵐，林嵐捏捏指頭。「為了不餓。」

葉嬤嬤看向了林熙，林熙眨眨眼。「活著。」

葉嬤嬤點點頭。「妳們說的都算對，但總結起來就是為了妳們自己能好好活著對不對？」

四個人一頓後紛紛點頭，葉嬤嬤則起了身，慢吞吞的說著。「不要把眼睛總盯在別人身上，希冀著別人應當如何，妳們要學會盯好自己，只有自己活好了、做好了，別人才會看到妳，才會想到妳！我今日送妳們一句話：『機會只偏愛有準備的人』，若是妳們自身做不好，就算機會來了也白搭，很可能妳會受不起。同樣的，若妳是個有本事的，又何愁沒有機會呢？懷才不遇什麼的，不過是沽名釣譽的假話罷了！」

葉嬤嬤說完這話便轉身去了後堂，大家自然是各自散了。

可林熙沒動，她呆呆的坐在那裡，只覺得葉嬤嬤那段話很有深意。不要盯著別人，要學會盯好自己。機會只偏愛有準備的人……這些話在她的腦袋裡轉悠，她覺得有些什麼東西要呼之欲出，偏她又拎不清（注）。

「妳怎麼沒走？」葉嬤嬤從後堂裡捧了一卷畫軸出來，一眼看到林熙還坐在那裡，便上前詢問。

「嬤嬤，我在想您說的話。」

葉嬤嬤衝林熙一笑。「妳在困惑什麼？」

林熙一怔，卻不知道該怎麼回答。

葉嬤嬤坐到了她的身邊。「如果妳相信我，妳不妨直接說出來；如果妳有顧慮，那麼妳可以當我沒問。」

林熙眨眨眼睛。「我不知道該怎麼說，總之娘希望我能成為一個，嗯，像您一樣的人，以此來得到一個什麼東西，但是，我上面還有姊姊們啊，她們也都希望得到那個東西啊，東西只有一件，我是應該像娘希望的那樣去得到呢，還是應該讓給姊姊們？」

「讓？」葉嬤嬤呵呵笑了。「妳都說讓了，說明這東西在妳眼裡，已是妳的了。」

林熙頓時身子一顫，只覺得內心的糾結打開了缺口，但此時葉嬤嬤話鋒卻是一轉。「那東西已經寫上妳的名字了嗎？」

林熙搖搖頭。

「那就不是妳的！這個世界有很多東西，可能寫上名字了，都會被別人拿去，又何況沒寫上名字的呢？天道酬勤，適者生存，若妳想守著那樣東西，妳就必須得更加努力！不過，我要提醒妳的是，也許獎品不會只是一件。」

林熙不解。「可是我知道的，就是一件啊！」

葉嬤嬤笑了。「比如一顆南珠，我說妳們誰表現好，我給誰一顆，妳們能看到的就是一顆，可要是真有兩個好得難以分出誰更好時，我就不得不再拿出一顆來，就算拿不出，我也得找出一個類似的，甚至是更好的來給另一個，明白了嗎？」

注：拎不清，上海方言，意指腦子反應慢、弄不清形勢的意思。

林熙當即點頭。「這個我懂，但是……」她沒法說，那一紙文書不過牽動一樁高嫁，豈能再多呢？

葉嬤嬤伸手擋住了林熙的眼。「現在妳看到什麼？」

「您、您的手。」

「還有呢？」

林熙搖搖頭，這手完全擋住了她的視線。

葉嬤嬤把手抽開。「現在妳的前方有什麼？」

林熙剛要張口，心中一驚，卻是頓時醒悟。「一葉障目！」

她的喃語讓葉嬤嬤眼裡閃了光澤。「不錯，就是這個意思。很多時候我們能看到的和現實有很大差別，只為一時的得失而走錯方向的人，有很多。七姑娘，我知道妳是個聰慧的，我希望當妳一葉障目的時候，妳能閉上眼，好好的問問妳的心，妳的心也有眼睛，它能看得更遠。」

林熙立刻起身對著葉嬤嬤福身。「謝謝嬤嬤教導，熙兒明白了。」

「呵呵。」葉嬤嬤卻伸手把她拉正。「妳只明白了一半，現在的妳，知道的是也許眼睛會被蒙住，而看不見其他，還有一半妳還不知道。」

「請嬤嬤教我。」

「回到妳的問題，妳說妳娘希望妳得到，而妳姊姊們想要，妳又想著讓還是不讓，妳有沒有想過，這是兩件事，一件是妳娘的期望，一件是妳是否要讓，可這並不衝突啊？」

「啊？」林熙糊塗了，葉嬤嬤則笑著告訴她。「當妳成為了妳娘所期望的那樣的時候，並不是妳讓不讓的問題，而是妳娘她會作出抉擇，她會知道誰適合得到獎品，就算妳輸掉了，妳也不吃虧，至少妳努力過了不是嗎？何況，妳成為妳娘所期望的那樣，就只是為了那個獎品嗎？妳有沒有想過，妳得到的可能比獎品本身還要多？」

林熙怔在了那裡，葉嬤嬤卻起了身，她捧著畫卷對著林熙笑了笑，便去了桌前展開，而後提筆餵墨，顯然不打算再和林熙說什麼了。

林熙站了一氣，仔細回想葉嬤嬤的話，忽然明白過來。

我真是糊塗了，林悠想要嫁入侯門，那就讓她嫁，這和我用心修習，成為林家的名聲牌坊有衝突嗎？難道我努力成為名聲牌坊就是為了嫁入侯府嗎？不，不是，我的目標是要洗雪我帶給家裡的恥辱，我要守護這個家，不能讓它的名聲受到破壞！

打開了內心的糾結，林熙只覺得整個人都舒緩起來，她臉帶微笑的走向葉嬤嬤衝著她福身。「謝謝嬤嬤教導。」

葉嬤嬤點點頭，眼都沒往她身上掃，林熙便自覺地退了出去，當她走出院閣時，葉嬤嬤抬眼看了看院門笑了，繼而揮筆潑墨，眨眼間雪白的畫卷上，一幅墨蓮便栩栩如生。

第八章 一石入湖

夏去秋過，冬日來，轉眼已是半年過去了，這天氣一日比一日的寒了起來。

葉嬤嬤入府時，正值盛夏，如今已入寒冬，因著當初林老太太還有太太的約，葉嬤嬤便提請了選人的事，繼而選了一日天空放晴的日子，於早課結束的時候，特意提起了這事。

四個姑娘知道葉嬤嬤待春節過後便只會教習她們中的兩位，於是各個臉上都有了急色，很顯然離春節後尚有一個月，而這一個月明顯的便是左右結果的日子。

四個姑娘從院閣一出來，便各自的散了。

林熙回了房，花嬤嬤為她送上了一碗熱熱的薑湯祛寒氣，她剛端著喝完，潘嬤嬤就進來了。「七姑娘，四姑娘來了。」

林熙一愣，擦了嘴迎去門口，便見林悠只帶著一個丫頭青紅在她院裡前後的踱步，似有什麼急事一般。

「四姊姊，妳怎麼來了？」林熙上前招呼。

林悠衝她一笑。「我房裡的婆子們懶散，我自立院，就那麼點月錢，不似妳這裡什麼都能靠著母親，便來妳這裡蹭蹭熱暖，七妹妹可方便？」

林熙還能說不方便嗎？急忙的把林悠迎進了屋。

花嬤嬤利索，轉頭又捧來一碗薑湯伺候著林悠喝下，而後提了一壺暖茶放在了桌上，便立在了一邊。

「快別守著我們了，也自去忙活吧，我和七妹妹閒扯一會兒。」林悠發了話，花嬤嬤便退了出去，她和潘嬤嬤，連同青紅一道去了隔壁的門前守著炭火，一邊燒水閒聊一邊等著喚。

屋裡沒了人，林悠十分自在，她自己動手取了茶杯倒了半杯捧在手裡，便衝林熙說道：「葉嬤嬤的話，妳聽清楚了吧？」

林熙點點頭。「聽清楚了。」

「這兩個人，只能是妳和我。」林悠說著抿了一口茶。「這個妳清楚嗎？」

林熙頓了下。「嬤嬤可沒這麼說。」

「她沒說，那是因為她要在四個裡選，可妳和我才是嫡女，倘若我們中的誰沒被選上，那可就輸給庶女了，妳知道嗎？」林悠說著蹙了眉。「我來就是把話和妳說清楚，誰有資格進侯門，那是將來的事，不是我就是妳，橫豎是咱們兩個比，可眼下這事還早得很，咱們兩個得先把她們兩個給比下去才成！」

林熙抿了下唇。「四姊姊的意思是……」

「葉嬤嬤是祖母尋來的，這比的事，也是祖母還有娘早和她約好的，雖然是咱們的教養嬤嬤，可到底她也是從咱們家出來的不是？如今咱們家還養著瑜哥兒，又給她發著束脩，說是半個主子也不為過，所以，我打算這樣，妳呢年紀小，就去討好祖母和咱娘，我呢就去葉嬤嬤那裡多掙表現，但求便是雙份，再怎麼說也自是圍著咱們嫡女的身分，只要祖母肯開口，這事就成了一半。」

「能行嗎？」林熙一臉疑惑。「三姊姊和六姊姊，她們又會怎樣？」

「怎樣？」林悠眼裡滿是鄙夷。「馨兒都十三了，她不過是我們中混著學的罷了，就她那笨手笨腳的，也就能奔出個大家閨秀便是頂了天了，我相信她只是娘當時沒法子而順手帶上的，那葉嬤嬤又不傻，自然明白的。」

「妳的意思三姊姊是指定選不上的了？」

「那不明擺著的嘛！」林悠剜了林熙一眼。「妳少給我裝傻！咱們兩個真正要對付的是林嵐！」

林熙咬了咬嘴唇，沒出聲。

其實不用林悠講，她也很清楚，自己和林嵐之間的對立，就算她們本身沒有任何仇怨，可身分在這裡，娘又無法接受她的生母，成日裡妳來我往玩著看不見的刀劍，自然的她們之間便是對立的了，只是她選擇了不提，選擇了暫時遺忘，可林悠卻顯然不能接受。

「妳怎麼不說話？莫是怕了？」林悠斜她一眼，將剩下的茶喝了，提壺又倒。

林熙看了林悠一眼，點點頭。「我怕。」

林悠當即就瞪了眼，一把丟了茶壺。「妳怕什麼啊，她不就是討爹歡心嘛，可這半年來，爹不也對我好了許多？何況妳是最小的，爹還指著妳嫁進侯門給他帶來好處呢，能慢待了妳?!」說著一把抓了林熙的手。「七妹，妳可別犯傻，若是我們中誰落了選，得選的就必然有林嵐了，那時候珍姨娘只怕要笑爛了臉，我們的娘可真就要丟大臉了！」

林熙縮了下脖子。「所以呢？」

「所以妳現在就得給我聯手起來對付林嵐，為了咱們的身分，更為了娘！」

林熙點點頭。「好，我聽四姊姊的。」

林悠聞言當即臉上顯出了笑來。「這還差不多，妳聽好了，妳主攻祖母和咱娘，我呢，就主攻葉嬤嬤，知道了嗎？」

林熙繼續點點頭，林悠便滿意的起了身。「那成，我先回去了，七妹妹，妳可記住，咱們兩個可是娘的指望，更是她的臉面！」說完便扭身出去了。

片刻後，花嬤嬤走了進來，一面收拾茶具一面輕聲問了起來。「四姑娘這來去匆匆的，和咱們七姑娘說什麼呢？」

林熙轉頭看她一眼。「四姊姊要我對付六姊姊。」

花嬤嬤聞言頓了一下，急忙湊到了林熙跟前。「是為著什麼事啊？」

林熙當下把葉嬤嬤選人的事提了一下，還未講完，花嬤嬤便已經點頭如搗蒜。「該，該，就該對付她，免得太太到時候心裡不舒坦。」

林熙衝她搖搖頭。「可我不想去。」

「怎麼?七姑娘莫非還念著她是妳姊姊嗎?她是香姨娘生的，和妳隔著一層呢!」

林熙眨眨眼。「不是因為這個。」

「那您是……」

「我怕冷，我怕累，我才不要去呢!」說著身子就往床上滾。「我只想暖暖的睡上一會兒，花嬤嬤，飯菜好了，妳再叫我吧，我瞇上一會兒。」

花嬤嬤眼看林熙如此，當下點點頭，伺候著她睡下，便出了屋，衝著潘嬤嬤低聲說道：「妳且伺候著姑娘，飯菜好了，就先伺候著她用，我去太太那邊走一趟。」說完便急急的出院了。

林熙閉著眼睛翻了個身，睜開了眼。

其實林悠的提議，是沒錯的，為了母親的利益，為了她和林悠的前途，防範林嵐這絲毫沒錯，畢竟香姨娘是什麼人、有什麼手段，她早在出嫁前就從母親的嘴裡聽了幾十遍了，所以她是沒什麼相護之心去護著林嵐的，畢竟她不是個爛好人，會糊塗到去幫著母親的敵人；可是，她又不想動手，只因為她覺得作為一個還不到七歲的孩子，她若參與到這場抵制的行動中來，未免顯得過於早慧了。

既然林馨沒有什麼機會，便讓林悠和林嵐去單打獨鬥吧，她相信，母親如果惦念著侯門的姻親，便自然會給自己一個機會。

假寐之後便是起來用餐，剛剛吃罷，章嬤嬤便到了閣裡來，說太太叫七姑娘過去。

林熙心知花嬤嬤當了耳報神（注），卻樂意裝傻，由著花嬤嬤給她套得暖暖和和的，十分笨拙的去了正房。

一入屋行了禮，陳氏便拍了身邊的炕頭。「來來，快往這兒坐，這裡燒著地龍，熱呼呼得很。」

林熙衝著陳氏一笑，乖乖的往上爬，章嬤嬤上前幫著脫了厚重的外套，陳氏便擺了手，當下婆子丫頭的都退了出去，只有萍姨娘還在屋裡伺候著。

若是往日裡，林熙早有什麼說什麼，可自上次後，她對萍姨娘已心生芥蒂，自然知道若說了什麼，怕是不好，便衝著陳氏哼唧起來。「娘，您叫我來，怎也不給我備著柿餅啊！」

「喲，這還饞上了？」陳氏笑著點了一下林熙的鼻頭，轉頭看了眼萍姨娘，萍姨娘便立刻去小灶上取，林熙當下猛然勾了母親的脖子，對著她咬起了耳朵。「娘，您別讓萍姨娘聽我們說話，女兒有事要和娘一個人說。」

陳氏一愣，狐疑的看了林熙一眼，而後點了頭。「不過半年的光景，妳怎麼心眼子多了起來？」

林熙笑笑，直接撒嬌一般的賴進了陳氏的懷裡。

很快萍姨娘端了三個柿餅進來捧到了近前，陳氏衝她低聲言語道：「我和熙兒說會兒話，妳去幫我打聽下，那位怎生盤算著呢！」

萍姨娘點點頭，立刻出去了。

林熙看向母親，有些吃不準她是真的很信賴萍姨娘呢，還是想打發她自然一些。

「說吧！」陳氏摟了林熙。「現在就我們娘兒倆了。」

林熙眨眨眼，低聲說道：「娘還記得半年前，我和四姊姊窗下聽到那婚約的事嗎？」

陳氏蹙眉。「我自然忘不掉，妳們兩個真是太沒規矩了。」

「是，可那之後四姊姊變了對不對？」

陳氏的眼裡閃過一絲不解。「熙兒，妳到底要和娘說什麼？」

林熙再次摟了陳氏的脖子，咬起了耳朵。「那天娘叫我回葉嬤嬤那裡，可我沒聽娘的，去了四姊姊那裡，結果就聽見萍姨娘勸四姊姊的話，她說……」

林熙把萍姨娘的話整個的學了一遍，末了看著陳氏說道：「所以我不喜歡萍姨娘了，我覺得她讓我和四姊姊之間不好了。」

陳氏捏著拳頭一言不發的摟著林熙，林熙能清楚的感覺到母親在生氣。

她乖順的趴在她的懷裡，小手輕輕的摸弄著母親的手背。

被人背叛是一種怎樣的滋味，她體驗過了，交付的信任被踐踏在腳下，她承受的不只是傷痛，更有因此而帶來的災難。離了心，便會有了算計，在而後，出賣，陷害，一切都沒了底線，她便輸在了這樣的背叛裡。

「熙兒，娘知道了，這件事不要與人提起，還有，平日裡對著妳萍姨娘且莫顯出來。」

注：耳報神，意指暗中通風報信的人。

陳氏半晌後發話，語音微微顫抖，林熙知道母親從此會對萍姨娘有些顧慮，便安了心。「我知道的。」

陳氏伸手摸摸她的臉蛋。「聽說妳四姊姊去找妳了？」

林熙眨眨眼，點點頭。

「妳不同意她說的嗎？」

林熙捏了捏手指。「娘，其實姊姊說得對也不對。」

「嗯？什麼叫對也不對？」

「我和四姊姊是娘的希望，是娘的臉面，這是對的；我們要為著娘去爭去防範，也是對的，可是……」

「可是什麼？」

「可是我要是和四姊姊一起對付六姊姊，兩個打一個，這就不對了吧？所以熙兒覺得就讓四姊姊一個去好了，我什麼也不做。」林熙說完緊緊地抱了陳氏的胳膊，眼睛忽閃忽閃的眨巴著，看起來分外的單純。

陳氏伸手點了下林熙的腦門。「妳這小腦袋瓜裡哪來的這許多計較？」

林熙笑了笑，低聲說道：「嬤嬤說，與其盯著別人，不如盯好自己，若自己真的好了，機會便會來。」

陳氏一頓。「盯好自己？」

林熙點頭。

可陳氏卻開始尋思起來，末了喃喃自語。「難道我沒做好自己嗎？」

林熙聞言一時不知應該說些什麼，只能低頭不語，很快陳氏緩和了過來，衝她說道：

「葉嬤嬤是個有能耐的，妳聽她的準沒錯，妳就依著這意思，自己規整吧！」

有了母親的這句話，林熙自然縮到了邊邊，終日裡規規矩矩的讀書，散課時就會屋裡待著，既沒往林老太太的居裡去，也沒往陳氏的正房跑。

起先林悠還沒工夫理她，只不時的自己一趟趟的往葉嬤嬤那裡跑，先是請教問題，再然後就成了關心葉嬤嬤的起居了，等到她幾乎每日裡都要在葉嬤嬤那裡耗上兩個時辰，並且成了規律後，林悠終於有空想起了林熙這邊的進展，急匆匆的跑來詢問。

「怎樣，祖母還有娘可答應幫咱們了？」

林熙眨眨眼。「我沒去。」

「什麼？」林悠臉上的期待轉眼變成了憤怒。「妳為什麼沒去？」

「我不知道說什麼，怕萬一說錯了話，惹祖母惱了怎麼辦？萬一給四姊姊幫了倒忙呢？」林熙早想好了說詞，做出一副惴惴不安的樣子來。

林悠抿了下唇。「這也有可能，那娘那邊呢？」

「娘能不向著我們嗎？」林熙說著抓了點心就往嘴裡塞，一副吃貨的模樣。

林悠瞪了她一眼後，冷哼了一聲。「我可勸過妳了，也帶著妳了，妳自己各種理由不去，將來被刷下來了，可別哭鼻子，日後嫁不到侯府去，更別怨到我頭上！」

林熙衝林悠一笑。「我才不怨呢，姊姊若喜歡那就嫁吧。」

林悠一驚。「妳、妳說什麼？」

林熙眨眨眼。「姊姊喜歡，那就姊姊嫁吧！」

「妳難道不想嫁進侯府嗎？」林悠的眼裡滿是不解。

「我想啊，可妳是我姊姊啊，我也不知道要怎麼辦，不過葉嬤嬤說了，做好了自己，該有的便會有的，若是沒有，也沒什麼好怨的啊，反正我努力做好自己了啊！」林熙說著又繼續往嘴裡塞點心，但她真心的希望林悠能把這話聽進去。

不過林悠顯然沒聽進去，只是十分高興的揉了她一下。「算妳還知道妳上面有個親姊姊！」說完她高興的轉身就出去了，完全沒了和林熙算帳的意思。

站在窗前看著林悠離去，林熙越發的明白過去的自己是怎樣的在不知不覺中走向深淵，固然現在的林悠內心依然和當初的自己一樣是自私自利、任性倔強，但好在她已知道收斂，知道在人前偽裝，內心也有個追求，這總好過自己那個時候傻乎乎的我行我素，還自以為過得瀟灑……

林悠日日都要去葉嬤嬤那裡，這事很快整個府上都知道了。

這一日早間的請安上，林昌便黑了臉。「悠兒，妳能尊師重道，為父十分欣慰，可妳既然能日日在葉嬤嬤跟前侍足兩個時辰，風雨不改的，為何不見妳在妳祖母跟前多伺候伺候？還有妳娘那裡，妳又為何不去伺候？」

林悠面有歉色。「爹爹責備得對，是女兒疏忽了。」

她乖乖認錯毫不反駁，林昌一時倒也再說不下去了，黑著臉在那裡嗯了一聲，眼掃到了站在邊上小心翼翼的林嵐，便聲音柔和了一些。「嵐兒，妳日後也要學學妳四姊，但凡有什麼不知道的，就去問問葉嬤嬤，別成日坐立不安的。」

林嵐當即低聲應了，一副謹慎的模樣，林悠斜眼瞥了林嵐一眼，也沒表現出什麼不悅。

林昌見狀又看了看林馨和林熙，兀自的張了張嘴，卻什麼也沒說出來，而後他隨口問起大家最近的學業如何，教導了一、兩句也就擺手讓大家散了。

四個姑娘從屋裡出去，其他的丫頭婆子習慣性的退散，屋內瞬間剩下陳氏和林昌，萍姨娘自發的去了門口立著。

林昌捧著熱茶喝了兩口，等著陳氏發飆，這些年的夫妻，他早習慣了，只要他幫妾侍以及妾侍生的說話，就必然要面對她一番抱怨，若是不聽她抱怨，很可能她就會尋錯的去為難妾侍，所以他也就慣例的聽上一趟，反正今兒個是休沐的日子，不用去翰林院的。

可是他把一盞茶喝完了，也沒聽到陳氏的抱怨，當下詫異的向旁邊瞄去，就看到陳氏端坐在椅子上，不知幾時手裡多了個繡綳子，正一針一線的繡花呢！

林昌傻了眼，這可是大姑娘上轎頭一回啊，當下詫異的把陳氏盯了個來回，而後悻悻的問道：「妳、妳這繡什麼呢？」

「老爺前兒個不是說，年後踏春，您要和幾個同窗去泛舟遊湖賽詩的嗎？」

「對，有這事。」

「我瞧著老爺原先的汗巾已經舊了，便想著給老爺做副新的，結果瞅著您那荷包上的繡面都磨了毛，便乾脆給您重新繡一個。」

「哦，可這用不著妳來啊，屋裡不是有……」

「是有人會弄，但她們是她們，我是我。欸，老爺，您還記得嗎？當年咱們剛成親時，我送您一個竹枝荷包，您便和我說什麼來著？」

「我想想。」林昌說著捏了鬍鬚回憶往昔，腦中立刻浮現了陳氏當年人比花嬌的模樣，那一身大紅嫁衣映襯得她十分美麗，更是臉帶羞紅的捧了那荷包，輕聲言語。「願夫君事事順意，步步高陞。」而他捧著那荷包，只覺得她溫柔可人，熨貼著心，便摟了她輕聲言語……

「夫人蕙質蘭心，不如在竹下再繡上一叢蘭草，妳我君子謙謙，相依相伴。」林昌說著，臉上也顯出了溫情。

陳氏當即一笑。「難得老爺還記著，你且看看我的圖樣。」她說著捧了繡繃子遞給林昌。

林昌一眼掃去，便見翠竹之下，墨蘭相伴，一朵藍色見白的小花正綴在葉尖。

「這……」

「當時老爺說了，我便想繡來著，可後來……我心裡裝著老爺，老爺有了想法，我自然是氣的，一惱之下剪了繡好的荷包，便和老爺越鬧越凶起來，直到前幾日上，我回想起來當日種種，頓覺唏噓，姨娘也抬了，孩子們也都生了，我何苦和老爺這般嘔著呢？弄得我好似一個妒婦，老爺卻不知，一切都是因為，我心中對老爺您著實的喜歡啊！」

陳氏溫柔輕語，字字入了林昌的心，他看著陳氏一臉柔色，頓時便心生憐意，當即捉了她的手。「妳若能早些想開，我們何至於此？」

陳氏笑笑不言，林昌卻是心情大好，他在陳氏耳邊輕聲道：「許久沒去過秋水潭了，此時冬日冰層早結，不如妳我去冬釣一番，如何？」

陳氏點點頭。「好啊，一晃都十幾年了，不知還能否釣到那肥肥的胖頭魚。」

林昌眼裡滿是笑意。「夫人去換身利索的吧，我去叫人準備。」說完便轉身大步的出去了，陳氏站在門口看著林昌的身影出了院門後，臉上的笑便淡了幾分，此時萍姨娘走了過來，臉有喜色。「太太，老爺今兒個是有什麼喜事嗎？我瞧著神采奕奕的呢！」

陳氏淡淡地笑了下。「沒什麼，只是老爺有了興致想去垂釣了，妳且伺候我換身方便的吧！」

萍姨娘一頓，繼而立刻進了側間去翻衣裳包單（注）。

注：包單，用來包裹物品的布。

這邊陳氏便拿了那繡繃子看了幾眼，輕聲低喃。「葉嬤嬤的提點是對的。」

「妳說什麼？」偎在貴妃榻上的香珍猛然坐了起來，盯向了身邊的婆子。

「老爺和太太出去了，去的秋水潭，說要釣魚呢！」婆子一臉的詫異。

「釣魚？」香珍眉頭緊蹙。「邪門了，好端端的怎麼想起這麼一齣來，還帶著她？」

婆子低了頭不好接茬，若說這種事，老爺們要不就不帶人，帶人也自是帶的正房，若有什麼詩會、曲會的，正房也不帶的，多半都是那些青樓裡的名妓相伴，享受的是風月，總而言之，就是只帶個妾侍出去，實在機會不多，就算帶，也自是有正房在的。

婆子想得開，香珍卻想不開，眼珠子轉了幾圈。「太太去了，那秀萍呢？」

「萍姨娘也沒帶著，說留在房裡照看著，萬一有什麼事，也有個看顧的。」

「去把她請來。」

「這，我的奶奶啊，人家是太太那邊的人，和咱們打不到一處親的，老奴就是再去覥臉怕也請不來啊！」

「妳請得來！」香珍說完就躺去了榻上。「妳只消說這個月的月錢咱房裡少了二兩。」

婆子退了出去，一刻鐘後，萍姨娘便拿著帳本和簽本入了屋，大聲說著。「聽婆子說，妹妹這裡少了二兩，我且來對對帳。」

香珍執著帕子在嘴邊一捂，輕咳了一聲，擺了手，那婆子退了出去，她坐了起來。「萍姊姊快坐著吧，二兩也不是什麼大事，原是打發個婆子問問，不想妳竟親自過來了。」

「怎能不過來啊，月錢若是發出了差錯來，回頭老爺找太太質問，我這個辦事的不只有受著了？」萍姨娘大聲說著把帳本往香珍面前一推，簽本就翻了開來。「妳且瞧瞧吧！」她說著拿著簽本到了窗前，向外掃了一圈後，快步的撤回到桌前。

香珍急速的掃著帳面，口裡卻是輕聲問著。「今兒個她是動了什麼手段？」

「忽而要起刺繡來了，說了一氣當年送荷包的事，便把老爺給說得憶起了當初，這不，帶著去了。」萍姨娘說著，丟了手裡的簽本，一臉不解。「也不知道她怎麼忽然就想起這法子了？」

「妳不是說她心裡著實的嘔著，拉不下臉的嘛！」香珍說著手依舊翻著帳本，萍姨娘則是一臉的鬱悶。「我怎麼知道啊，往日裡她幾時軟過話，誰知道怎麼就開竅了？」

「她這幾天是不是見了什麼人？」香珍說著抬眼看向萍姨娘，萍姨娘一愣。「去見過葉嬤嬤，不過她肯定是想要葉嬤嬤關照她那兩個姑娘。」

香珍眨眨眼。「未必，若是關照她早該去求的，這都半個月了才去，不知又是想起了什麼，妳說她今兒個的動作，該不會是那位教的吧？」

「這我說不上，葉嬤嬤要摻和這事嗎？」

兩人對視之後，各自嘆了一口氣。

「算了，且看看這是一手還是幾手，若是連著法來，必定是葉嬤嬤插了手。」香珍說著伸手點點帳本。「最近怎麼府裡收了這麼多東西？」

「老爺那邊沒說什麼，太太那裡問了的，說是墨先生名頭大，好幾家送了東西來，想開了年，讓孩子跟著一起唸唸。」

「哦，那也不能這麼多啊。」

「這可不多，太太拒了大部分，那些可都是衝著葉嬤嬤的名頭來的，只可惜葉嬤嬤不接茬，太太也不想再有人分了嬤嬤的心。」

「那是，她巴不得葉嬤嬤只教著熙兒一個！」香珍說著眼裡閃著冷光。「侯門之約，她是真會算計，只可惜我的嵐兒也不差，將來未必就能如了她的意。」

「姊，」萍姨娘聞言抓了香珍的手。「說真的，能為嵐兒做的我可都做了，四姑娘到現在都和七姑娘關係緊張呢，不過，妳是不是也該叫嵐兒勤快點，妳看四姑娘日日的往葉嬤嬤處跑，七姑娘雖是憊懶沒動，可到底太太心裡許著她的，她這般啥也不做的，豈不是沒了機會？」

香珍搖搖頭。「妳錯了，要是嵐兒上趕著去伺候，處處都落在林悠的後頭，還能得了什麼？那位可不是旁人，心眼多得跟蓮蓬似的，這些法子沒用，倒不如安生的該怎樣就怎樣，興許嬤嬤瞧著嵐兒謹慎乖巧，還能給個機會。」

萍姨娘抿了下唇。「可我覺得還是不踏實啊，畢竟只得兩個名額。」

「別怕，就算嵐兒真刷下來，也還是有機會的，她葉嬤嬤的肉吃不上，老太太那裡不是還有湯？」

「姊，我沒聽錯吧，老太太那裡可是厭了妳的，她會幫著嵐兒？」

「她會，她厭我，隨她厭去，嵐兒是林家的姑娘，且老爺不會看著嵐兒兩手空空的，到時候他去求，老太太未必還不答應？」香珍說著盯向萍姨娘。「好妹妹，妳為著我想，姊姊謝謝妳，不過妳也該為佩兒有些打算。太太信著妳，這便是好事，妳多哄著她些，叫她憐著佩兒，將來等他讀出來了，妳也就能揚眉吐氣了。」

「哎，姊，這個妳就別操心了，咱們被分開後，我便進了陳家，從小丫頭上一步步熬上來，才做了她的貼身，陪嫁了過來，這些年，我一點沒把自己當姨娘，全心的當自己就是個丫鬟，她心裡舒坦著呢。其實要不是在這府上和姊姊妳重逢，我也真無心盤算什麼的，但既然姊姊有打算，做妹妹的也自是支持的，咱們王家總不能沒了希望。」萍姨娘說著推了下帳本。「行了，我得回去了，免得久了惹事，這陣子也沒什麼好進項，屋裡拉雜的不過持平罷了，若是有好東西，我自會想法子告訴妳的。」

香珍點點頭，躺回了床上，萍姨娘自己收了帳本和簽本，大聲說道：「妹妹就好生歇著吧，下次別再弄錯帳了！」說完一轉身，撥了棉簾出去了。

臨近著年關，林昌突然就忙了起來，平日裡申時就能回來的人，現在常常要戌時以後了。

冬日裡天黑得早，轎子才進了府門，陳氏便得了信兒，親自去了二門上迎著，又是換了披衣，又是捧了熱茶薑湯的，分外體貼，把府上的一干人等瞧得稀罕，尋思著當家奶奶什麼時候這麼勤快了；把林昌倒是暖得心裡熱呼，面上紅光。

別看著他整日的累得慌，宿在陳氏屋裡時，陳氏雖是三十多的人，卻極其壓得住自己的性子，不去纏他，只讓他好生休息，倒是林昌反而起了興致，纏著她要了幾回，口裡還念叨著她賢慧，一時間夫妻兩個竟是難得的和睦美滿起來，至於其他幾個通房，倒冷清了下來。

不過陳氏並非就守著林昌不讓走，算了算日子，主動的把林昌往幾個妾侍的屋裡推，林昌見她一改往日尖酸刻薄、妒婦的模樣，便覺得陳氏整個人在眼裡都變得溫柔可人起來。

「娘，您越發的漂亮了呢！」林熙看著面帶紅潤的陳氏，由衷的讚嘆，她知道母親有了改變。

「真的？」陳氏面帶笑色地摸摸臉。

「當然！」林熙說著鑽進陳氏的懷裡。「娘最近和爹好好呢，我以前從未見過爹娘這般親近的。」

一句話說得陳氏紅了半邊臉頰，伸手在她小臉上輕拍了一下。「還不是沾了妳的光。」

「我的？」林熙不懂，陳氏卻刮了下她的鼻頭。「妳呀，可要和葉嬤嬤好好學，認真學才是，娘要是有她一半的玲瓏心，也不至於此時才開竅了。」

林熙聞言眨眨眼睛，正了身子坐好，衝著陳氏說道：「娘，您放心吧，熙兒會努力的，熙兒會用心學習，守護咱們家的。」

陳氏愣了一下，噗哧地笑了。「好，娘指著妳！」

年關終於來臨，皇城休沐半個月，林昌得了閒，指揮著家裡張羅裝扮，因著陳氏利索，早把屋裡洗洗刷刷的打掃乾淨，是以他只需要指點下裝扮就成，也沒累著他，這二十八的晚上，他閒得無事，竟把幾個姑娘都叫到了跟前，問了一場讀書的情況。

林馨本就對讀書無愛，尋思只要不是個白丁就成，是以書寫尚可，但答問就差了些，不過她擅長理帳，也算有一技在身，林昌便也沒訓斥她，只囑咐她還是多看點書，說著好歹書香門第，家裡幾代都是有人入了翰林的，別丟了家裡的臉面之類的云云。

說完了林馨，自然問起林悠，林悠往日裡就喜歡讀書的，爹爹問話，答得十分爽利，一通回答後，處處無錯，林昌高興，便賞了她一只拇指大般金子打的小猴。

林悠分外高興，捏著小猴回了位子上，林昌便考起了林嵐。

林嵐依舊一副謹小慎微的模樣，逢問便答，沒有半句多餘的話，面上也不似林悠那般自然大方，林昌雖然聽著無錯，卻漸漸的臉上布滿了心疼之色，最後不但賞了林嵐一個同樣的小猴，還念叨了一句。「妳呀，得向妳四姊姊學學啊！」

林嵐點點頭，自己退去了一邊，那小猴緊緊的攥著捂在胸口，一副受寵若驚的模樣，看得林昌越發心疼，嘆了一口氣後看向林熙，卻覺得她太小，也沒什麼可問的，竟就直接擺了手叫散了。

姊妹四個從屋裡出來，林悠便快步出院往葉嬤嬤那裡去，林馨見林熙走得慢，主動上來牽了她帶著走，林嵐卻在一邊小心的跟著，不牽也不先走，三人剛到了廊口，婆子們要迎，林昌走了出來，叫了聲嵐兒後，便入了屋，林嵐一臉喜色的轉頭跑了回去，林熙站在那裡看了一眼，內心嘆了一口氣。

第九章 四藝

二十九，是個大晴天，蒼穹湛藍，這在冬日極是少見。

早早的，院落裡便置了些桌椅板凳出來，而後一張盤花雕蝠的紅木大椅被四個人扛架了出來，厚厚的被子鋪在上面，又置上了皮子，一番張羅的，倒很有些氣勢。

巳時剛到，一眾丫頭婆子急急奔了來，將將才羅列好，常嬤嬤便扶著林老太太走在前，林昌陳氏兩口子隨在後，而後萍姨娘伴著葉嬤嬤跟著，最後便是巧姨娘和香姨娘了。

大家依著身分各自坐了，林老太太便擺了手，常嬤嬤立刻去了院口招呼，稍後先是哥兒幾個魚貫而入，紛紛在蒲團上給老太太行了跪禮，而後對著林昌兩口子磕罷，便都坐了繡墩。

「葉嬤嬤，這就開始吧！」林老太太一臉笑意，葉嬤嬤點點頭。

常嬤嬤那邊瞅著如此，便招呼了一聲，隨即四個姑娘穿著標準的盛裝，一個個的走了出來。

今日裡是考核之期，原本葉嬤嬤是打算過了年再選出兩人的，可林老太太卻說還是年前就給個交代，免得過個年姑娘們都不安生，是以昨兒個夜裡便傳了話來，今兒個一大早，便要正式的考核了。

書香門第的子孫雖不是王孫貴族，但也高人一等，六藝五術總是多少要學的，加之林老太爺當年也是混得極好的，若不是陰錯陽差沒能入了閣，這林家倒也能算到權貴一層去，雖然是錯過了，但林家要重整，就少不了這些講究。

女孩子用不著學五術，但六藝免不了，因著六藝乃是——禮、樂、射、御、書、術。說白了，便是——禮儀、音樂歌舞、射箭、駕馭、書法、算術。這其中射箭與駕馭，女兒家的自不必學，知道是什麼即可，故而今日裡考究起來，也就只有四藝了。

盛裝出席，便是為了第一關，禮儀。

層疊而出的十二件單衣，最隆重的盛裝便是如此，女孩子穿上這等繁瑣的衣服，本就行走艱難，偏為了考核出效果來，還叫姑娘們跟前伺候的，用假髮在她們的頭頂堆出高髻來，那赤金的大珠釵、嵌寶的鎦金珠花毫不客氣的妝點上去，便把每個姑娘的頭上插得跟花瓶一樣，一眼看去華貴非常。

林熙當初出嫁的時候，也曾這樣打扮過，那時頂著鳳冠，比今日的論起分量來還要重些，只是當時她已十六歲，尚撐得辛苦，而今翻了年她才七歲，小小的脖子撐著多了一斤重的腦袋，實在吃力不小。

四個姑娘按著排行入內，打頭的自是林馨，許是林馨從沒穿戴過這麼華貴繁瑣的盛裝，平日裡尚走得好好的，今日裡便有些搖搖晃晃，還沒能走到院子正中，便已是停了足足三次來調整步伐，才能避免自己的裙羅絆腳。

林老太太坐在正中一言不發的瞧看，面上掛著淡淡的笑；林昌摸弄著鬍鬚，時而點頭，時而搖頭，至於陳氏，她很淡然，就那麼坐著靜靜的看著，面上淺笑不變，眼裡也無半點情緒顯露；而葉嬤嬤一改往日的淡笑，板著臉，用一雙審視的眼睛細細的盯著林馨，好似在細緻入微的判定。

巧姨娘揪著帕子，呼吸斷斷續續，林馨走得順了，她猛著喘幾下，林馨頓住了，她的呼吸也跟著停了，如此等到林馨走到跟前開始行大禮叩拜時，她便是臉上都有了虛汗，而相對於她的珍姨娘，卻是用審視的目光盯著林馨的一舉一動，似在觀察一般。

「馨兒見過老祖宗，給老祖宗問安。」林馨的聲音帶著微微的抖音，在老太太點頭應聲後，便按照葉嬤嬤的要求逐一開始了奉茶，待給林昌陳氏也都奉茶之後，她的額頭上已是細密的汗珠了。

葉嬤嬤擺了手，林馨第一關便算是考過了，當下退去了一邊，坐上了自己的位子，便長長的吐了一口氣，再看到哥兒們投來的打量之光，便淡淡的笑了下，將眼光挪向了下一位的林悠。

林悠好歹是嫡女，穿盛裝的機會比林馨多一些，只是再是盛裝，往日裡也穿不到十二件去，再加上那重重的頭飾，她走得也不是很輕鬆，繃著腰背，抿著唇，步步向前，倒還順當沒有什麼磕碰，只是那姿勢在林熙看來，倒覺得她過於僵化了，像個木頭人。

照例是一樣的流程，與林馨不同的是，林悠自然大方，笑盈盈的，十分的順暢，那葉嬤嬤審視之後，便揮手，林悠一坐下，便輪到了林嵐。

林嵐一見大家望向自己，立刻是抬頭挺胸，提了裙邊邁步前行，她走得很慢，幾近悠閒的步伐雖是慢慢騰騰，卻是一步一步十分的穩當，當她緩緩到了蒲團前，她抬手持平在胸前，微微一欠，繼而手從胸而下順了衣襟，撫摸至膝蓋，便是雙膝下跪，慢慢的俯下身去，給林老太太請安。「嵐兒見過老祖宗，給老祖宗問安。」

她聲音柔和，不似林馨的緊張，不似林悠的驕傲，有的是她的謹慎乖順。

林老太太的眼裡閃過一絲興味，掃了那下首的珍姨娘一眼，便迅速的衝林嵐點了頭應聲。

「起來吧！」葉嬤嬤招呼一聲。

林嵐便起身開始奉茶。提袖口到腕間而不露腕，執壺平圓，她這一套動作，分外流暢，竟比林悠的看起來還要老道些。

林熙見狀，先是掃看向珍姨娘，便見她十分淡然的看著林嵐的舉動，而後她又看向自己的母親，便看到她還是和先前一樣，沒什麼太大的情緒表露出來。

垂眼看向鞋面，她內心輕嘆——珍姨娘果然是祖母跟前出來的，對於這些多少有些路數，顯然林嵐是早有針對性的練習過；而娘也很不錯，竟然如此穩得住，倒是出乎意料了。

林嵐的奉茶結束了，自然就輪到了林熙。

她吸了一口氣，正準備邁步，忽而想起了當日前行投壺時，葉嬤嬤責怪她小題大做的緊張來著，這心裡忽而一亮，人便鬆了點肩，提了裙襬，向前邁步。

她人小，衣服厚重，走起來難度其實更大，但好在此刻她只想讓自己像平常一樣，便努力忘卻身上套著華服。

每一步都很重，但由於心中無壓力，她卻走得有些輕鬆，儘管脖子會很累，儘管她要走很多步，但隨著距離的點點相近，她忽然明白，禮儀固然有苛責的規矩，但禮儀之下應該是對他人的尊重與一顆溫和的心。

她腦中閃現著這些，待回過神時，已經走到了蒲團前。

她不慌不忙的略整了下衣衫，而後才抬手平胸的開始行大禮。

「熙兒見過老祖宗，給老祖宗問安。」她說著略略抬了頭衝祖母笑著，這舉動讓陳氏一時蹙了眉，畢竟這種大禮，她應該是低頭等著老太太應聲才能抬頭的，是以她有些擔心，可是林老太太並未不悅，反而是難得的笑著開了口。「好，快起來吧！」

一個好字再加上愉快的聲音，都讓陳氏緩下一口氣，當下眉頭舒展，眼掃向葉嬤嬤，便見葉嬤嬤依舊一副板著臉的模樣，叫著奉茶。

林熙依著規矩，提袖到腕口而不過腕，執壺畫半圓，小臉上掛著笑，為爹爹和娘親各自奉茶，而後她又倒了第三杯，捧著到了葉嬤嬤的跟前。「嬤嬤，您也喝一杯吧，天冷暖暖。」

在場的人大都一愣，不約而同的盯向了葉嬤嬤。

葉嬤嬤看了林熙一眼，板著的臉上，揚起一抹笑容，伸手接了茶，而後抿茶潤了一小口，衝著林熙說道：「謝七姑娘掛念。」

「嬤嬤客氣，應該的。」說完她非常自覺的對著葉嬤嬤欠身行禮，繼而便退去了繡凳前，慢條斯理的坐了。

四個姑娘關於禮數的考核便走完了，葉嬤嬤看向了林老太太，林老太太也看向了她，相視之後，葉嬤嬤笑語。「第一關的結果，我不置喙，還是由老夫人定吧。」

林老太太呵呵一笑。「這一關哪兩個勝出，實在是顯而易見的。」說著她看向林熙。「七姑娘行止自然，毫不矯揉造作，親和恭順更知惦念長者，她自是勝出的。餘下的三個，三姑娘雖然已經改善很多，但到底還是底子差了些，大場面見得少，罷了；四姑娘和六姑娘，其實都很不錯，舉止得體，無有什麼差錯，說起來倒也不相上下，但是四姑娘畢竟是府中嫡女，出入過一些場合，多少見過世面，這便占了便宜；而六姑娘，怕是在屋裡也勤學苦練來著，舉止比四姑娘略順溜些，這一局第二勝出的便是六姑娘了。」

林老太太發了話，便是點出了第一比的結果來，四個姑娘全部立著聽了，沒誰表示出興奮也沒誰表示出失落來，這倒也受了禮節。

葉嬤嬤見狀點點頭。「既然如此，姑娘們且下去換換行頭，不多時便入第二關，樂。」

四個姑娘當下應聲，一溜的退了出去，待出了院門，那林悠便斜了林嵐一眼。「這關妳不過是得了祖母的可憐，後面三關，妳且看著吧！」繼而一掃林熙，眼神複雜的瞪了她一眼，便扶著丫頭婆子的趕緊去換方便的行頭了。

脫去繁瑣十二單衣的外八件，套上嫣紅斜襟遍地纏枝花襖，圍上白底綴紅的棗花裙面，林熙坐在了鏡子前，由著嬤嬤為她拆去假髻，梳起了髮。

「七姑娘，您今兒個不錯呢，開門紅！您呀一準兒能入了葉嬤嬤的眼！」花嬤嬤出聲讚揚。

林熙咧了嘴。「還早呢，還有三比，說不定就被刷下來了呢！」

「七姑娘怎麼這麼說？您得相信自己。」

林熙聞言笑笑，內心卻是輕道——只要盡力了就好，結果如何，隨它吧！

第二場是樂藝，所以場子裡早準備了樂器，四個姑娘們跟著葉嬤嬤都多少有涉獵，屬於談談可以，專精上卻只有林嵐與林悠兩個算是了。

林馨全然不精，只堪堪摸到門邊邊，慌亂地奏了一曲《迎春調》，便收了手，反正她很清楚自己沒什麼機會，剩下的幾樣，除了算術管帳，她都只能做做樣子而已。

林悠上手便彈奏的是《漢宮調》，曲意綿長，功力考究，一曲罷時，聞者點頭稱讚。

林嵐彈奏的是《閨怨調》，傷意濃濃，憐者垂淚，功力也是不俗，一曲終了時，林昌已經紅了眼，滿是心疼，倒把陳氏聽得手指緊扯帕子，心中忿忿地掃了幾次珍姨娘，她很清楚這是珍姨娘的傑作，竟透過這個法子向林昌訴起怨來了。

輪到林熙時，林熙有些無奈，其實她本在這方面很不錯的，但是現在，她不能太有表現，眼看林悠同林嵐一個走雅樂，一個走情感路線，當下她跪在琴邊，思索了下，才抬手撥弦。

她彈了一首〈北風凱風〉，很簡單的曲子，曲子不長，功力考究也沒前兩位那般深，她以稚嫩的童音，輕輕唱著凱風之詞。

這是她現在很喜歡的一首，只因為那句句慰母之意的背後，都是對父親的勸諫，希望父母之間能極為和睦恩愛。

曲子終了，她乖乖起身立在一邊，靜心等待。

「我剛才評判過一次了，這個還是妳來吧，好歹這方面妳可是有大家之才。」林老太太笑呵呵的看向葉嬤嬤。

葉嬤嬤便點了頭。「四個姑娘裡，論技藝，四姑娘和六姑娘略略勝出些，只是，七姑娘年歲尚小，卻能一曲訴孝，倒是難得；四姑娘所彈，喜而見悲，六姑娘所彈，純是哀怨，我知妳們比試，是想使出渾身解數，但若是連看好日子和場所的眼力都沒有，卻不應該，如今臨著年關的，兩個都不算很好，故而，此一關，只七姑娘一個，勝出。」

葉嬤嬤的話一出來，林悠同林嵐便齊齊看向了林熙，但彼此都還算很能克制，迅速地轉了頭，一副恭敬的模樣。

林熙心中卻是無奈——這下好了，別是兩個人都忌諱上我?!可是，我也沒錯啊，唉，做好自己吧，想那麼多做什麼呢。

她心態平和坦然，待到第三輪上，便是寫了一篇魏碑之字。魏碑的字，較為方正，講究的是氣勢，這通常都是男子才會習的字體，林熙不過尚未七歲，寫是能寫，卻不過周正而已，其他就差得遠了，畢竟這需要時間的積累。

相比之下，林悠和林嵐倒要寫得好些，因著是書法，葉嬤嬤請了林昌來判，自然是林悠同林嵐毫無懸念的勝出了。

轉眼到了第四藝上，便是算帳理帳了。

陳氏本就是一把算帳理帳的好手，當初林可嫁人前，更是跟著陳氏學過幾年，她若實打實的執起算籌，打起算盤那可不差，無奈必須藏著掖著的，故而只能慢慢的撥動算盤，搭理著面前的一頁帳。

因著四個人歲數差別，難度各不同，林熙只要算清楚，進額是多少就好，所以待她寫出數字來時，其他人還在算。

未及，林馨停手，一臉笑容，明顯的開心，繼而林嵐停手，最後才是林悠。

帳目這事，不用說，自是請了陳氏來判，她一一看過後，沈吟了片刻才說道：「三姑娘當是第一人，她的本就難，又是田產，又是毛貨，估價專撥的進出無有差錯，實在難得！」說著陳氏衝林馨笑了一下，眼看剩下的三個。「四姑娘和六姑娘，屬一般的，難度是一樣的，一個快一些，卻出了錯，一個慢一些，倒沒什麼大問題，我也不好斷，斷不合適了，有偏頗之意，故而不做評判，至於七姑娘，她年歲尚小，沒算得那些難，只是數位是對的，葉嬤嬤，還是妳來定吧！」

陳氏說完看向葉嬤嬤，除了林馨這個早知自己無望的，其他三個姑娘全都盯了過去。

葉嬤嬤抬眼看看這四位姑娘，一言不發，足足悶了一盞茶後，才一轉頭衝林老太太開了口。「老夫人，我有個想法。」

「說。」

「原本我是應該四進二，二得一的，可是我思來想去，覺得我不如由四選一得了，一來省事，二來也免得姑娘們之間鬧著爭著的，您看……」

林老太太一愣，隨即笑了。「這有何不可？看來，妳已經有鍾意的了？」

本是四選二，卻一下子變了四選一，林悠和林嵐對視一眼後，齊齊看向了林熙，畢竟目前就她來說，是唯一一個兩勝的。

「看來妳們也很清楚了。」葉嬤嬤見了林悠同林嵐的舉動，笑語輕道：「我知如此妳們心中難免不滿，所以雖然我只選一個，卻也有好處給剩下落選的三個，三姑娘，妳已經很不錯了，今日妳雖落選，卻較之半年前大有改善，我許妳三月之期，仔細教授妳禮儀行止，務求妳日後出入見客，都能不失風度。」她說著看向了陳氏。

陳氏當即會意，點點頭說道：「三姑娘已經不是以前那般怯懦，如今年歲上不小了，待過了三十，初二起，便跟著我四處拜會吧！」

林馨聞言眼裡滿是喜色。「謝母親大人。」

巧姨娘更是激動得起了身。「謝謝太太關愛。」

陳氏笑笑。「應該的，以後幾個孩子，我都會帶出去。」說著眼掃向珍姨娘。「嵐兒也該見見世面了。」

珍姨娘見狀自是也起身感謝。

林昌則笑著摸了一把鬍鬚。「夫人如此關愛孩子們，她們有福啊！」

陳氏笑笑，看向了葉嬤嬤。

「四姑娘、六姑娘，我精力有限，只能各教妳們一技之長，時間也同樣是三個月，妳們回去後仔細想想，待開了年了，便告知我吧！」

林悠和林嵐雖不甘願，但林老太太都同意了，她們又能怎樣？當下便各自低頭應了。

葉嬤嬤這才看向林熙。「七姑娘，自今日起，我便只用心教著妳一個了，是以，開年後，妳得棄了妳的芝萱閣，搬與我一處。」

林熙有些錯愕，但她卻沒問，只點點頭應了。

此時陳氏卻詫異起來。「搬與嬤嬤一處，合適嗎？」

「妳那院落也小了些，不如這樣吧，可兒出嫁前的院子還空著呢，我叫人年後拾掇拾掇，妳們一起搬去那裡可好？」老太太說。

葉嬤嬤點點頭。「自是可以，只不過，我得跟老夫人您討不少丫鬟婆子。」

「給，只要妳開口我就應承妳，這是咱們說好的。」林老太太說著起了身。「比也比完了，就別再熬著了，今兒個這事定下了，也算有了個章程，走吧，我們坐一起吃頓樂呵的吧。」

十五元宵節剛過，花嬤嬤就收拾好了箱籠叫下人抱著抬著的搬了院子，雖說只有幾十步的路程，但圖個好意頭，還是放了兩掛鞭炮、六個春雷子，熱熱鬧鬧的搬了進去。

老太太撥來了四個丫頭，其中兩個年長些，一個十四，叫春桃，一個十六，叫夏荷，屬於老太太身邊的一等丫頭。剩下兩個年歲同林熙比相差不大，一個十一歲叫秋雨，一個十歲叫冬梅，這兩個入府不過兩年，時間上不算長，卻是很有眼力的，給入了三等丫頭的級別，比之一般丫頭有點頭臉，月錢也多一點。

陳氏心疼閨女，把秦照家的安了過來，照看院事，花嬤嬤、潘嬤嬤還有溫氏也自是隨著，一下子院裡熱鬧了起來。

大家忙著收拾打整，那邊葉嬤嬤也搬了過來，因她還帶著瑜哥兒，便不好叫他們祖孫分開，所幸林熙尚小，將將七歲而已，便也不用那般避諱，故而瑜哥兒被安排住在了靠著院口的燕寢裡，老太太還十分好心給他也安排了兩個丫頭、一個小廝，伺候著他。

一時間各處都在忙著規整，從老爺林昌到六姑娘林嵐，各處都送了禮來，大多是些對聯、玩物的，林熙由著嬤嬤們張羅，自己只站在院裡瞧看著昔日她央父親寫的匾額：「碩人居」。

〈碩人〉，《詩經・衛風》中的一篇，歌頌的是衛莊公夫人莊姜之美與高尚，昔日她讀此篇時，就想做那樣一個美人，才央告父親為她題寫，只可惜到最後她卻是背負著惡名與不孝，含恨投井，與莊姜算是背道而馳。

「想換個嗎？」葉嬤嬤不知何時來到她的身後，輕聲問著。

林熙急忙行禮，繼而輕道：「不，不換。」

「我聽聞這是妳大姊姊居所之名，妳如今住進來了，便是這裡的新主人，為何不換？莫非，妳惦念著大姑娘？」

林熙眨眨眼，笑看向那匾額。「嬤嬤會教我成為莊姜夫人那般的美人嗎？」

葉嬤嬤呵呵一笑。「我自然可以，只是，妳吃得了苦嗎？」

林熙點頭。「爹爹教過，吃得苦中苦，方為人上人，熙兒願意。」

葉嬤嬤點點頭。「好，那我必當盡力成全。」

第十章 富養

「這是什麼？」林老太太看著葉嬤嬤推過來的單子，一臉的詫異。

「和您討要的。」葉嬤嬤說著眼裡浮著一抹笑色。

林老太太接過細細瞧看，起先還沒什麼，看到後面卻是一臉不解。「這、這……妳這是……」

「您既然希望家裡出一個撐著林府的脊骨，我也希冀著能教出一個好樣的，來全了他的遺願，那便不是光我教養著就能夠的，還得您全力配合著我。」

「這是自然，只是這單子……」

「您知我當初為何能那般頗有聲名？」葉嬤嬤問了一句後，便端了熱茶輕輕的撥著茶葉。

林老太太笑了笑。「自是老姊姊妳才藝俱佳、天賦異稟，加之生得花容……」

「錯，那是果，不是因。」葉嬤嬤說著喝了一口茶，看向林老太太。「您對我的事，知道多少？」

林老太太眼皮子一垂。「曾聽他提過一些，知道你們之間的相錯。」

「我問的不是和他的事，而是我的家世。」

林老太太眉一挑。「知道的不過是老姊姊是安國侯爺的獨生女，後因家變一生傳奇。」

葉嬤嬤聞言苦笑了一下。「我葉家自開國封侯，傳到我父輩那一代，便是百年有餘，父母成親五年上，才有了我，家中妾侍也不少，可再無出。我從出生起，就得父親疼愛，母親守護，本也會和別人家的孩子一樣，做個嬌生慣養的侯門小姐，只是偏生父親的子嗣過於單薄，府中除我外，後面幾年再無所出，父親是個心氣高的，眼看著我都七歲了，家中無人可繼，便只能打算從族中旁系過繼一個來，好承了爵，只可惜侯門承蔭，真有才華的已沒幾個，父親痛心之下看中了我四叔的三兒子，卻也知道沒人護著他，將來怕也家業難成，會被奪了爵，是以他和我母親商量後，作了一個決定。」

林老太太蹙了眉。「是什麼？」

「今日王妃之儲，他日正宮之身。」

葉嬤嬤這話一出來，林老太太驚得差點跳起來。「啊？」

「很驚訝嗎？」葉嬤嬤淺笑。

「是很驚訝，想入宮的都不過是些非權貴的，好好的侯門嫡女有誰會願意去宮裡受罪呢。」林老太太說著不解的搖頭。想她出身自海城賈家，當地也是數一數二的名門之後，雖達不到侯府的高度，卻也算是沾了權貴，她身為賈家嫡出的三女，寧可嫁給翰林的探花，也是不願入宮的。

「是，若我父親不是打算庇護我葉家，也不會起了這心思。因他有了這心思，起初便是把我當秀女來養，但宮廷傾軋父親又何嘗不知呢？所以他私下告訴我，為了拜請師傅，說的是選秀，但他的意思，還是要爭取做一個王妃是真，畢竟他日也許能為后呢！故而要做就要做到最好，如此勝出的機會才會大，若是在入宮前我能掙出名聲來，便極有可能被配選給某位殿下成婚，就算真的不成，憑著名聲本事，也是能直入妃嬪之級，不必從什麼美人、貴人的起始，慢慢地熬資歷。」

「原來是這樣。」

「所以我從七歲起，便接受各類教導，加之父親拜請的都是各類名師，是以起點很高，節約了許多時間，待到我十歲初時已小有名氣，母親又得了誥命，於宮中謝恩，皇后娘娘問起我來，母親便提了我幾句，豈料在半個月後，竟得了一次入宮賞花的機會，偏生那次，與六皇子結識，皇后娘娘喜歡我，便和我母親提了一句，似有個意向。那時我父親得知，分外高興，但誰料，二皇子的生母德妃娘娘也看中了我，先向皇上提了意。彼一時，我會入了誰家尚未可知，可父親卻急了，二皇子與六皇子素來不睦，皇上又身體不好，自太子被廢後，遲遲不立儲君，是以雙方利益早有準備，偏皇后娘娘也訴其意，皇上難以決定，竟叫我父親來定，一時難以定斷，父親不得不選了六皇子一系，想著他好歹是皇嫡子。」

「誰料偏偏是二皇子贏了。」林老太太陡然明白過來。

「不錯，是以清算下來，我葉家才落了個慘敗，奪爵，賜死，終到了陌路，後來的事，想來您也知道了。」

「老姊姊，今日我多嘴問妳一句，當日……妳拒了先帝爺，是因妳心裡裝著老爺還是別的？」

「他是皇上沒錯，可也是下令破我家門之人，父親被賜死，家宅被毀，我怎生能和他在一起？故而我自毀此臉，以惡之命不侍君王，其實不過想求一死，偏他嘆我與他緣錯，不再迫我，只叫我做了他的御前伺候，而我彼時也跟老爺有一份誓言，我自然才會出宮之後奔了他來，只是惦念著能還了恩。」

林老太太聞言一把抓上了葉嬤嬤的手。「當日妳為何不告訴我是這個因由？妳可知，我誤會了二十多年啊，我以為……」

「您以為我是回來奪您夫婿的嗎？」葉嬤嬤笑了下。「我不會恩將仇報，更不會讓恩人的家生亂。」她說著眼掃向桌上的單子。「現在您知道我和您要這些是什麼打算了吧？」

「妳莫非也要把熙兒照妳當日那般養？」

「這是必須的，要知道，學問技藝都是可以培養的，在這上勝出除了名師高徒外，鮮有他法，但是這些其他高門也能教養得出，又怎麼能出眾呢？我當日贏出名聲來，其實並非技藝，靠的是傲骨柔顯，靠的是寵辱不驚，靠的是將來可母儀天下的氣度！做當家主母者，若是小家子氣，家業難有大成；若是心窄量小，成日裡光置氣了，又何以理家？」

「沒錯，我那兒媳婦便是如此。」

「氣質，尚可讀書薰陶；技藝，可名師教導；而傲骨生於境，柔顯在於磨，寵辱不驚，那是要見怪不怪，母儀天下那是要眼高於頂、睥睨眾生，這一切需要的除了富養，再無他法！」葉嬤嬤說著抽了手，拿起了單子。「所以其上索要俱不可輕慢，以我對您林家的認識，我尋思著，您是辦得到的，若到了其後，真的難為了，我也是不會袖手旁觀的，至少，我手裡還是有些好東西。」

「有妳這話，我心知妳的付出。我雖是家中三女，但陪嫁不比別人差的，這些我還是出得了，若真有青黃之時，定不客氣就是了。」林老太太說著鄭重的接過單子，細細又看一遍。「這些我會私下叫人準備，只是未免家裡的睜眼羨慕起了禍，不若就依妳的名頭吧！」

「您要給我貼金，我可不會拒絕。」葉嬤嬤說著淺笑了一下。

「只是別的我尚明白，這小灶似乎沒必要吧，府裡在吃食上，可從不精簡。」

「我那兒很多食方，都是宮裡的。」

老太太眼睛一亮，立刻點頭。「我明白了，妳是怕流出去惹事。」

「非也。」葉嬤嬤搖搖頭。「七姑娘生得有些孱弱，半年多前還遭過兩次罪，現如今她正是長身體的時候，我想給她調調，那些方子可都是宮裡面的美妃養生所用，最是養人的，她自有心想做莊姜，我便成全她，讓她『手如柔荑，膚如凝脂，領如蝤蠐，齒如瓠犀。螓首蛾眉，巧笑倩兮，美目盼兮。』只是這些食材可都不便宜，供養她一個，我相信沒問題，要是一大家子的話，怕是您要當我來敗了林家了。」

林老太太呵呵一笑。「若是以前我會這麼想，但現在我知道妳不會的。」她說著掃了眼單子。「依著妳吧，只是這廚娘……」
「我去尋。」
「這葉嬤嬤的家底還真厚實啊，竟給支起小灶了。」林昌寬了外袍，衝陳氏嘟囔。
陳氏淺笑接了衣服遞給了秀萍。「終歸也是給了你女兒的啊！」
「那是沒錯，可只一個占到了。」林昌說著坐去了榻上。「若是多一個也好啊。」
陳氏坐到了他的身邊。「有道是知足常樂，如今熙兒有這福氣，我們做父母的也該偷著樂了，若不是公爹和葉嬤嬤有場緣分，今日裡熙兒也沒這機會。至於其他的姑娘，你也別憂心了，馨兒翻了年便十四了，我會帶著她四處走走，給她尋個合適的親事，等出嫁的時候，我也會置備一份合適的嫁妝給她，不虧不誤著她；至於悠兒和嵐兒，我意思著託請到婆母那裡，她本就出身高門世家，若由她肯帶著教著，就算比不上葉嬤嬤的水準，卻也不會太差不是？又或者花點銀錢，再去請個教養嬤嬤來，也不是不成的。」
林昌聞言激動不已。「妳竟有這好點子，還能想著帶上嵐兒，實在叫我意外。」
陳氏抿唇笑了一下。「誰讓她得叫我一聲母親呢，縱然心裡有些不舒服，可畢竟是你的種，我若真的冷著不管，豈不是我心黑了？」
林昌聞言，一臉喜色，當即挨了陳氏。「妳能知我心，替我想著，著實寬了我的心，今晚，我就歇在這兒吧！」

陳氏笑著看他。「今兒不是該香珍伺候了嗎？」

林昌呵呵一笑。「無妨，調個一天罷了。」

陳氏笑了下看向萍姨娘。「妳去給那邊傳個話吧，哦，對了，順便把這事給香珍說一聲。」

萍姨娘答應著出去了，其他婆子本要進來伺候，陳氏一擺手打發了下去，親自動手給林昌寬衣。

林昌抻著胳膊言語。「哦，對了，還有兩樁事——一個是三個哥兒，不，四個哥兒的學事，年後桓兒就是十四了，我今兒個和郭祭酒吃了一回酒，他應了我，說三月就讓桓兒入大學讀五經。」

「真的？」陳氏眼裡放了光，這小學和大學可都是貴族子弟們才能享受上的，若是家中門第不夠的，半點機會都沒。雖說起來小學同蒙學差不多，都是教著識文斷字，但到底是權貴階層才能去的，卻是除了能學到更深門道的六藝五術外，還能接下日後的人脈，是以誰都是豔羨的。

只是小學同大學對人等級要求極嚴，若是侯門權貴的嫡子，八歲便可入小學，業畢可入大學，退一等的高門便是十歲，再次便是十三上了，若是這些人家來學的並非嫡子乃是庶出，照例壓後兩年，也就是說，原本十三能讀的，那就得壓到十五去，而這些人要讀大學，那就非等及冠之後了。

且此與科考並不衝突，它所學不為科考，為的其實是官宦權貴自保的人脈網，故而能去者，日後也可謂前途大亮。想林府，若真論資格，起碼得是翰林，要不然是入不了的，偏林老太爺能耐，入翰林時得了美名，外放是攢了人氣，如今別人都還是給個面子的，願意給買個帳。想桓兒能十四就隨了高門的資格進了大學，實在是讓陳氏歡喜不已，只把林昌的衣服寬了一半，就急急的對著月拜謝起來。

林昌瞧她那樣一臉得意。「妳該拜謝我才是。」

陳氏轉頭衝他笑笑。「是是。」心裡卻難免謝的是老太爺，因為看的都是老太爺的面子。

「至於佩兒、宇兒因著庶出，年歲上欠些，便許我，等到他們十三時，試試筆墨，若是能成的話，便准入小學。」

陳氏點點頭。「這也是好事，不過那還要等個一年半載的，依我的意思，倒不如叫他們用心和墨先生學著，待到十二了，去試試童試如何？」

「這也成的。」林昌說著湊近陳氏。「不過，瑜哥兒不在此列。」

陳氏撇了嘴。「老爺，葉嬤嬤可善待著咱們熙兒的，你不能壓了他啊。」

「我可沒壓他，人家是有大造化。」林昌說著湊在了陳氏的耳邊嘰咕了一句。

「入小學？」陳氏瞪了眼。

「妳聲音小點啊！」林昌瞥了她一眼。

陳氏急得捂嘴，繼而壓低了聲音。「翻年他也不過十歲，怎就能入了小學？他若不是掛在府上，怕連想都想不到吧，怎生得了高門的照應？」

「還不是葉嬤嬤的名頭，聽說這事是宮裡關照出來的。」

「啊？這是怎麼回事？」

林昌搖搖頭。「老郭嘴緊，沒漏，我也不知是什麼機緣，老郭只叫我心裡清楚，待三月了，叫著他和桓兒同去，卻平日上以書僮裝扮，待入了內裡，再進小學，莫聲張。」

陳氏點點頭，心裡莫名的有些發慌。「我是可以不聲張，但入了內裡別人又不是沒眼瞧見，若是有人嚼舌頭出來，會不會……」

「妳傻啊，宮裡關照的，這些還能不交代好？不過是大家心照不宣罷了，誰家的兒子會沒事尋事去？若是我兒子能在裡面，我也得好生教導再三提點，但凡要是誰敢多嘴，不用人家動手，我都得扒了他的皮！」

陳氏這才安下心來，雖說心裡還是不踏實，但到底覺得牽扯到宮裡，自己還是少問的好，便提了另一茬。「你不是說兩樁事的嘛，還有一個呢？」

林昌捋了把鬍鬚，聲音壓得很低。「掌院大人推薦我做侍講。」

陳氏身子微微一晃，臉上顯了紅光。「幾成機會？」

「八成！」林昌說著得意的抬手摟了陳氏。「掌院同我提示說皇上是點了頭的，如今只等下旨了。」

陳氏嘴唇哆嗦了起來。「老爺在修撰上熬了整整十年，終於可得進半步，從六品生成正六品，這日後機會也大了許多，我、我先恭喜老爺了。」

林昌含笑點頭。「書上說，妻賢夫貴，我自與夫人和睦後，便是諸事皆順，美哉！」

陳氏當即低了頭。「怪不得今兒個怎麼想著歇在我這裡，原是因著這個。那日後老爺可要擔待著為妻的性子，萬一我哪日裡渾了，你可得諒了我。」

「好說，好說。」

「她可真會做好人，一句帶上我的嵐兒，我就得明兒個大早去謝恩，只動兩下嘴皮子，我嵐兒便被擱下了。」香珍一臉忿忿之色。

秀萍卻糊塗了。「姊，妳怎麼這麼說，太太要帶上嵐兒去求託在老太太那裡，這是好事啊，妳原本不就盤算上老太太的嘛，如今她去說，總好過妳開口不是？」

「妳錯了！」香珍當即搖頭。「她不過一句帶上，便是關照了嵐兒，可私下裡還不知怎麼和老太太盤算，她心裡早不容我，豈會真為嵐兒著想？八成是嘴上說得動聽，實際上只不過走個過場（注），老太太到時候學了葉嬤嬤，來句精力有限，九成九得了便宜的是四姑娘，我那嵐兒哪來的福氣去？我原是打算叫老爺去開這個口，老太太總看在自己兒子的面上能照應了我的嵐兒，她如今口快搶了頭，老爺自是把事落在她身上，不會再開口，妳說，我那嵐兒出路在何處？」

秀萍聞言眉頭蹙在一起。「那可怎麼辦？我過來時，老爺還誇了她，這事已經落太太頭上了，妳若再去求老爺，便是自惹麻煩啊！唉，太太現在怎麼忽然轉了性子一般，竟做起假好人來了！」

香珍當即起身在屋裡亂轉了起來，忽而她眼一抬。「有了！」

「什麼辦法？」

「她現在不是裝好人嗎？那我就權當不知她肚裡的盤算，明日裡求她養了嵐兒。」

「啊？」秀萍傻了眼。「妳這是做什麼？當日裡嵐兒生下來，老爺就說要抱去給養在太太膝下，妳鬧著為女憂思，整臥床三個月，老爺便把此事作了罷，如今妳卻又要把女兒送過去，人家誰接妳這半大的呀？」

「妳不懂！」香珍急急地說道：「若我當日應了，孩子不在我跟前，便離我遠了，日漸離心，且她養在太太膝下，就真的能過了好日子？早晚受了欺負，我連護都護不上，到時只怕會怨托生在我肚子裡，把我恨上了，我豈不是沒了依靠？」

「那妳現在……」

「嵐兒和我一心，這些年更是一副謹小慎微的樣子，誰看她不憐著她？明日裡我苦求一番，拿話逼她，她便得接下，若是真虐了我的嵐兒，嵐兒還不會哭訴了嗎？我要她這會兒搬起石頭砸自己的腳，正好給我的嵐兒作嫁衣！」

注：過場，意指形式。

「太太，珍姨娘來請安了。」章嬤嬤入屋來報了一句，陳氏便翻了眼皮子。「知道了，叫她回去吧，我用不著她來謝我，這麼冷的天若她再涼到了，倒是我不體恤她了。」

章嬤嬤答應著出去，萍姨娘端了茶過去。「太太怎不見她？她可是得了好處的。」

陳氏笑了下。「我說關照著嵐兒，又不是要她來謝我，反正都是林家的姑娘，再是庶出的，那也是要叫我母親的不是？」

萍姨娘一怔，訕訕笑了。「太太這陣子可是越發的寬讓起來了。」

「家和萬事興，我明白得太晚了。」陳氏說著端了茶潤潤口。

那章嬤嬤一挑棉簾又進來了。「太太，珍姨娘不肯走，在外面候著要給您問安。」

陳氏聞言斜了萍姨娘一眼。「去，拿我的貂皮袍來！」

萍姨娘應了聲，轉頭拿來要給陳氏披上，豈料陳氏衝她說道：「拿去給她披上，叫她在外等我一等。」

「是。」秀萍心有不解的退了出去。

姊妹兩個一照面，萍姨娘便冷著臉把袍子捧了過去。「太太體恤妳，叫拿來給妳披著，要妳在這兒等她一等。」

香珍一愣，繼而連忙推託。「使不得，這可是太太的衣裳，我可披不起，我這裡候著就是，姊姊還是快把衣服拿進去吧！」

萍姨娘沒說什麼便轉了身入屋，此時陳氏已經在章嬤嬤的伺候下，套上了棗紅遍地金蝠緞鑲貂絨毛裡露邊的袍子，正往頭上插著一對赤金綴南珠的大簪。

「妳怎麼拿回來了？」陳氏掃了秀萍一眼。

「人家說使不得呢！」萍姨娘一臉悻悻之色。「您又何必自討沒趣？」

陳氏頓了一下，笑了。「這不是自討沒趣，只是不想人家又病了而已。拿著吧！」說罷起了身，向外走，秀萍急忙給打了簾子。

陳氏一出去，秀萍便是微蹙了眉頭，往日裡她要這般說上一句，太太哪回不是順著話頭罵下去，更滿是怨懟之色，可現在倒好，不但不接茬，還忽地一下和煦寬厚起來，若不是她日日伺候在前的，保准以為陳氏換了心了。

「香珍給太太請安！」珍姨娘見陳氏出來，立刻上前一步躬身行禮。

陳氏立刻抬手托了她。「行了，今兒個風厲別涼著妳，秀萍，給她把袍子披上吧！」

萍姨娘答應著上前，香珍欲要再推，陳氏抬了手。「不為別的，只為妳別冷著涼著了，回頭倒落了我的不是，還有緊著些吧，咱們還要去老太太那裡呢。」說完陳氏就轉了身，自行向外。

秀萍給香珍披衣時，兩人急速對視一眼，秀萍微微搖頭，香珍則滿是疑惑。

很快一行人到了老太太處，常嬤嬤去報，陳氏銜章嬤嬤交代了一句，章嬤嬤便立刻退走，而後常嬤嬤出來招呼，陳氏便帶著她們兩個姨娘進了屋。

「這個時候怎麼想起到我這裡來了？」林老太太扶著丫鬟一到小廳便張口而問。

「還不是有事要託請婆母啊！」陳氏說著上前主動攙扶了林老太太，扶著她坐下。「如今熙兒得了葉嬤嬤的教養，可其他三個姑娘還沒著落呢！我要持著家，還要給馨兒物色合適的婆家，只能把馨兒一個給顧全了，便想託婆母照看下您兩個孫女悠兒和嵐兒，您看成不成？」

珍姨娘聞言詫異的看向陳氏，以她對陳氏的瞭解，真心幫自己閨女託請，那是根本不可能的，是以聽了這話，她很驚訝，立刻偷眼瞧向老太太，尋思著要不要在老太太拒絕了後，就在這裡求逼起陳氏來，可沒料到的是，林老太太竟然點頭了。

「成，都是我的孫女，妳都開這口了，我又怎能不應著。其實妳若不來，我也尋思著是要再給她們請一位教養嬤嬤的。」

「那我謝謝婆母了。」陳氏說著轉了頭看向珍姨娘。「香珍，妳現在可以放心了吧，老太太都應下了，妳總不會擔心著我坑了妳閨女嵐兒了吧！」

香珍一愣急忙要言，林老太太卻是一挑眉。「哼，妳這貪心不足的蹄子，成日裡就會盤算，又不是當家主母，孩子們的事輪得到妳操心？竟都逼到太太那裡去了，這是我教妳的規矩？」

香珍當即跪了地，陳氏的衣裳應著動作大了些，落了地。

林老太太一看那料子，便是心裡有數，當即又言。「妳不是身子不好嘛，不是成日裡病著嘛，那還跑出來做什麼？回妳的院裡待著去，少給我散那病氣！還有嵐兒既然託到我這裡，我就替妳照管了，免得那丫頭長大了和妳一個德行！常嬤嬤，傳我的話去，叫六姑娘收拾下東西，今兒個就給我搬過來住，反正那邊左耳房也空著，就搬那裡吧！」

「老太太！」香珍急言。「嵐兒已經十歲了，翻年就是十一了，您能照拂她雖好，但到底得學著理事掌院啊，不然……」

「這個不用妳操心，我先替妳攏攏她的性子，再收收她的心，幾時知道知足了，我自會讓她回她的玉芍居去，若是和妳一般心裡全是貪念，我寧可她做一輩子老姑娘，到那時，理事掌院的和她挨不著！」

香珍當即身子一晃，便磕頭在地，嗚咽著，只可惜林老太太懶得理她，一擺手。「回去哭去，我還沒死呢！」

香珍當即哭也不敢哭，求卻也沒法求，只是哭哭啼啼的奔了出去，那先前披在她身上的衣服還兀自躺在地上，秀萍立刻上前撿拾起來，陳氏便開了口。「快拿出去燒了，免得把病氣沾了。」

秀萍只得應著退了出去，林老太太則斜她一眼。「那妳也捨得給她披？」

「我若不捨得，回頭她還不得大病一場？到時我豈不是又作了惡。」陳氏說著湊到老太太跟前衝著她一福。「多謝婆母給我撐著了。」

「也別說什麼謝了，妳能知道來尋我，也是多少明白些事了，而且這段日子我瞧著，昌兒和妳很是和睦。顯而易見的，葉嬤嬤提點了妳後，妳便是開了竅了，說真話，家和萬事興，妳能開竅，我也樂得幫妳一把，何況葉嬤嬤也說了再不表態，只怕於林府也沒好處，所以我才……若是不然，我才不會插上一手呢！只是……話又說回來，我到底是妳婆婆，這家業除非是極大的事得給我知會一聲，其他的還不是都由著妳打理？所以我幫也只能幫妳一次，不然外面人只會輕了妳，何況我若是伸手太長，終歸不對的。」

陳氏點頭應聲。「婆母放心，做兒媳婦的可不敢總煩著您。」

「妳心裡明白就是最好了。唉，人心最是隔著肚皮的，看起來再恭順乖巧的貓，也有爪子抓傷人的時候，所以一旦心裡有了不該有的盤算，便會防不勝防，當日裡我便沒防了她，才有了之後的事。」

「過去的事了，提它也沒意思，何況，人心這東西幾個能看清啊，這更怨不到婆母您這裡的。」陳氏說著忽而衝著林老太太一跪。「婆母，以前是我太不懂事，自香珍這事一出，我便怨上了您，這十幾年來，都沒好好的侍奉過您，可您卻從不和我計較，還處處容了我，我倒以為是您心虛……唉，如今思想起來，我深覺慚愧，故而，還請婆母原諒了我，我真的是知道錯了。」

林老太太彎下身來，扶了她。「妳呀，快起來吧，不是上輩子的冤家，如何進得到一處宅門，過去就過去吧，誰都別再提了。」

陳氏點點頭，摸出帕子拭淚。

其實若不是知道了秀萍懷有異心，她根本不會意識到——有的時候錯並不在自己的身上，別人也會和你離心。再加之葉嬤嬤的直言，終於讓她明白自己是多麼的糊塗，而將心比心，再思及香珍一事，便才明白老太太也並非就是有意而為了；現如今她與林昌總算往好的方向上走，若要老爺真正明白自己的好，不要再被香珍給哄了心去，便只能是把老太太抓到自己的身邊與她站在一處才成，畢竟林昌這人一身儒學，最是重孝道的，況且清貴之流，誰又敢在孝道上沾一點塵埃呢？所以她果斷低頭，再不似以前緊繃著那張臉、那顆腦袋。

陳氏與林老太太四目相對，彼此的眼裡滿是親善。

葉嬤嬤說得對，一個女人要是連在婆家都左右掣肘，不能有所作為，那就是穿戴上再華麗的衣裳、再名貴的頭面，也依然是沒有臉皮的；捨得小臉才有大臉，不能再為了芝麻丟西瓜了。

陳氏這般自省，便說著討好的話來哄著林老太太。

林賈氏則拉了她的手，語重心長地說著：「昌兒能往前進一步，便是大喜，日後妳更得學會忍讓，妳知道清貴的名聲，好好打整家院吧，不過要多動動腦，杯酒解兵權總好過刀光血影，千萬別讓自己得了罵名。」

「兒媳知道了。」

「還有，關於侯門婚約文書的事，前日裡昌兒也和我提起了，要說這事我其實並沒忘，只是咱家彼時是個什麼情況妳心裡也有數，為著林家好，免生了禍事，才閉緊了嘴巴未提此事，只是我以為如此可以免了禍，卻不料可兒還是……罷了，這事既然你們也盤算起了，我就隨了你們，好在熙兒是葉嬤嬤教養著，我心裡也踏實。不過妳真有此打算，就更不能輕慢了其他幾個姑娘，畢竟侯門權貴，也不想攤上不牢靠的親戚，何況姑娘們的親事若是置辦得好了，對林昌的前途也大有好處，只是怎麼做，妳自己體會和安排吧！」

第十一章 論親

自翻了年，林熙同葉嬤嬤住在碩人居後，林熙發現自己的生活完全變了個樣。首當其衝的是規矩。

第一個是時間精準不容錯，葉嬤嬤對這個要求一絲不苟。例如早上晨起問安，倘若遲了，不管妳是拉肚子耽擱了，還是丫頭們一時叫晚了，還是就晚了那麼一步，總之統統不問原因，先照著手掌心就是兩下戒尺，打得十分狠，而後才是清算，誰的責任誰擔，算起第二輪來，可謂半點情面不留。

第二個便是按部就班，例如午休，不管睏不睏，到了這個時候就得睡去，妳哪怕是睜著眼躺著呢，也得躺夠那個時間，而後妳也別想多賴，準點起來開始各項「修練」。若是不按照規矩來，伸手吧，從林熙開始到屋內丫頭一個不漏，倘若當日值班的裡面有嬤嬤，也別想跑，照樣伸手挨板子，絕對的連坐。

第三個是標準，比如吃飯，葉嬤嬤就詳細的從布菜到食用，每一個動作都做到了全方位的要求，手抬多高啊，衣袖在什麼位置輕提，以及每道菜從哪個位置挾菜，對應什麼樣的客人應該挾哪個位置，可謂是極盡苛責的細緻。

有了諸如此類的種種要求，林熙感覺到了一種束縛和壓抑，可隨著時間的拉長，她慢慢便習以為常，甚至發現了這種規矩下的好處——自律自覺，以及不經意間的規範。

其次改變的是生活的步調以及品味。

葉嬤嬤給了她不能想像的奢華生活，每天從早上一睜眼開始，屋裡的丫頭婆子們便是連軸轉，以前她起床洗漱這事，一個婆子就伺候過來了，如今倒好，竟是要至少四個人伺候，一個伺候洗漱，一個伺候穿衣，一個伺候梳髮，還有一個全然盯著時辰，跟個監督者似的，若是哪日裡葉嬤嬤興起，要求林熙得著盛裝，那伺候起來沒六個人竟不能夠了。

而自林熙開始更為細緻的接受六藝教導時，葉嬤嬤竟把平日裡剔除的射和御也一併教習，起初林熙以為這是為了湊個藝能齊全，後來和葉嬤嬤偶然說起來才知道，葉嬤嬤的目的是希望她能強身健體，外加萬一日後遇上這種場面，能心中有數，避免一時不察錯了禮數，招致詬病。

許是葉嬤嬤心裡有數，又或者她本身的要求就極高，這當頭的一個月，就有二十天裡被要求著了盛裝，所以林熙整日穿著華服，而且每過幾日就有一套全新的送來，以至於林熙開頭還頗為歡喜，但之後一件件的好衣裳好料子不論多麼華貴精美，她都無動於衷了。

穿是如此，吃就更別提了，林熙可以很肯定，作為林府大小姐林可時，她活了十六年吃過的好東西，還沒這一個月多，當然吃過的藥也沒這一個月多，葉嬤嬤不知道哪裡尋來的廚娘，不但做的食物好吃不說，還成日裡要給她弄一鍋藥膳，味道鮮美，她很是想大快朵頤，但是，葉嬤嬤盯著她，她只能照規矩的吃個八成飽，而後頗為遺憾的看著它們被收下去。

吃穿如此好，用的自然也不差。

從戴的頭面，到練習書畫用的文房四寶，個個都是奢華的物件，害得林熙內心壓力極大，總擔心會摔了這個，蹭了那個，她戰戰兢兢了一段時間，終於還是有天失手打碎了一個玉質的筆洗，她本以為葉嬤嬤會好好和她算帳的，可葉嬤嬤除了責怪她畏首畏尾外，卻對那筆洗提都沒提，林熙整整反思了半夜才明白過來葉嬤嬤的用心良苦。

做主子的都這般改造了，丫頭婆子們自然也少不了。

從貼身到灑掃，從一等到粗使，各有各的規矩，一樣的要改要練。葉嬤嬤管教時說得清楚，若是首次犯錯，只口頭提醒，若是二次錯了，便是打手板，待到第三次，就直接捲鋪蓋出去吧。

一個月下來，粗使換了兩個，貼身換了一個，倒也在這種強壓下，大家迅速的適應了。半年後，整個碩人居不用葉嬤嬤每日裡盯著，便已井井有條，而七歲的林熙也已經完全適應了自律的生活，十分的規矩。

可這個時候葉嬤嬤給林熙加了一項修練——觀棋複棋。

手談是文人所愛，當葉嬤嬤提出來時，林熙還以為是要教她學會手談，為日後所用，豈料和她所想差別太大，竟是葉嬤嬤拉著廚娘兩個人下棋，然後要林熙在旁觀看，待到她二人下完時，本該她們自己做的複盤，就變成了林熙的事。

她以前對手談接觸得不多，父親林昌雖然會，但興致似乎不高，以至於她這個當女兒的也沒什麼進展，能夠多少知道一點，還是因為長桓自己要打棋譜，偶爾會扯上她。

因為這個爛底子，林熙起初很難複盤，往往二十多次對手後，就記不清楚了，偏去和葉嬤嬤請教吧，她連教都不教，繼續再來，以至於林熙常常記得是焦頭爛額。

不過每當完成這一項修練後，林熙就會很是感慨——一個廚娘都下得這麼好的一手棋，真不知道葉嬤嬤從哪裡尋來的「妖孽」，難道這就是物以類聚？

只是她好奇之下詢問葉嬤嬤，葉嬤嬤卻從不回答她，以至於和人家處了近十個月了，除了知道廚娘姓董，做飯極好，還下得一手好棋外，便只知道每過兩天這廚娘便有一日休息不來伺候，而這一天，小灶裡伙食的事，便會由葉嬤嬤親自掌勺，下棋給林熙複盤的事，則落在瑜哥兒的身上。

因著林熙如今年歲小，也沒那麼多避諱，瑜哥兒也不過十歲的年紀，用不著男女大防，便常常能在傍晚瑜哥兒下學回來後，兩人說道上幾句。若趕上瑜哥兒陪著下棋，還能多聽幾句小學裡的見聞，有時是同窗的，有時是先生的，還有時竟是相關到宮裡的一些事，雖大多不是什麼檯面上的大事，但只聽瑜哥兒提起，林熙也能深刻的感覺到一個圈子裡的氛圍。

而關於他們言談時，葉嬤嬤極少插言，就算有時說上兩句，也不過是喟嘆；她從不阻止，只在每次結束的時候，她會不厭其煩的重複一次——「聽在耳朵裡，篩在心眼裡，悶在肚子裡。」

林熙明白，雖只是一些不上道的閒話，卻也多少會有些看不見的牽扯，高門出來的女人，就算真有閒話的心，卻也要注意儀態，不能自降了身分。且消息對於大家而言重要，故而聽進去，入了心好好過一道，便可留下有用的，或能長個見識，不過身為女人卻是最好不要問起男人們的事，尤其是政事就更不得妄言。所以葉嬤嬤才會要她悶在肚子裡，免得惹事。

這一日，瑜哥兒同葉嬤嬤又開始下棋，兩人一邊下著一邊聊了起來，林熙便是一邊記棋，一邊留意著他們祖孫兩個的閒語。

「……那世安侯爺的大公子真格是個有心氣的，像他們這種可得封蔭的鮮少見願意自去科考的，他今早上向大先生告了請，想拜到汪大學士那裡得些關於八股的教導。」瑜哥兒如今十歲，較之去年的個頭只長了小半個拳頭，外型上沒什麼大的變化，看起來依舊樸實無華，但到底是權貴雲集的小學裡走了趟的，半年多時間，他身上就已經帶了濃重的書卷氣息，且有時說起話來，林熙可以感覺到一種屬於權貴的傲氣正在他這個農戶出身的孩子身上悄然形成。

「大先生可准了？」葉嬤嬤執雲子（注）而輕問。

「自然准了，人家那是什麼身分啊！不過大先生挺有意思的，准是准了，卻沒叫他去汪大學士那裡，而是給他寫了一封舉薦信，叫他先去郭祭酒那裡試試。」瑜哥兒邊說邊放，下棋速度極快，鮮少有盤算的時候。

注：雲子，指圍棋棋子。

葉嬤嬤聞言笑了下，沒說什麼，倒是瑜哥兒自答了。「祖婆，您說大先生這麼肯給世安侯爺面子，是世安侯爺手裡權重呢，還是近日裡又要臨聖恩了？」

林熙聞言挑了眉，看了瑜哥兒一眼，心道他這心思委實紮得深，竟想到這茬兒上來，再細細回想一下，便覺得自己思量到的也不過是人情世故上，想著不過是大先生隨手結下一份善緣而已。

葉嬤嬤眨眨眼，悠悠地說道：「利益二字密不可分，得利尋益，相益而得利，不外如是。」說罷眼忽而朝著林熙一轉。「七姑娘，瑜哥兒所問妳也是聽見了的，若今日此問，乃是府中人問起妳來，妳當怎答？」

林熙眨眨眼。「送人玫瑰，手有餘香，大先生如此賢德雅士，定是成人之美。」

葉嬤嬤點了下頭。「那現在此問假若是妳日後夫婿所問，妳又如何答？」

「這……」林熙一頓，咬咬唇後說道：「大先生乃三師之首，清貴之尊，能與權貴好處，必有所念，當、當細細打聽探問留意，也好做打算。」

葉嬤嬤聞言垂了下眼皮。「我若是妳，夫婿不問三次，絕不答。」

林熙頓時紅了臉，瑜哥兒在旁卻輕聲說起來。「祖婆，您又教七姑娘裝聾作啞。」

葉嬤嬤橫他一眼。「木秀於林風必摧之，若不知藏著掖著，遲早是背黑鍋的料！」

林熙擺動著雲子，細細複盤，不敢再多言。

葉嬤嬤微閉了雙眼，如同假寐，倒是瑜哥兒盯著林熙複盤，在她偶爾遲疑時，偷瞄一眼祖婆後，便會伸手輕輕的點點位置做提示。

費了不少時間，總算複盤成了，林熙還沒開口說好了，葉嬤嬤卻忽而一掀棋盤，讓棋子盡數落下，而後衝林熙說道：「瑜哥兒點了妳幾次？」

林熙臉上發紅。「三、三次。」

瑜哥兒在旁嘆息。「祖婆，七姑娘又不好棋，您叫她複盤本就有些為難了。」

「閉嘴！」葉嬤嬤橫了瑜哥兒一眼，瑜哥兒只得低頭捂嘴，葉嬤嬤當即把棋盤放到了林熙的面前。「現在妳把他三次為妳指點時的全盤局給我直接布出來。」

這一句話落進林熙耳朵裡，登時她腦門上的汗都下來了。

複盤不過是將兩人的對招演練一遍，你來我往，總有跡可循；直接布出局來，就不是那麼回事了，而是整個全局已經對戰到一個階段的程度，誰的大龍被圍死，哪裡的角上被剿殺，她得完全心中有數，簡直堪比丘壑在胸了，可她哪有這個水準啊？

咬著唇嘗試著布了一半，便已不能夠，葉嬤嬤輕哼了一聲，轉頭看向瑜哥兒。「你來！」

瑜哥兒低著頭，一言不發的布起來，他布得很慢，經常都是頓一頓放下一顆雲子，可是待到他放了幾次後，速度陡然提升起來，之後他快速落子片刻後便成了。

「祖婆，看看可對？」瑜哥兒臉有笑意。

葉嬤嬤掃了他一眼。「請家法來！」

瑜哥兒當即呆住，林熙更是一頭霧水，不過葉嬤嬤沒有解釋，瑜哥兒也沒問，自己乖乖的起了身，不一會兒取了檀木戒尺來送到了葉嬤嬤的手裡，自己便自覺的跪了下來，伸出了左手。「明日裡還有書課，請祖婆打左手吧。」

「幾下？」葉嬤嬤面無表情。

瑜哥兒頓了下，低聲說道：「自大得意，三下；賣弄惹眼，三下，共六下。」

「明知故犯呢？」葉嬤嬤挑眉。

瑜哥兒搖了腦袋。「祖婆，孫兒並非是明知故犯，只是祖婆說兄弟姊妹需得同氣連枝，互相提攜，求一榮而同榮，故而才做提示，並非是真的有意賣弄……」

「抬手！」葉嬤嬤一句話，瑜哥兒高抬了左手，當下葉嬤嬤就抽打在了他左手上一下，瑜哥兒咬牙不出聲。

「你可真會給自己貼金，助人也要看是個什麼時候，若是真正的遇到了難處，知道幫人一把，我少不得要賞你誇你，可這會是難處嗎？我且教著七姑娘心力眼力，你倒插手進來，你是助她的，還是害她的！」葉嬤嬤說著朝著瑜哥兒手心又是一下。

「祖婆說得是，是孫兒錯了。」瑜哥兒低了頭，手乖乖的捧舉著，由著葉嬤嬤抽打。

葉嬤嬤極會動用家法，她並非是簡單的一氣抽打，總是打一下唸幾句才會再打，林熙挨過，深有體會，第一下後，掌心見熱，微痛散開，待她抽打第二下時，會連第一下的痛都勾了起來，你既不能咬著牙一氣的扛過，也不能等著每下的痛都散了，這麼層層的疊著，可謂是越打越痛，愈加的受不住。

眼看著葉嬤嬤打足了六下，瑜哥兒的腦袋上都沁了汗珠，林熙的內心著實不好受，畢竟人家是好心提點她來著，便自發自覺的準備抬手迎接葉嬤嬤的連坐，豈料葉嬤嬤並未收手，而是又抽打了瑜哥兒手心四下，直把林熙瞅得心裡生懼。

「可知這四下何意？」葉嬤嬤聲音柔中見厲。

「知，一罰我詭辯，二叫我為戒，三責我恃才，四望我能改。」瑜哥兒一氣答了，葉嬤嬤這才點了頭。

「你知道就最好，本來責你不該當著七姑娘，應給你留些面子的。但近些日子，我瞧你得意不少，竟已經頗得傲氣，原本我是想等你自悟的，可到底你是我的乾孫子，我總不能等你跌個大跟頭才提醒你。故而當著七姑娘好好責罰你，也要你知道面子這個東西，得自己成全自己！」

「祖婆說得是。」瑜哥兒十分恭敬的跪著。

「你說，何為『傲』？」

瑜哥兒抿了下唇，朗言而答。「先生有教，走字形，『敖』為抬、升，『傲』便是人抬升，若論其意應是——自高、自大且不屈而藐。」

「那我且問你，你比之那些小學中出入的權貴子弟，高在何處？大在何處？」

瑜哥兒抬了頭。「論家世不能比，但論學識，孫兒絕不比他們差！」

葉嬤嬤瞧了他一眼。「此為不屈，乃指傲骨，你卻是自大而狂，空有的狂妄傲氣罷了！」

瑜哥兒聞言一時呆住，葉嬤嬤卻自行言語起來。「傲骨者，錚錚，引人尊崇而歷千萬年不忘；傲氣者，斯斯，令人厭惡而經眾口鑠金。你願做哪個？」

瑜哥兒低了頭。「自是前者。」

「那你當如何？」

「收心，壓性，再不得恃才放曠。」

葉嬤嬤點了頭。「回去吧！」

瑜哥兒立刻告退了出去，待他走後，葉嬤嬤看向了林熙，林熙自覺的抬了左手。

「今日不打妳。」

葉嬤嬤的話語讓林熙詫異，葉嬤嬤衝她一笑。「若妳剛才幫他言語，我必打妳，只因妳同他一般，誤我教導，看似是幫，實為害；但我也要提點妳一句，日後在外若有人從旁助力，不管有無用，妳都需得謝著，一來為人家好心，二來為妳自己留德。」

林熙低頭。「嬤嬤教誨，熙兒謹記。」

葉嬤嬤一低頭看了看那棋盤，柔聲說道：「妳已經複盤近四個月了，可知我意？」

「嬤嬤剛才有提到，是心力、眼力。」

「對了一半。」葉嬤嬤說著把戒尺點在了棋盤上。「手談我並未教妳，只要妳留神細看，而後複盤，是希望妳能夠通過自己的觀察留意，摸索出其中的道理。要知道世間行當大了分說七十二行，小了細說則三百六十行，一個全字何其難，誰又能成了真正的全人？所以我要妳留心不熟的，是要妳在日後，遇上那不熟的行當，也能有所察覺，心裡有個譜，而不是被人家幾句話矇哄著，就被占了便宜去還倒謝著。」

「哦。」

「這是一。二則，手談裡步步算計，來往對照變數極大，我要妳從觀者入，是要妳能看清外局，畢竟當局者迷，多多把自己當作局外人，便會成竹在胸，心有了溝壑，又怎會被一葉障目呢？」

「原來嬤嬤有這深意，怪不得要我複盤，其實不過是叫我把雙方的心思過一遍，以明白失利者何失，得利者何得。」

葉嬤嬤點點頭。「是的。除此之外，我還有第三和第四的意思，三是磨妳的性子，望妳有些耐性，切莫急躁亂心。四則是強記，博聞強記者，總會好處多多的，有時沒什麼時間細細察看，有時有些東西也不過驚鴻一瞥，若妳能集心與專一時，強記種種，倒也可在日後花心思慢慢推敲，總能得了好處去，免於機會失之交臂，可知了？」

林熙當即心中激動起來，連忙對著葉嬤嬤叩謝。「嬤嬤教我可謂費盡心力，熙兒定當用心，不負嬤嬤所望。」

葉嬤嬤笑了。「那就最好，妳且再試試吧！」說著一把提了棋盤，要林熙再來過。

林熙便應聲答應開始布局，而此時秦照家的卻急急的跑了來。

「葉嬤嬤，老太太那邊來了人，請您過去。」

葉嬤嬤挑眉。「這個時候嗎？」

此時已是戌時，再有小半個時辰便是入睡的時候了，這會兒請她過去，足見此事不小。

「是，二人抬的轎子都過來了。」

葉嬤嬤聞言只得起身。「七姑娘妳自布後歇著吧。」

「是，嬤嬤。」

當下葉嬤嬤隨著秦照家的立刻離開了小廳，出了院門。當院門閉上後，林熙卻沒心思布局了，而是不安的抱了雙膝——這個時候請嬤嬤過去，該不會出什麼大事了吧！

葉嬤嬤乘著二人抬的軟轎急急地趕到了福壽居，還沒下轎呢，常嬤嬤就湊了上來，連忙扶著她往裡去。

「為著什麼事？」葉嬤嬤輕聲問了一句，求問個數。

「三姑娘的親事。」常嬤嬤低聲作了答。

葉嬤嬤聞言站住，詫異的看了常嬤嬤一眼，畢竟姑娘家的親事不是一朝一夕能定的，既然如此，何須這麼心急火燎的非要這個時候叫她過來呢？

「出了點岔子。」常嬤嬤見狀立刻補了一句。

葉嬤嬤抿了唇往內走。待到常嬤嬤報了聲，她進去後，才發現屋裡除了林老太太，陳氏同林昌外，三姑娘的生母巧姨娘也在。

「葉嬤嬤來了啊！」陳氏見著葉嬤嬤，邊說著邊起了身來迎，那邊林昌也起了身，連帶著坐在繡墩上的巧姨娘也急急地恭立。

葉嬤嬤一掃這陣仗，便知事情絕不簡單，所謂的岔子也肯定不小，邊微笑相應邊瞅向林老太太，猜測著弄不好這事要扯上自己，不然林昌也不至於都起立來迎了。

林老太太臉色有些發青，鬱鬱的有些鬱色，歪在羅漢榻上瞧見她來了，便指了下身邊的座位。「老姊姊，這兒坐吧！」

林老太太一句話，引了屋內人側目，葉嬤嬤也皺了眉頭。

平日裡這般稱呼，也不過是她們兩人時，怎麼如今竟當著大家的面這般喚她，還叫她坐去上座，這豈不是把她架去火上烤嘛。不過她一看林老太太那樣子，也知道她應該不是故意如此，只怕是真格的亂了心了。

「我不過一個教養嬤嬤，還是坐在下……」

「行了，這屋裡沒人敢把妳只當一個嬤嬤的，都不是外人，省了那些吧。說真心話，這會兒妳就是要當林家主母，我都應！」林老太太說著伸手一副要拉她的架勢，當下陳氏立刻扶了葉嬤嬤就往榻上的另一側去。

「嬤嬤還是去同我婆婆坐著吧，今兒個這事少不得要求您給指條路呢！」

葉嬤嬤嘆了口氣，也不掙扎了，挨著榻的邊緣側身坐了。「好好，我坐著，還是快告訴我吧，到底出了什麼事，你們這樣可是要把我老婆子架起來收拾啊！」

一句話之後，林昌同陳氏對視一眼，兩人臉上都有了紅色，卻都沒有言語。

林老太太見狀一拍桌几。「怎麼著，還要我說不成？」

林昌立時扯了下陳氏的衣袖，陳氏只得上前衝葉嬤嬤講了起來。「嬤嬤，這件事，和三姑娘的親事有關。年初的時候，我就帶著三姑娘開始至各處赴宴，多個府上去過，凡有兒孫的自個兒有些掂量，大家多少也開始有個相看，兩個月前，我們已有了三家人選，一個是遂寧金家庶出的三子，在兵部領著差，是個七品典儀；一個是富陽文家庶出的次子，是太僕寺的主簿，這兩個相差不大；還有一個便是杜閣老的嫡出小兒子，他要參加來年春闈，中的呼聲極高，老爺便覺得三個中他前途最廣，畢竟他家兄弟幾個都是身有官職的，又去詢問了人品以及其他，都還不錯，便是中意了他們的。是以前兩天才傳了口信來，說這事給定下了，還說明兒個杜老夫人要到府上坐坐，來瞧瞧看看，而後便著他家五子來這裡求庚帖，定了這事。」

「等等，杜閣老家的五爺可是嫡出，何以求娶的會是三姑娘？」雖然葉嬤嬤打進府起，就對陳氏要求嫡庶同待，但到底還是有著一絲差別的，雖也有嫡子求娶庶女的事，或是嫡女嫁了庶子，但不外乎有隱有疾，總有將就的因由。而陳氏這番表達，卻說得杜家無半點不適，卻來求個庶女，倒是分外令人詫異了。

陳氏低了頭不語，林昌湊了過來。「自然是葉嬤嬤您為我家教養小女唄。」

葉嬤嬤蹙了眉。「怎生說的？我只教了半年，就能有人聞名而來，實在太抬舉我老婆子了吧？」

林昌嘆了口氣，一臉的尷尬。「並非如此，而是弄砸了啊！」

「怎麼說？」

「其實當日我也納悶，請教問及，所答便是您教出來的姑娘，無論嫡庶都是極好的，我們還以為是馨兒的福氣到了，便也有意應著，可哪料到，今日裡我同杜閣老家的二爺吃酒，他酒後漏了話，才知這原委——那杜家不知從哪兒聽來的消息，說葉嬤嬤您教著我家一個姑娘，明明是七姑娘，莫名的傳成了馨姑娘，竟把馨兒錯當成了熙兒，於是人家因著您的教養求到了門上來，明兒個就來相人。可到底馨兒不是熙兒啊，若是明兒個撞破了，杜家不樂意了，倒時撤了這門親事，馨兒日後可、可怎麼辦？這周邊的幾家誰都知道這事定了啊，若是如此，豈不是要壞了馨兒的名聲，她日後可怎麼再嫁人？」

葉嬤嬤聽了這話眉頭蹙得更緊。「如此說來，那豈不是杜家一場誤會便弄出了這麼一樁難事來？」

林昌點頭稱是。

豈料葉嬤嬤陡然冷笑道：「呵呵，那不知老爺把我請來，是有個什麼盤算？」

第十二章 門道

林昌瞄向了陳氏，陳氏則扭了頭不言，他又只好看向林老太太，林老太太卻是面色黑灰，一副懶得言語的模樣。

「老爺若是沒法子，那我這老婆子也是沒法子的，既如此我就回去……」

「別別！」林昌見狀只得自己說話。「嬤嬤，妳看，這事已經弄到這個地步，我思量著從各處去想，還是有個折中的法子的。」

「老爺說來聽聽。」

「杜閣老府上未曾婚配的，除了五爺這個嫡出外，尚還有個庶出的四爺，他雖沒五爺才華敢問功名，但杜閣老總會照應他，只要他去求上一求，皇上便能給照應著蔭個職務，不求大富貴，卻也能不愁溫飽。現如今杜家已經傳出五爺要和我們結親來著，我思量著，要不這樣，做兩個親，把三姑娘許給四爺，把七姑娘許給杜家五爺，也算是兩全其美。」

葉嬤嬤聞言竟呵呵一笑。「老爺您說錯了，這豈止是兩全其美啊，乃是一箭五鵰吧！」

林昌一愣，面有驚色，葉嬤嬤卻不客氣的言語起來——

「按照您的法子，三姑娘和七姑娘可都高嫁了，雖然目前看著幾個爺並非多厲害的人物，可到底都是杜閣老家的，遲早是要飛黃騰達起來的，如此又結結實實的高攀上個好親家，兩不得罪的，轉眼便是三鵰已成，七姑娘的親事定下了，老爺手裡的一紙文書就得有人去應對，少不得又要我在剩下的四姑娘和六姑娘裡選。輪起嫡庶的，四姑娘自應了文書，三個姑娘都如此高嫁了，又怎麼能虧了餘下的六姑娘呢？是以我得多費心多教，最後怕也尋個不低的高枝兒，對不對呢？」

葉嬤嬤一串話下來，林昌急得擺手。「葉嬤嬤我真心沒想那麼長久，我、我只是不想失了杜家的這門好親而已！」

葉嬤嬤聞言看向林老太太。「您也要巴著杜家嗎？」

林老太太嘆了口氣。「當爹娘的都在盯著呢，有我老婆子什麼事。」

陳氏聞言立刻折身。「婆母您可不能這麼說啊，我待馨兒如何大家是看得到的，以前我縱然晾著她些，卻也不曾打罵，自葉嬤嬤來知會我不可區別對待，我便當一處的待著，這大半年也沒停歇的各府上帶著她見人，真心沒作惡啊！」

林老太太斜了陳氏一眼。「妳急什麼，我又沒說妳，妳且坐著！」說完盯了林昌一眼，又瞪了巧姨娘一眼，閉上了眼。

此等意思還不明顯嗎？完全怪責的是林昌同巧姨娘。

林昌自還一臉莫名，巧姨娘則是直接跪下了。「老太太、太太，巧兒不是個多事的人，雖望著馨兒能得個好親，卻也不敢踰矩啊！太太是家中主母，馨兒的婚事豈輪到我多嘴？就是馨兒被配個農夫，我也萬不敢言語一句的。」說著朝著地上就是猛磕，言下之意，她可從頭到尾沒敢置喙。

七、八個脆響過去，林老太太擺了手。「行了！」巧姨娘頂著紅紅的前額，立刻退去了一邊。林老太太看向葉嬤嬤。「妳還是給那個糊塗的點點吧！」

葉嬤嬤點點頭，扭了下手裡的帕子開了口。「老爺，今兒個已經是這樣，我也就倚老賣老說幾句踰矩的話吧！」

林昌白了臉。「嬤嬤您說就是。」

「林老爺，這杜閣老一家此時若說門楣可算哪一階？」

林昌毫不猶豫。「杜閣老乃當朝宰輔，一品當朝，他們家自是權貴之家。」

「權貴也分三等呢，開國、皇蔭、位極，杜家是何？」

「他家自然是位極啊！」

「是啊，一個位極的權貴之家，若是孩子們爭氣，借著杜閣老的光也能衝入雲霄，就算不是四品之上，也至少個個肥缺的外放，何以府中的孩子們都不過是些半吊子，只都全看著一個孫輩的五爺？」葉嬤嬤說著看向了林昌。「林老爺，您就沒思量過，人家好好的權貴之家，幹麼要下身分來選您府上的姑娘嗎？」

林昌聞言徹底地愣住了。「嬤嬤的意思，莫非這杜家有別的心思？」

「是不是玩心思，咱們兩說，只先說那杜閣老，乃是當朝宰輔，得是何等的心思與盤算，何等的耐性與手段，才能坐到這個位置上，什麼樣的高門大戶不會尋著法子的要把人送去結親，怎麼人家倒把呼聲最高的那個留著來尋了咱們？」

林昌面有一絲不悅。

「林老爺，您別覺得我這話難聽，說到底，林府是個清流世家，只算清貴，還沒哪個時候到過權貴的高度，就是老太爺在世，也是如此，只是他活得圓滑，八面玲瓏，逢源得水才有了不一樣的人脈，他可常把一句話掛在嘴上的，想來老爺應該也記得吧？」

林昌低了頭。「人貴在自知，若不自知，便會出事。」

「是了，所以依著老爺對自家身分的認知，您思量下，杜閣老怎麼會選上咱們？他會弄不清楚到底是誰收在我手裡教養嗎？七姑娘還是馨姑娘，真有那麼好混嗎？再者，怎麼早不言晚不言，偏偏臨著換庚帖了，酒後真言了？要我說，只怕這五爺是個有什麼詬病的，杜閣老才打主意到了我教養的姑娘身上，日後待成了親，就算有什麼也只能吞進肚子裡，那時彼此親家的，未必還撕破臉嗎？有個識大體便忍氣吞聲的，才是杜家的好盤算呢！」

林昌聞言直接跌坐在了椅子上，一言不發。

他自小待人接物，常看到父親受人尊敬，是以在心裡覺得父親很厲害。後來他讀書時，父親外放為官，不再指著入閣，他曾不解地問父親為何失之交臂，父親卻說，只管叫他好好讀書就是；後來他高中，入了翰林，以為會和父親一樣風光，可父親卻致仕賦閒，連給他個再借光的機會都沒有，害得他直到此時都靠自己拚搏。但父親的餘蔭尚在，很多人都還是極其願意賣林家一個面子，以至於他倒慢慢的忘了收斂，忘了自省，今日裡葉嬤嬤提起此話來，他才知自己竟是如此的不自知。

林昌一時受挫而悟，便不言語，倒是林老太太接了口。「看看，我說的吧，送上門來的好事？哈，哪有如此的便宜？這樣大的事，也不早與我說，只等出了么蛾子了才來告訴我，結果呢？你們一聽是杜家就昏了頭，那杜閣老還有幾年就得致仕，倘若這其間那五爺高中不了，他杜閣老一下去，就他那幾個不成器的父叔，哪個又能扶起孫子輩了？人走茶涼還有幾番造化呢？還不是坐吃山空，等著慢慢倒吧！」

陳氏此時抬手抹起了額頭上的汗來。「原來是這樣，若是他們和別的權貴結親，人家未必肯受這個氣，只有我們這種清流世家，得死死的守著名聲，是以……是以……」

「啞巴吃黃連，有苦難言！」林老太太說著瞪了林昌一眼。

「娘，您莫再責難兒子了，誠然兒子糊塗不自知，沒去細想這門道，可兒子又沒被豬油蒙了心，到底是嫁女兒，我總要探問，我還是打聽過杜家五爺的啊，都說他潔身自好，清心向學，實打實的難得的人才嘛！」

「人才？哈，若是隱疾，如何打聽得來呢？」林老太太狠狠的搖頭。「若沒說錯，你怕只是從那些讀書當官的人口裡打聽吧，但凡真有知道的，還能說與你？讀了一輩子書，卻讀出這麼個腦袋，唉！你怎麼就沒承下你爹的一點聰慧！」

林昌聞言起了身，不安的衝著林老太太躬身。「娘責罵得是，是兒子愚笨，可若真是隱疾，卻是難打聽的……不過話說回來了，這些可不過是猜測……」

「事出有異必有妖，老爺您願意拿三姑娘的一輩子去賭嗎？」葉嬤嬤柔聲而問，問得林昌啞口無言。

半晌後林昌只悶悶地問道：「那現在到底該怎麼辦？」

林老太太看向了葉嬤嬤，葉嬤嬤也沒含糊，沈吟了一下後說道：「明日裡杜老夫人來，我陪老夫人一道見客，三姑娘就別出來招呼了。明日裡總歸得要個敞亮話，若杜家支吾，三姑娘這親成不了也不會被人詬病的，畢竟他杜家不敢言。可要是她說了，那也是我們權衡的時候，到時再看成與不成。不過，那時當即就要作決定的，所以老爺太太們最好同三姑娘先問問話，倘若真有隱疾，她是想嫁到杜家做個表面風光的，還是想日後嫁個門當戶對的過個小日子。」

「可杜家不是屬意七姑娘嗎?!」林昌有些憂慮。

「那是酒後真言，我們不知道，我們只知道他們來求的是馨姑娘，至於他們的耳報神走錯了口，又能怪到林府來嗎？」

葉嬤嬤這般說了，林昌只是點頭，這個時候他已經亂了，便自是葉嬤嬤說該怎樣就怎樣好了。

眼見林昌如此，葉嬤嬤眼裡閃過一絲憂色，繼而轉頭衝林老太太說道：「老夫人，我怕是得給您提個醒了。」

「老姊姊妳就直說吧！」林老太太的性格直爽，這會兒全然敞開了。

「這林府裡異心的人太多了，該動動手理理了。」葉嬤嬤話一落，林老太太便欣然點頭。「這其中必有貪心謀算的，不然也不至於湊在一起。」

此時林昌蹙眉。「怎麼？這事還有說法？」

葉嬤嬤看向林昌。「杜家有自己的盤算，很是需要機會，若是我乃杜閣老，聽到受教的是七姑娘，堂堂嫡出，也不算虧，自會巴巴的早定，只可惜我得了的消息是馨姑娘，一個庶出的，這心裡就有那麼點虧，是以三番五次的相看，本來都定下了，可又查出來傳言有誤，是直接亮出來得罪一個清流呢，還是乾脆來個酒後真言，逼索七姑娘呢？顯然我會選後者，還能叫對方因著自己的主動，而無法抱怨自認這個栽。」

「這麼說來，便是杜家一開始也著道的了？」林昌還不算笨，總算反應過來。

「按照杜家的種種來看，這個可能性最大，可是，傳言如何會錯？又不是什麼大事，只一個姑娘的名頭上錯了，但就是這麼一個名頭，轉了個彎，卻能把林府四個姑娘的親事全都改了線，故而我覺得，這裡面怕是有人動著花花腸子，為自己的盤算下刀子呢！」

「妳的意思是，有人故意傳了錯誤的話出去？」陳氏一臉震驚。「可是誰會正好知道杜家有這盤算，還有，為什麼就要傳是三姑娘呢？」

葉嬤嬤衝著陳氏無奈的笑了笑。

「三姑娘翻年就要及笄了，正是要議親的時候，若是掛著我教養的名頭能引來高門求娶一個庶女，那林家的哪個姑娘又不能高嫁了？至於杜家，也許是巧合，也許便是人家有些門道，聽到了什麼，總之，尚未可知。」

陳氏當即扭了頭看了林昌一眼，繼而看向了葉嬤嬤。「這屋裡還有幾個庶出姑娘啊？除了三姑娘，不就是六姑娘了嘛！難道……」

「無憑無據不過是猜測，我也不過提一提，反正就這事來說，也是該好好打整理理，何況將來姑娘們還要帶著丫頭和陪房過去，早些理清楚，日後姑娘們也能有些得力的，免得被整蠱了去。」葉嬤嬤說著起了身。「於我能說的我都說了，也不便留在這裡，明日裡杜老夫人來前報門的時候，叫人知會我一聲，我早些過來陪著老夫人就是了。」

葉嬤嬤說完當下衝著林老太太欠身，又同林昌和陳氏點頭見了禮，這便去了，留下屋內剩下的幾個人，你看我我看你，豔羨起人家這份乾脆灑脫來。

「陳氏，妳同巧兒去三姑娘房裡問問話吧，多幾種猜想，話也說透點，雖說婚姻的事，是父母作主，但也不能瞞著孩子，把孩子坑了。」

林老太太發了話，陳氏立刻帶著巧姨娘下去了。

屋內林老太太看著林昌幽幽地說道：「是不是香珍做的，你最好心裡有數，若是被一個貪心的妾牽著鼻子走，你還真不如辭官在家的好，免得給林家丟臉。」

林熙在床上翻了許久，才多少聽見了點動靜，急忙的一骨碌翻起來，撥了帳子便問值夜的丫頭夏荷。「可是嬤嬤回來了？」

趴在腳踏上的夏荷聞言趕緊應聲起來，到了外面張望，很快折了回來。「是嬤嬤回來了，屋裡剛點了燈。」

林熙當即起身披衣，就要下床，夏荷立刻擋了她。「姑娘這是要做什麼去？」

「我去嬤嬤那邊瞧看一下。」

「不成！」夏荷當即伸手攔住。「這都亥正時分了，得是就寢的時候，您若跑了去，少不得嬤嬤要動板子的，打在我身上就算了，難道打了您，您還不疼了？」

「可……」

「我的好姑娘，求您有什麼還是明兒個去瞧吧！有多大事是今夜裡非要去的？」

林熙聞言一怔，看了看夏荷，只得作罷。

葉嬤嬤講究規矩，甚少有例外的時候，她一時好奇去了，並不能保證嬤嬤不會責罰，當即只得悻悻地睡倒，可心裡卻也思量嬤嬤這訓丫頭的法子，倒能讓丫頭們敢於攔著自己，便覺得當時她帶去的幾個人，若能知著規矩攔她一攔，多少也能避了一些事，何至於讓她恣意過頭，埋下禍根。

是啊，有多大的事非得這個時候去？到底還是性子難磨，壓了這許久，又急了！

林熙躺在床上，內心輕輕嘆息。

一大早，梳妝規整，便是照例先去林老太太那邊請安，才到了院中，依稀就聽到裡面傳來哭聲，只把林熙驚一跳，迎在門口的丫頭便叫了一聲。「七姑娘到了！」

隨即常嬤嬤迎了出來，半步擋了林熙的路。「七姑娘來了啊，昨兒個夜裡風大，吹得窗櫺呼呼的響，姑娘可沒驚著吧！」

林熙知她拖延，好讓裡頭有時間收住，便乖乖的與常嬤嬤言語。「昨晚起大風了嗎？我睡得沈，可不知道，一早被夏荷叫醒的時候，還饞著我那夢裡的醬肘子呢！」

「喲，七姑娘吃得那般好，還饞上了啊，回頭我就給老太太說一聲，叫給您添道醬肘子可好？」

「那自然好了，不過得是食鼎記的！」林熙故作一臉饞樣。

「一定！」常嬤嬤說著退開那半步，動手打了簾子。「七姑娘快進去吧！」

林熙這才入內，進去後對著林老太太行禮問安，繼而又衝陳氏和林昌行了禮，便依著規矩入座，此時才藉著機會好好掃了下屋內的人。

登時發現有些奇怪。

往日裡，這個時候哥兒們是全在內問安的，但今兒個奇了，一個都沒在，而更加奇怪的是，夠不上給林老太太請安資格的巧姨娘和珍姨娘竟然在內，身邊各自立著林馨、林嵐，但林悠卻未見著。

「熙兒，來，到我跟前來。」陳氏招招手，林熙依言過去，陳氏便摟了她說道：「今兒個府裡要來客，原本我是思量著帶著妳們幾個都見見的，可今兒個大早上偏妳邢姨媽來了信，說她府上的玉兒念著妳們姊兒幾個的邀了去玩耍，昨晚鬧了她一夜，只得叫我快把妳們送去玩會子，我便應了。如今妳四姊姊已經著我的意思同萍姨娘去取過去的禮物，過一會兒用罷了飯，妳們四個就跟著過去，只因府裡來客，我就不陪著去了，由常嬤嬤領著妳們過去，妳和三姑娘還有六姑娘各自挑上兩個丫頭一個婆子的隨了去吧。」

「好，熙兒知道了。」

陳氏點點頭，瞧看了林老太太一眼，林老太太開了口。「雖是自己的親戚家，但到底邢家是尚書府，妳們姊兒幾個玩歸玩，都穩著些，莫沒了人跟著就亂來，可知道？」

三個姑娘當即齊聲應了，這邊丫頭一聲傳後，林悠同萍姨娘進了來。「娘，東西都按您的意思取了來，可合適？」她說著走向陳氏，把手裡的鎖匙串放進了陳氏的手裡，林熙瞧見如此便掃看向萍姨娘，見她低頭躬身似個僕婦，便知母親定是卸下了她協理的權。

費了這許多的時間，母親才下了她的權，想來怕也是繞了圈的。

她心裡剛念完，老太太也囑咐完了，當即便讓她們四個去對面的花廳裡用餐飯。「用罷了，就回去更衣選人，準備出發去邢府吧！」

四個姑娘應聲告退出來，入了花廳，一眾丫頭僕婦的上前擺碟放碗的忙碌，林熙瞧看了一眼桌上的菜色豐盛，便知這個邢姨媽所邀的巧並非是巧了，否則哪裡就能準備得如此妥當了。

飯菜歸置好了，姑娘們入座，若是以往沒了大人們，四個姑娘早就湧在一起，可許是這一年半載的教養起了作用，姊兒四個倒謙讓了一下，而後才依著大小入了座。

林熙坐在了末席上，由三姑娘林馨先舉了筷，大家才開始進食。

食不言寢不語，一頓飯吃得很靜，也沒昔日那些爭執吵鬧，林熙忽而心中滿是喟嘆，登時覺得大家都變了——這便是成長嗎？在一個禮字之下，固守著，束縛著，淡漠著。

一頓飯吃罷，大家各自淨口，林悠囑咐了半個時辰後在二門處見，便叫著大家散了。

林熙依言離開，回往碩人居，因著那原是林可的院子，獨一個的在南邊，而其他三個院子修落在西邊和北邊，她們三個便是一路。

「妳們有沒有覺得，七妹妹有些不一樣了？」忽而林嵐低聲言語。

走在她身邊的林馨頓了一下，點頭輕道：「是不一樣了。以前她還像個泥猴子一樣到處的瘋到處的跑，自後來……她便乖巧起來，如今這又一年的下來，那舉手投足間，規整得似侯府裡出來的一般，我瞧著比那回跟著母親去給宏盛伯夫人賀壽時，瞧見的那位伯府千金還要矜貴些似的，真真不像是咱們這種清流世家出來的。」

林悠此時轉了頭。「三姊姊這話可不對了，難不成我們這種清流世家就出不了矜貴的了？嘁！妳們除了會嚼舌頭還會什麼？狗肉上不了席！」她一甩袖子步子加快，轉瞬就甩了兩人，往前而去，後面跟著的丫頭婆子立時也攆了過去。

林馨聞言面色脹紅，喘息急促，那林嵐一臉小心的衝她一欠身。「是不是我說了什麼惹了四姊姊？」

林馨咬了唇。「與妳無關，她是見不得我們罷了。」

林嵐當即嘆了一口氣。「那三姊姊慢走，等會兒見吧。」說罷轉了身往她的北邊去，留下林馨看著林悠一行人的背影，眼眶子泛紅起來，口裡低聲的嘟囔。「我庶出的又怎樣，憑什麼一輩子要被妳瞧不起！妳，妳等著！」

林熙回去換了一身衣裝，衣款雖不華麗，衣料卻也不簡單，只因她年歲小，不過梳著孩童的小鬟，因著連雙螺都算不上，根本戴不住什麼頭面，花嬤嬤便翻出來綴著赤金鑲玉牌的項圈給林熙戴上，好強調出林熙嫡女的身分貴重來。

花嬤嬤是林熙慣常靠著的，便帶了她，又挑了冬梅和秋雨兩個跟著，一併去了二門上。待到林悠來時，便見林悠一身華服，梳著雙螺，各戴著一支嵌寶的赤金搖蝶，鬢間又別著一朵粉紫色的絹花，看起來很是美麗動人。

林熙掃了一眼她脖子上掛的同款項圈，微微一笑，她是林可的時候一樣有這一個，陳氏為了彰顯女兒們的身分，還是十分捨得的。

很快林馨來了，她的一身裝扮同林悠差不到多少，只是雙螺上並非赤金的珠花，而是一對以各色彩珠串成的鏈子繞在上面，雖不金貴，卻也十分的惹眼，尤其襯著她那青春正濃的少女之身，倒很是明豔。

林馨來時，臉上帶著笑，但看到林悠同林熙脖子上的項圈後，便是懨懨的低了頭。

而最後而來的林嵐，衣著簡單，打扮樸素，若不是身上的衣服料子還不錯，就是被人錯當成一等丫頭也不為過。

這樣的打扮看在林熙眼裡，頓覺不好，但她是最小的，便思量著別人來言，可林悠、林馨皆無說的意思，就準備上馬車，她只得開了口。「六姊姊這一身，不合適吧？」

林嵐一臉不解。

「我們是去作客，如此打扮未免素了些。」

「我不如七妹妹妳，有些上好的，這一身圖個乾淨。」

林熙聞言蹙眉。「六姊姊，再沒上好的，也不至於沒一身像樣的打扮吧。好歹妳是主子，沒人敢把妳當丫頭待的，如果六姊姊委屈，那不如我去妳房裡看看，若真沒一件像樣的，我自去母親那裡為妳先討上一件。」

她說了這話，林嵐眼掃林熙，而此時林悠身子一頓，隨即立刻冷哼起來了。「就是，六妹妹穿成這樣，是想讓邢家的人以為我母親虐待了妳嗎？」說完眼直盯向了林嵐身後的婆子和丫頭。「瞎眼的奴才們，愣著做什麼，帶妳們姑娘回去置換去，再這般丟人現眼，我立刻稟了母親去，回頭把妳們這幫不知事的全攆了出去！」

當即林嵐和丫頭婆子們倉皇而回，林馨卻小聲嘟囔起來。「再妝點有什麼用呢，也是脖子上套不起圈子的。」

林熙聞言心中一驚，想要說點什麼安慰，豈料林馨開了口。「反正都要等六妹妹，我先回去一趟拿個東西。」說罷轉了身，急急地去了。

陡然間，除了跟著的人，就剩下林悠同林熙兩個，一時間倒有點莫名的尷尬，林熙想了想開了口。「我剛才去給祖母請安，聞著屋裡有哭聲，入內時，都止住了，四姊姊那時也不在，但不知妳離開時可有？」

林悠聞言詫異。「沒啊，她們好好地哭什麼？」

林熙搖頭，復又問：「那個時候兩位姨娘可在？」

「我走時，不過萍姨娘一個罷了，妳們三個都還沒來，那兩個姨娘也沒瞧見啊。」

林熙便暗自猜測先前那般哭哭啼啼的只怕和兩位姨娘有關，而她進去時林馨和林嵐也在其中，怕是她們兩個多少知道點。

姊妹兩個一時無話，竟各自那麼站著，林熙心中委實不是滋味，到底她們兩個可是親親的姊妹，便忍不住抬手扯了林悠的衣袖。「姊，妳還在惱我嗎？」

她沒論排行叫，只單單一個字，林悠愣了一下，垂了腦袋。「沒。」

「大姊姊不在了，親姊姊只有妳了，姊，不管怎麼樣，我們都是親姊妹啊！」林熙輕聲說著，她不希望親親的姊妹最後會變成陌路。

林悠伸手刮了下林熙的鼻子。「行了，我不是惱妳，只是惱我自己。為什麼，生在當中，前頭得不到寵，後頭也得不到甜。」

林熙聞言心裡發澀，她看著林悠泛紅的眼眶和緊咬的唇，心裡一顫，拽著她胳膊晃蕩。

「姊，妳別這樣，妳還有妹妹我，無論怎樣，妹妹都是願意成全姊姊的，我依著妳，將來真到了那個時候，我一定不擋著姊姊好不好？」

林悠衝她一笑。「妳是不擋著我，可人家憑什麼選我呢？倘若我和妳一道學了，自還不輸妳，可……罷了，妳好好用心學吧，將來，真嫁到侯府去了，能惦念著我是妳親姊姊，日後給個照應也就是了。」

林熙抿著唇點頭，對於未來她不知道會怎樣，但，姊妹的相依她怎會不去掛念、不去幫襯呢？若有那一日，不論她是不是高嫁，都必會用心幫著林悠的，畢竟她們是親親的姊妹啊！

姊妹兩個難得的就此手拉了手，林熙抬著頭衝她笑，但心裡卻很清楚，林悠未必就真的放下了，畢竟她和自己當初的心態也差不了太多。

站了一小會兒，林嵐來了，這一次打扮得就穩妥多了，不說多華麗貴重，但也是個主子該有的樣子，她也是梳著一個雙螺，簡單的別了一對鎦金的大葉葡萄，其他再無裝飾，甚至耳墜子都空著，但她耳邊偏各留了一縷耳髮，細細的用彩色的絨繩給纏了，雖未戴花，也是讓林熙一眼瞧望過去，覺得很有些風情。

林熙知道風情這個詞，用來未免早熟了些，但她對於林嵐的感覺偏是如此，好似她的謹慎、乖巧，她都看不見，只看得到她眉目中的情昵之態，宛如康正隆身邊那幾個動了春心的丫頭。

不過近一年的時間獨修罷了，到底是自己的心變得銳利了，還是大家都變了呢？

林馨小跑而來，問著沒耽誤時辰後，便上了馬車。

因著姑娘們去的是邢家，走個內親，也沒擺多大的架勢，故而一共就走了三輛車，當頭的兩個護院加兩個婆子，中間便是她們這些姑娘，末尾的車裡坐著花嬤嬤同林悠身邊的鄧嬤嬤，並兩房的丫頭，林馨和林嵐帶的，則隨車而行。

車子在路上行，隔著木板不時的能聽到一些吆喝聲，若是早先的野丫頭們，趁著沒人看著，早偷偷掀了簾子瞧看，只是如今學了規矩，一個、二個的都壓著性子，杵在車裡，實在有些無趣，忽而林悠一歪頭看向了林嵐。「今兒個早上在老祖宗那兒，妳們哭什麼呢？」

這話問得很直，完全沒給說不哭的機會，林嵐聞言一愣，直接看向了林熙，林熙一臉好奇的看向她，她便抿了唇掃向了林馨，林馨當即嘴一撇開了口。「沒什麼，不過是老祖宗怕我們兩個庶女不知規矩，多念叨了我們幾句，彼時心裡委屈就哭了唄。」

林馨若是說得這般輕描淡寫，林熙便知不是那麼回事，林悠又不傻，直接白了林馨一眼。「胡說什麼呢，妳要真心不願告訴我們就拉倒，用不著編瞎話，妳不願意說，我還不能回去後，自個兒問了?!」

林馨當即扭了頭，完全不和林悠搭茬了，林嵐便也縮了腦袋，一副與我無關的架勢。

登時車裡再度沈默的彆扭起來，便這樣一路行到了邢家。

陳氏的妹妹嫁給了邢家的三子邢樹新後，邢家三爺仕途不是一般的順暢，用了十年的時間就從一個七品的縣官做到了正五品的同知，管了幾年當地的鹽、糧，結果就此一發不可收拾。後面五年時間在嶺南道做了一屆知州後，被調回了京裡，就此在工部裡紮下了，又奮鬥了三年，在年前的時候就從工部郎中提了上去，現在可是工部侍郎，從四品的級，委實算是林府真正親戚裡最高的品級了。

馬車繞過了正門，從西角門裡進，入了內後，姑娘幾個全換了小轎被抬進了二門裡後才下來，便有兩、三個婆子帶著丫鬟迎了上來。直到進了內院裡，才看到邢姨媽一身華服帶著一個哥兒一個姊兒的立在當中，衝著她們伸出了手臂。「巴巴地等了一早上，妳們幾個可算來了，玉兒都鬧了好半天了！」

姑娘四個一字排開，齊齊給邢姨媽行了禮，邢姨媽叫了好，便把身邊的一雙兒女推了出來。右邊高挑的姊兒便是玉兒，全名叫做邢篏，只是自小乳名喚做玉兒，多年倒也都這麼稱著未曾改口，年歲上再有兩個月就到了十五，便得及笄了；左邊的是元哥兒，全名叫做邢元，字正伯，今年已有十七歲，再過得三年，便得及冠了。

兩個人都比今日來的這四個姑娘大，是以姊姊妹妹的叫了一圈後，便迎去了屋內。

邢姨媽叫人捧了茶點，林悠便按照陳氏的意思把禮物送上，當下邢姨媽說了幾句，幾個姑娘們便開始交換荷包、絹子的，元哥兒坐了坐便自去讀書了。

「我知道妳們念著玩，也不留著妳們在此了，玉兒再有兩個月就得及笄，那之後便只能在閨房裡待著大門不出二門不邁，是以才趕緊把妳們都叫了來好生陪她玩上一日，免得她怨我。妳們且去她院子裡玩去吧，到了正午的時候，我自會叫人送席面進去，待到日落時分前，再送妳們回去吧！」

邢姨媽發了話，一直溫溫柔柔看起來十分靜謐的玉兒便立刻眼裡透了喜色，但她還是穩著，帶著四個姑娘告退出來，直引向她的院落，當大家一入了她的歆玉閣時，整個人陡然像變了一個人一樣，活潑了起來。

她一把拉了林悠的胳膊。「瞧瞧我這裡如何啊？當年妳大姊來我這裡時，總說我院子裡養的花草雜亂無章，沒什麼珍品。現在妳替她瞧瞧，他日裡傳了話去，可要告訴她，我這裡珍品不少，足夠她羨慕的。」玉兒說著又湊去了林馨身邊。「妳還有多久及笄啊？」

「翻年後了，得三個月。」

「可在給妳找人家了？」

林馨的眼裡一閃驚色，隨即低了頭。「表姊何必問這個，婚事都是父母作主，我怎生知道？難不成……」她迎向玉兒。「妳的婆家定了？」

玉兒臉上一紅，伸手就往林馨的胳膊上掐。「不過才兩年沒見罷了，嘴巴倒利索起來了。」一說完又扭頭去看林嵐，掃她一眼後，卻什麼都沒說，又轉向了林熙。「我說七表妹，妳好福氣啊，竟讓葉嬤嬤收去了教養，我娘和我說起葉嬤嬤來，就跟戲裡的一樣，妳日後是不是也會成她那樣的啊？」

林熙淡淡的笑了笑不置可否，好在玉兒也沒等她答，直接看向了林嵐。「妳呢，都兩年了，怎麼瞧著還是跟隻小貓一樣那般膽小？」
林嵐低著頭，依舊一副謹慎怕事的模樣，林熙卻是內心輕嘆：貓兒總有利爪，未必就真的膽小了。
姊兒五個插科打諢間，到了簌玉閣的正廳裡。
玉兒做起了主人忙著招呼，丫頭們不斷送進來吃的玩的，倒也有些自樂。
玉兒許是對葉嬤嬤很好奇，抓著她們四個一個勁兒的問，到了後面竟還來了勁頭非要跟著林熙學那行止之禮。
姊兒們也閒，慫恿哄鬧著，玉兒就套了整整三身衣服，又叫丫頭給梳了一個元寶髻，綴了些珠花寶簪的上頭，跟著林熙學了起來。
起初林熙只當她是鬧著玩的，等教著走了兩趟後，林熙便覺得這並非是玩了，因為玉兒學得很認真，笑鬧的面孔下，透著一絲不苟的認真。
轉眼席面送了來，林熙本以為會告一段落，豈料玉兒竟鬧著要林熙教起葉嬤嬤那套吃飯的章法來。雖她口裡笑鬧著說是要看葉嬤嬤是怎麼教林熙的，可林熙卻已經很肯定玉兒今日裡的真正目的便是如此。
實際上，到了這會兒，並非只有林熙察覺，四個姑娘心裡都或多或少的明白了，於是其他三個竟也有意的開始比劃起來，儼然是都要跟林熙學了。
要說私心，誰不期望自己好呢？若是往日的林可，自是藏著掖著了，可現在她是林熙，再活一次後，很多東西倒是多少看開了，不管是嫡庶，還是姑表，終歸都是一家人或一家人的親戚，若能給她們一點真正的助力，她也樂得教。於是她開始正兒八經的演示起自己從葉嬤嬤那裡學來的一套與食有關的禮。

因著學得認真，大家也都很有心，待到真格的有了形時，飯菜早就涼了，玉兒見林熙頭上有汗，人也累了，便不好扭著了，一面叫人去熱菜，一面親自給林熙剝了個果子放去了手裡。「先吃點，可別把妳餓著了。」

林熙衝她笑笑，吃了兩口，而後輕道：「果子甜，身上就有了勁，表姊還想問什麼學什麼，若我知道，便會演示，只是時間有限，表姊不妨想些實在的，免得我真沒時間再教給妳了。」

其實林熙本身是不願意點透的，但為著玉兒思量，她還是點了出來，縱然面子上會有些許難堪，但若親戚姊妹的，倒也不會計較下去。何況玉兒的性子外柔內剛，妳跟她直說了，她通常也會很不客氣的。

玉兒見林熙點破了，當真也不費勁哄著了，張口就言。「妳都這麼說了，我也不繞圈了。其實我主要就是想在這禮上再費費心，別的我爹都教透了，倒沒什麼可懼的。」

「懼？」林悠在旁挑了眉。「表姊可是姨父的寶貝，往日裡學了不少東西，回回都叫我們姊兒幾個咂舌，就是我大姊姊在，在這裡時，也都常說不如妳的。妳這般天不怕地不怕又是個有底子的，竟也要『懼』了嗎？」

玉兒的臉上一紅後，卻是嘆了一口氣。「多少還是心裡發怵了。」林馨此時一笑。「看來表姊是要嫁個高枝兒了？」

玉兒當即衝她揉了下鼻子，而後低了頭。「妳們別來取笑我，高枝兒不高枝兒的我不知道，只知道規矩重，擔子重。雖說這時間上還有個一年半載的光景，可到底心裡沒底，委實是不安的，便才想從七表妹那裡討個便宜，倒叫妹妹們笑話了。」

「哪的話，這有什麼可笑話的，就是我們也都巴不得從熙兒那裡學個一點半點呢！」林悠說著抬手推了玉兒一下。「說說，到底是個什麼高枝兒？」

玉兒抿了唇，婚姻之事，但凡沒交換了庚帖，便不算真有這個婚約的起始，倘若沒說出去，便是誰也不知曉的，就算變卦了，也於姑娘的名聲沒什麼損傷。怕的就是漏了風出去再變卦，說了人家的又換了婆家，最是讓人詬病的。是以林悠問起，玉兒有些為難，便支吾著不肯言。

「表姊不必說細說明的，只說個大概家世就好，至少我也能想到點實在的幫幫妳。若是可以，待我回去，留心問問嬤嬤，寫信說給妳知一些，也是好的。」林熙知她難處，開口提議。

玉兒聞言感激地點點頭，而後才輕聲地說了一句。「未來婆婆身有封號。」

封號，自古便是帝王君主賜予加封的稱號，這意味著擁有者本身，不是皇親國戚那也得是豪門貴冑，最差也是個有頭臉的。畢竟皇上都給你封號了，你哪怕原是個討飯的乞丐，此時也得是乞丐裡最牛的，橫豎都捧了個金碗，路上跟人要錢，人家衝著你的封號也得丟幾個大子兒不是？

林熙聽到「身有封號」四個字，第一個反應便是權貴高門，思及邢姨父這一路的仕途暢順，又及如今的高度，玉兒得了機會嫁入一個權貴高門，也算是門當戶對，略有高嫁，登時心中倒歡喜起來。畢竟昔日作為林可，她的玩伴可不多，玉兒這個表妹，她以前總是跟在自己屁股後面，受著自己的種種言語，可後來，自己要嫁人了，及笄入了閨閣，再不得出門出院的，沒了往來，一個恍惚間，她竟也要及笄而後出嫁了。

「玉表姊真是好福氣呢！」林悠在旁笑言。「妳日後必當風光無限了。那時若能看顧我的話，可別不搭理我！」

玉兒拿胳膊肘杵了她一下。「說什麼呢，就算我想不搭理妳也得成啊，好歹咱們的母親可都是一個姓！」

林悠立時格格的笑著和玉兒推搡起來，很是和睦。這邊林馨則是聞言臉上浮現一絲輕笑，扭了頭，恰好就對上了林熙的眼神，她頓了一下，隨又低了頭。

林熙心中有些不是味兒。

以前對於林馨，她幾乎沒在心裡放過這個人，縱然是姊妹幾個，但到底不是一個娘生養的，自是淡著，加上巧姨娘很乖順，母親也很少提及，林馨在她，不，是整個林府裡，都幾乎是個半隱的狀態，雖是主子，不惹人憐愛，雖是家裡的姑娘，卻大多時候勾含著身子，活得小心翼翼。所以林熙不得不承認，之前的歲月裡，她縱然也有欺負林馨的時候，卻真的沒把她放在心裡過。

而現在，她重活了，心態也發生了變化，心力也有了增長，再看這一家人，才會發現這一家人的背後，很多東西看不見卻很可怕。

葉嬤嬤給了林馨機會正視她自己，給了她作為一個主子該有的底氣，林熙自是樂得姊妹一心，畢竟葉嬤嬤說得很清楚，同氣連枝的，橫豎都要拴在一起的，所以她真心的希望林馨也會好。可是那一個輕笑，讓她明白，一個半隱狀態、小心翼翼的庶女，內心裡的不甘很深，尤其當她發現自己可以過得好一些的時候，也會有自己的期盼。

只是，為何是那樣的輕笑呢？對未來的美好期盼難道也會變成姊妹之間嫌隙的緣由嗎？

掃眼看向林嵐，她只是捧了手裡的茶，慢條斯理的抿著，好似周圍的笑鬧與不滿都與她無關，但林熙的心更沈重了——姊妹，林家剩下的四個姑娘，四個同氣連枝的姊妹，卻是各有異心，誰與誰都不是真親近，誰與誰都是內心存著盤算，若是如此，將來大家各自嫁出去了，誰又會真心的幫著誰？

席面熱好，吃食再度擺上，玉兒來了興致，遣了下人後，竟嚷嚷著要大家把自己當作高門裡的夫人們，大家來一場同席而食。

到底都是姑娘們，年歲上還小，除了林馨略有一絲不大痛快外，其他人倒很爽利，當然林熙自是一切隨了玉兒的意思。

林悠率先說自己是侯爺家的夫人，林嵐便立刻表示自己是伯爺家的，雖然低著一頭，卻也是權貴，玉兒看向林馨。「三妹妹妳呢？」

林馨沈吟了一下抬了頭。「閣老家的少奶奶吧！」

玉兒聞言點頭。「也是個有身分的，恰好還和我們不同。」說著她昂了腦袋。「既如此，我就當是郡主府的少奶奶吧。妳呢，七妹妹？」

林熙笑了笑。「我就當林家的閨女林熙唄。」

四個姑娘一愣，各自笑了起來。

「妳不能做妳的，咱們得假裝，得是高門裡的夫人們！」玉兒說著捉了林熙的手。

林熙眨眨眼。「可我想不出來。」

她能選誰呢？侯爺夫人？林悠占了，選了，便等於是和她爭了，她可不希望林悠那小心眼記恨自己；選官宦之家的少奶奶或是夫人嗎？閣老家的都有了，她去不又刺了林馨了？不成；至於伯爺家的也有了，難不成自己選個子爵不成，哪算得什麼高門了？也不成；可玉兒連郡主府都想到了，還有什麼可以選呢？

玉兒看著林熙一臉無措的樣子，沈吟了一下便兩眼閃亮。「有了，妳還可以做大司馬的夫人啊！」

林熙一愣，無奈的笑了笑，大司馬手握兵權，絕對的高門權貴，但到底是武將的出身，自己林家乃是清流之家，與武家能結親的極少，也虧她想得出來，不過反正都是應酬說笑，自己也不在意，便答應了。

於是姊妹五個做起派來，空泛著陣仗，用食說閒話，一時妳來我往的，也有些架勢。

林熙偶爾吃上一些，眼掃姊妹們的言語，她能看到大家眼神裡的炙熱，無端端的便想，會不會她們今日所選，便是心中的期許呢？她看向玉兒，瞧著她雙眼裡的認真，心裡驀然一驚——郡主府的少奶奶？她婆婆身有封號，莫不是婆婆是郡主？可郡主大大小小的多了去了啊，她會遠嫁嗎？邢姨媽只得一雙兒女，應該捨不得她遠嫁，若是就在京城的話，倒是有兩家郡主府，一個是三王爺的女兒，一個是九王爺的女兒，兩個人都嫁的是朝中重臣，好似也沒誰的兒子尚無娶親……

林熙亂亂的想著，沒個準頭，忽而玉兒衝她看了過來。「大司馬夫人怎地沒什麼胃口，寒舍沒什麼珍饈，叫夫人委屈了。」

林熙一愣，想起自己所扮，只得笑了笑。「這話妳可是羞我了，我嫁於武夫，府中美食豈會如郡主府上精緻美味，我可不是沒什麼胃口，而是瞧著哪個都好，正苦於肚子沒那麼大呢！」

姊妹四個笑了起來，玉兒立刻轉去了林嵐那邊言語，真格的練手起來，林熙內心喟嘆，也就乾脆看著她如何左右招呼，順便將其他姊妹三個的言語答詞都記下了，卻隱隱留意起林嵐來。

如今她扮演的是伯府的夫人，於這幾個人裡，身分都低著一些，可她極為不卑不亢，早沒了往日謹慎的模樣，語句雖然是恭順，但林熙就是能感覺到，那種不輸人的氣勢，尤其看著她和玉兒一問一答時的流暢，忽而就想起葉嬤嬤曾說過林嵐的貪心，便是微微有些失神，不知這樣的貪心究竟是好還是壞，畢竟有了想法，才會做得更多。

「好妳們幾個不知羞的，竟都把自己當作夫人來了。」忽而房門一推，乃是元哥兒進了來。玉兒當即瞪眼。「你怎麼來了？我與妹妹在這裡玩耍，你來湊什麼熱鬧？」說著喊起丫頭來欲要追問這是誰人不攔不通告的。

元哥兒一揮手。「好了，都是自家姊妹兄弟的，又不是沒見過，哪有妳這般緊張的，就是往日裡來了客，不也讓我過來的嘛，怎麼偏今天就拿起架子趕人來了？」他說著一轉身。「其實我還不稀罕來呢，是娘讓我來說一聲，林姨媽喊人來傳話，要她們幾個回去呢！」說完乾脆甩了袖子往外走，只是走了兩步忽而轉頭過來看向了林嵐。「看不出妳還挺像回事的，比起我這妹子，妳倒更像個夫人樣兒。」

元哥兒說完是立刻轉身走了，可玉兒臉色脹紅見白，那林嵐也似被戳到了心一般，只捂著心口，一臉惴惴的立在那裡。

林馨見狀開了口。「好了，母親既遣人來接，我們也該回去了。」

「是啊。」林悠說著拉了玉兒一把。「今日裡只能這樣了，回頭看有沒有機會在及笄前再和妳聚上一次。」她說著轉頭看向林熙，繼而又言：「其實妳可以和姨媽說一聲的，哪日裡帶了妳去我們府上坐坐，見見葉嬤嬤也是好的。」

玉兒聞言一下臉色好了許多。「好，我知道了。」說著眼卻掃向了林嵐，繼而衝大家一笑。「我換下了這身行頭就送妳們。」說著立刻奔去了屋裡，只留下姊妹四個，妳看我，我看妳了。

從邢府出來，姊妹四個上了馬車，車子悶行了一段時間，林悠忽而開了口。「玉兒表姊怕是要嫁進郡主府了！」

四個人相互對視後，各自低了頭。

「她倒是好運，嫁去那樣的人家呢。」林悠說著眼往林嵐處掃。「妳也好思量，不過一個庶出的罷了，竟連伯爺家的都敢想，以咱們家的身分，怕是嫡女嫁過去都是高嫁了，妳一個庶出的也輪得上？」

林嵐抿了唇不語，隨即卻忽而雙肩抽動，暗自抽泣起來，立時一旁的林馨開了口。「大家不過作假來著，她已是我們中最低的了，還要如何？四姑娘還是別欺她了。」

「欺她？」林悠斜了林馨一眼。「我不過怕她今日裡裝過後就迷了心竅，日後天天作著南柯夢！」

林嵐更是低頭抽泣，那林馨則白了臉。「那照妳這麼說，我今日還說自己是閣老家的少奶奶呢，豈不是也作夢了嗎？」

林悠掃她一眼。「那不然呢？妳以為妳一個庶女還有資格了不成？」

林馨的手攥得緊緊地。「有沒有資格，就讓我們日後瞧看吧！」

第十三章　親事之算

尚未挨到晚飯就被早早接了回來，顯然是有事的，可姊妹四個回來，陳氏只叫了林馨一個過去，並沒說要見其他人，大家也只得散了。

林熙回了碩人居，便見瑜哥兒手裡執著一卷書冊在廊下瞧看，一時好奇湊了過去，豈料看到的竟是什麼「兵之詭道」，而不等她看清楚，瑜哥兒聞到了脂粉的香氣轉過頭來瞧是她，便合了書衝她招呼起來。「七姑娘？妳們不是去邢府上作客了嗎？」

「是啊，母親說有事，遣人接了我們回來了。」林熙說著坐到了瑜哥兒的身邊。「你在看什麼書？」

「哦，兵法。跟撫遠大將軍的次子鵬哥兒借的。」瑜哥兒說著還翻了翻。

「兵法？你們還要學這個的嗎？」

「沒有，只是早間課堂上，聽到先生說起兵法的玄妙，頗覺得有意思。恰好同桌坐的就是鵬哥兒啊，他見我有興趣，便借了他帶的一本給我瞧看，說等這本看完了，還有興趣的話，他可以從他爹那裡把那幾套孤本順出來給我瞧瞧。」

「瑜哥兒好似堂上與大家很親近呢！」

瑜哥兒聞言笑了笑。「親近的其實未必就是我，不過是借了祖婆的光罷了，與其說近我，倒不如說近的是祖婆。」

林熙聞言分外詫異，她雖已知葉嬤嬤是個傳奇的人物，但到底不過是個破落侯府的獨生女罷了，到底因何大家如此買帳，不但瑜哥兒能早早的去了小學讀書，大家竟還要緊著他、親著他。

林熙眼中不解，瞧落在瑜哥兒的眼裡，他捏著兵書沈吟了一下後低聲說道：「我知道妳糊塗，其實我也糊塗，但祖婆不說，我也不能扭著她問啊。別去想了，有些事到了跟前，也就自然而然的知道了。」

林熙點點頭。「給我看一眼這書吧！」

瑜哥兒把書給了林熙，林熙就有一眼沒一眼的掃看，而後看了看書名，原是《六韜》中的《武韜》一策，乃是兵家必讀之書，並非什麼珍本孤本，便覺得也沒什麼意思，正要合了書還給瑜哥兒，就聽到瑜哥兒道：「林府上的姑娘是不是已經在議親了？」

林熙一愣。「有嗎？」

「外面在傳呢，說杜閣老家的好像和林府上的哪個姑娘說定了。」瑜哥兒說著看向林熙。

林熙搖搖頭。「我是不知的，沒聽家人提起啊。不過，這種話怎麼會傳出來？」通常議親的事，都是不聲張的，往往是雙方定下了，庚帖換了開始定日子了，才會說出去，怕的就是議親未成，耽誤了人家的名聲。可如今倒好，府裡一點風聲都沒聽見，外面卻傳了起來，足可見事有不對，因而林熙本能的有些擔心了。

對於林熙所問，瑜哥兒眨眨眼沒說什麼，低了頭拿手摳著欄架上的花紋，林熙瞧著他那個樣子，壓了內心的擔心，輕笑起來。「怎麼這個模樣？莫非聽著議親的，你還想著了不成？你可還早著呢！要不我一準告訴嬤嬤去！」

瑜哥兒聞言一笑。「我才沒想著，只是覺得來到了林府後，我的日子變了。」

林熙沒說話，只眨眼望著他。

「小時候，五、六歲吧，我娘常和我說，大了得娶個手腳利索的莊戶人家，可等到七歲祖婆開始教我識字讀書了，娘又說，或許能討個秀才家的女兒來，興許這輩子家裡養出個秀才，能脫了農籍。可誰料轉了頭，我來了這裡，今早上，大家說起林府和杜閣老議親的事，他們就打趣我，將來不知會討了哪個權貴家的姑娘去。我倒有些亂了，以我這農戶的出身，就算有祖婆關照，也不過是娶個清白人家的姑娘罷了，可他們卻說我能討什麼高門小姐，妳說多可笑，莫非她們不計著家門了不成？」

林熙眨眨眼。「你若高中成了狀元郎，誰還念著你家門啊！也無非就是權貴們的眼睛長在腦門上而已，可到底還是有務實的，你真有機會也說不定啊！」

瑜哥兒搖搖頭。「我寧可娶個莊戶人家的姑娘實在。」說完他看向林熙。「只瞧著妳每日這般吃苦，倒比我這讀書的還累了。有道是為臣者心忠面假、圖個八面玲瓏做事周全，卻未料，妳們竟也如出一轍了。」

林熙聞言正要言語，門口傳來了說話聲，林熙立刻把兵書還給了瑜哥兒，人便起了身。此時葉嬤嬤蹙著眉走了進來，一看到廊下的兩人，便衝林熙直接走了過來。「今日在邢府上如何，玩得可好？」

林熙點點頭。「玉兒姊姊來了興致，捉著我們學待客之道，大家都厚了臉皮裝起夫人來了呢。」

在瑜哥兒面前，林熙並無太多顧慮，反正這些日子交道說事的，很少有避諱他，而她覺得，以葉嬤嬤那顆七竅玲瓏心，只怕是早清楚內情的，有什麼說什麼也省事。

果然葉嬤嬤聞言只淡淡的點了下頭，口中幽幽地說：「誰不為著前途計量啊，有人小心翼翼，生怕錯；有人一時衝動，一輩子悔。」說罷她看向林熙。「妳現在去太太那裡吧！」

「這個時候？」林熙不解。「娘不是只叫了三姊姊過去的嘛！」

「事定了，也得說了不是？妳去了就知道了。」

林熙當下應聲出了碩人居，往陳氏的正房去，院內瑜哥兒瞧看著葉嬤嬤眉眼間的淡色開了口。「祖婆因著什麼不開心？」

葉嬤嬤回頭看了他一眼。「我教養不善，原本想為她正骨，日後也能活得自在，豈料她終究一葉障目。」

瑜哥兒眼一轉。「今日學堂裡傳言杜閣老家要和林府上的姑娘議親，難不成是四姑娘定了？」

葉嬤嬤搖頭。「四姑娘的年歲，太早。」
「可是三姑娘是庶出啊。」
「那也架不住人心盤算啊。」葉嬤嬤說著伸手給瑜哥兒整起衣裳來。「日後，你呢，討個什麼樣的媳婦？」
瑜哥兒苦笑。「寧可是莊戶人家，實在本分，也少了這許多算計。」
葉嬤嬤頓了下，搖了頭。「不成的，若是那樣，你日後便少了助力。」
「我自當奮力讀書成就家業，何須依靠著女子，只瞧著七姑娘那般，處處違心，處處作假的，有甚意思？」
「違心？作假？」葉嬤嬤忽而冷笑起來。「沒有規矩不成方圓，但凡一個圈子便有它自己的門道，若要想活得好，你就得在這個圈子立足，何以立足？只才華就夠嗎？人情世故便是手段，若是連這些都握不住，你就是一身才華也只能是懷才不遇！你以為一個家業只男人就夠了？那不曾拋頭露面的女子，單單只是娶回來生養子嗣的嗎？人丁興旺固然是家族大業的根基，但詩書禮儀才是家門傲氣的根本！若你將來不能有個好妻，圈子裡的經營誰來？若你不能有個好妻，連家門都撐不住，你又如何放心在外打拚？」
「那照祖婆這麼說，我得娶像七姑娘這樣的女人了？」
「求臣求賢，娶妻娶賢，一個賢字有多深，你是讀書的且問問自己。七姑娘那樣的，只怕你是娶不上了，不過，你得明白祖婆就是平白耽誤些日子，也得給你選個好妻。」她說著拉了瑜哥兒的手。「你是不是覺得這樣的女人，心性被壓，而不真？」

瑜哥兒點了頭。

「那我且問你，讀書為臣，難道就能暢快了什麼都說，無有忌諱的嗎？」

瑜哥兒登時閉緊了嘴巴。

「去年年歲的時候，林老爺問了你什麼？你是如何答的，若你不是知道忌諱，豈會用佛理而答，你那犀利的性子，只怕要嗤諷一般才是真的吧？」

瑜哥兒低了頭。「婆母教訓得是，我們要想有所為，就得先容於世。」

「沒錯，容世而掌世，股掌便可傾覆！你是個聰慧的，且好好的努力吧，日後定能飛黃騰達的！」

「我知道了，祖婆。只是既然如此，三姑娘嫁進權貴也是她入世的機會，您因何不悅？」

「我為何不悅？不是因為這門親，而是因為三姑娘不夠自知，她是什麼身分，什麼本事？那樣一個權貴之家，她去了便是先矮人一頭，若那五爺是個知道疼人的，便罷了，若是不知呢？她這輩子就只能啞巴吃黃連了。她是不清明，我只是為她道一聲惋惜。」

「那要是以七姑娘的底子呢？」

「大約可齊平吧，但，我不會允許的，我相信她也不會傻，不過一個閣老家的小子罷了，權貴高門，只他們家嗎？笑話！」

瑜哥兒眼睛眨了眨。「祖婆的意思，豈不是您要讓七姑娘去個更高的？我且算算。」他說著掐起指頭來，末了一笑。「在杜閣老之上的，怕只有王爺侯爺，或是三公三司了！」

葉嬤嬤嘴角一笑。「我負了林家的老太爺，還他一個扛家的嫡女，也算仁至義盡。」

「負？」瑜哥兒傻了眼。「祖婆不是說，您和林家老太爺的債，早清算了嗎？」

葉嬤嬤搖搖頭。「人這一輩子，總有些事，難免越了規矩，我欠了他的，就算他不知，也不代表老天不會來算，遲早而已。我帶你來這裡，也是想著，有朝一日我還了債，你能為我葉家留個根兒，需記得，日後你娶妻生子，第一個兒子必須姓葉。」

瑜哥兒點頭。「我知道了，祖婆。」

林熙急急趕到母親正房時，除了林老太太，竟是家裡能算得上主子的，全都到了。

「熙兒也來了，坐吧！」還沒等林熙行禮，陳氏已經抬了手，指了指繡凳，林熙只得乖乖的去坐了，才坐下身子都沒挺直呢，就聽到了陳氏淺笑而言：「現在七姑娘也到了，除了老祖宗，咱們房裡的人都齊全了，老爺有事要和你們說。」

陳氏言罷轉頭看向林昌，林昌當即點點頭，伸手衝著林馨一勾，林馨便乖順的走了過去，腦袋略微低著。

「叫你們來，是因為三姑娘的親事，已經定下了。」林昌說著看了林馨一眼。「是杜閣老家的小五爺。」

林悠聞言驚奇地看向林馨。「小五爺？庶出的？」

「不，嫡出的。」林昌說著一臉得意。

林悠卻傻了眼，急匆匆的。「嫡出的？這、這怎麼可能？」

林昌聞言微蹙了眉。「悠兒，怎麼說話的呢，妳姊姊遇上個好機會高嫁，妳如何這個模樣，難不成妳不希望她高嫁？」

林悠咬了下唇，口氣緩和了些，沒那麼衝了。「爹爹誤會了，女兒只是詫異而已，怎會不希望三姊姊高嫁呢？」說著走到陳氏身邊。「娘，三姊姊怎麼得了這麼好的機緣？平日裡可少見有嫡出的頭道原配是庶出的啊！」

一句話問下來，林馨的臉上略略白了些，她急急地看了一眼陳氏，眼裡滿是擔心。

陳氏則和林昌對視一眼後，才拉了林悠的手說道：「託了葉嬤嬤的福氣，三姑娘年歲和那杜家小五爺挺配的，葉嬤嬤又答應會在三姑娘及笄後，接她到身邊教養一年，好使她出閣後，能當得起高門家的少奶奶，也算是趕上了吧！」

陳氏這麼一說，林馨的臉上略略顯出一絲安心來，林熙在一旁瞧看著林馨的面色幾變，唯獨毫無嬌羞與驚訝之色，再思及白日她獨獨裝扮起閣老家的少奶奶，顯而易見是早就明白的了。

陳氏如此答言，並不入林悠的耳，可她知道當著全家人問了也是白問，便笑著轉身衝巧姨娘賀喜，待巧姨娘一臉激動的看向林馨時，卻又柔聲說道：「這可真是送上門來的福氣了，今兒個不過在邢姨媽家裡裝了一回閣老家的少奶奶，便真格的中了，顯是菩薩顯靈了呢！唉，六妹妹，妳可是裝的伯爺家的夫人，日後我可瞧等著，妳也讓菩薩顯回靈！」

「妳們在邢府裡裝什麼少奶奶？」林昌聞言詫異，問了一句。

林悠立刻把在玉兒府上的事提了一下，全家人一知道玉兒說定的人家，婆婆身有封號，玉兒又自裝了郡主府家的少奶奶，立時便已明瞭玉兒的將來，陳氏臉上喜色更濃，只是林昌臉上的喜色就少了大半。

林熙眼見父親如此，心知他是連襟之間相比，難免氣短，眼看自己的母親又喜色外漏，便立刻開了口。「玉兒表姊得了機會嫁去高門，倒也能因著親，關照上咱們，如今三姊姊得了好機緣，會嫁到閣老家去，可算雙喜臨門了。嬷嬷說，人逢喜事精神爽，只怕爹爹用不了多時，會高升呢！」

林昌聞言，眼裡一亮，當即說了聲：「是！」繼而把手邊的糕點一端。「熙兒說得好，來，吃塊糕點！」

有了林熙開話頭，大家都為林昌的未來說了許多好話，林熙眼見父親的臉色恢復先前的模樣，心裡略踏實了些，便覺得還是得想法子和母親提個醒才是，可是思及自己的年歲，又覺得她貿然而語，未免顯得夙慧了些，一時便有些左右不定的思量。

這一輪之後，陳氏表示了散意，當即巧姨娘領著自己生的林馨，向老爺太太言謝。

陳氏此時端了茶水，斜了一眼一旁的珍姨娘後衝巧姨娘笑言。「我思量過了，不能讓馨兒在身分上太吃虧，得到開年的時候，我便去趟宗祠吧。」

巧姨娘聞言撲通一聲跪了地，一臉喜色的便往地上磕頭。「謝夫人恩典！」

林馨此時才似回過味兒來，哆嗦了下身子，急忙的跟著跪了磕頭。

陳氏眼見這娘兒倆如此，便衝萍姨娘一掃，萍姨娘立刻上前扶了巧姨娘起來。「恭喜妹妹了，三姑娘日後可算太太生養的了。」

「夫人如此厚愛馨兒，馨兒她一定會感激不盡的！」巧姨娘說著眼淚流淌，喜孜孜的看向林馨，林馨也激動的使勁點頭，表示一定不忘陳氏的恩典。

登時整個屋內的氣氛，便是喜上加歡，林昌也頗為開心，衝著陳氏笑了又笑，眼睛掃向屋中的兒女，當觸及到林嵐那小心翼翼的瑟縮之樣時，便轉頭想和陳氏言語，豈料陳氏已經先開了口。

「好了，妳們快別謝了，她是個懂事的，很識大體，記在我名下，也是我沾了福氣。行了，回去吧，我知妳們母女定有不少要說的，別這裡耗著了！還有妳們，也都不必這裡留著了。既然知道了三姑娘的好事已經定了，姊姊妹妹的該動手繡啊做的，都開始準備吧，一年後，咱們的三姑娘也就該出閣了。」陳氏說著端茶，意思明確得很，解散吧！

珍姨娘此時一抬手捏著帕子捂著嘴巴咳嗽了兩聲，林昌嘆了口氣言語起來。「夫人，既然提起這茬了，我在想，馨兒記在妳名下，嫁出去也體面得多，反正開年妳就要去宗祠，不如多添一個名兒，在妳名下，怎樣？」

陳氏的眼睛眨巴了下。「老爺，三姑娘翻年及笄，一年後就會出嫁，她去的可是杜閣老家，我記她於名下，也是望她在夫家能體面些，這算是我做母親的給她的第一份賀禮，您這個時候卻為六丫頭言語起來，不覺得早了些嗎？再說了，今日三姑娘的機緣是她自己的福祉，我不過是錦上添花罷了，至於六姑娘，早著呢，等悠兒出嫁後，我會細細考慮的。」

陳氏不軟不硬的把這個請兒給推了，林昌和陳氏十多年的夫妻了，還能不清楚陳氏心裡的計較，知道硬說可能難堪，也就借驢下坡，點點頭說了聲是，便不再言語了。

珍姨娘眼見機會錯過，一咬牙站了出來，一把抓了林嵐就往地上跪。「夫人恩典能想著三姑娘的好，還請也把嵐兒帶上吧，求您給她一個恩典，日後也能得個福緣，許個不錯的人家。香珍給您磕頭了！」珍姨娘說著便開始磕頭。

陳氏的眉微微一蹙，掃了身邊的林昌一眼，眼見林昌看著珍姨娘的目光充滿憐惜與歉意，便立刻起身主動伸手去扶珍姨娘。「妹妹妳這是做什麼，這般跪著磕著的，豈不是讓人以為我待妳有別了？」

這話把珍姨娘弄了個糊塗，抬眼望著陳氏。

陳氏動手拉她。「這人和人是講緣分的，當年嵐兒生下來時，我曾有意把她接到我身邊養著，記在我的名下，可妹妹是不願的，我思想著也對，畢竟妳們母女情深，我怎能拆了妳們，所以再不做此想。如今老爺疼嵐兒，便只管往我名下塞，卻未能顧慮妳的心思，而妳為著老爺一句請，這便又跪又磕的又是何苦呢？起來吧，妳放心，我不會硬搶了妳那女兒的！」說著轉頭看向跪在地上的林嵐。「妳也別跪著了，日後妳多疼著妳娘就是了，我和妳無緣，做不得妳的母親，妳卻是能跟著親生娘的，倒也是妳的福氣。」

珍姨娘聞言臉上一白，眼瞅林嵐臉色發白，便是急了，立時的磕頭。「夫人千萬不能這麼想，是香珍糊塗，是香珍當初捨不得嵐兒，可嵐兒都十一歲了，過不了幾年也得議親了，還請夫人看在她是林家骨肉的分上，給個恩典吧！」

陳氏此時縮了手，慢慢地坐回了椅子裡，而後轉頭看向了林昌，既不問也不言。

那林昌一時也不好說什麼。

論心思，他自是願意幫林嵐討這個機會，但他知道只要自己開了口，陳氏定會答應，可他就會欠著陳氏的情了，畢竟堂堂的主母收不收庶出的記在名下，這全是憑個人的，就是他也不能強迫的。但若不幫吧，似乎對林嵐來說，又失去了大好的機會。

他左右這麼一尋思，不覺看著珍姨娘就眼裡生了怨氣，當初她若不是哭天抹淚又病在床上不起，自己也不會隨了她的意思，沒把孩子接到陳氏身邊。如今倒好，為了這個還得倒過來再求，真正是多事了。

眼看林昌眼裡生了躁色怨意，陳氏開了口。「罷了，到底她也是林府的姑娘，若日後嵐兒能有福氣嫁到高門裡去，我也不是不能錦上添花的，只看她將來的緣分吧！」

這一句話便算是給了希望，只是答應得不但有前提，更有了時間，總之這一次想添上那是別指望了。

珍姨娘對於這樣的答案自然不滿，當即還想言語，可林昌卻知道陳氏能這麼說，就是有了可能，急忙的說道：「夫人能這麼想，嵐兒可有福氣了，嵐兒妳還不謝謝妳母親？香珍，愣著做什麼？」

為了這麼一句不算希望的希望，林昌很高興，香珍卻很鬱悶，可老爺發了話，她卻也不能再去爭了，只得說著謝恩的話語，林嵐自也跟著。

如此大家謝過後，各自帶人散去，林昌知道陳氏有些話要和兩個女兒說，自己在也不便，而陳氏剛才給他面子，他也不好離開，便說去書房練字，自己轉了出去。

屋內一時間，只有陳氏同兩個女兒連帶幾個丫頭，她一擺手，丫頭們退了下去，陳氏便拉著姊妹兩人的手，一臉的疼惜之色。

林悠根本沒心思理會母親的眼神，只急急地問道：「娘，現在沒別人了，您就告訴我們吧，林馨怎麼會嫁去高門的，還是跟個嫡子，這到底怎麼回事？」

陳氏抿了抿唇，小聲地說道：「白璧何以供？」

林悠一愣，林熙嘆息。

「娘，您什麼意思啊？」林悠不滿娘的繞圈，陳氏卻不肯再言了，不過她掃了一眼林熙，因為林熙的嘆息顯然是明白了其中的道理。

林悠見陳氏不再言，便轉著眼珠子尋思，繼而一拍腦門。「哦，原來是這麼回事，怪不得能輪到她，只是不知此璧之瑕是何？」

陳氏搖頭。「我也不知，天降一門高嫁的姻緣，誰又敢問呢？」

林悠聞言，立時沒了興趣，在陳氏身邊立了片刻後就拽了陳氏的袖子說道：「娘，我前頭一個庶出的都這般高嫁了，我可是您嫡出的，若日後我嫁得比她還差，娘，您的臉面何處尋？」

陳氏的眉立刻擰成了疙瘩。「我又不是不知道，可這親是人家湊來的，閣老一系，妳爹能和他們結親，好處又不小，妳倒好，竟拿話來嗆我。」

林悠呵呵一笑。「我才不嗆您呢，只是覺得今天邪了，三姊姊裝了下閣老家的少奶奶，便真格的成了，我可裝的是侯爺夫人呢，不知道菩薩會不會也關照著我？」

陳氏聞言立時伸手戳了她的腦袋。「妳尋思什麼呢？難不成妳要和妳妹妹搶？」

林悠翻了眼。「這可不是搶，是替娘您打算！」她說著掃了眼林熙。「她可是葉嬤嬤教養出來的，只怕日後聲名遠播，求娶的人能踏破了咱家的門檻，她會愁嫁嗎？那一紙文書對她來說，真正的是錦上添花，可用在我的身上，那叫雪中送炭，難道您讓我這個嫡出的、您親生的，嫁得比那庶出的還差了？娘，您就不想您生的兩個親閨女，都高嫁了嗎？」

陳氏聞言臉色明顯一變，一會兒瞅瞅林悠一會兒瞅瞅林熙，眼裡滿是猶豫，林熙卻知道，林悠一語中的，戳中了母親心中最在意的部分。

與其被別人搶去，而落得姊妹難堪，她倒寧可自己送過去，換個姊妹同心，畢竟作為姊妹來說，如今只有她和自己是最親的了。

「娘，四姊姊說得是，和侯府婚約的事，娘就為四姊姊打算吧。」

陳氏聞言瞪眼，難以置信的看著林熙。「熙兒，妳知道妳在說什麼嗎？」

「知道，我和四姊姊都是娘生的，我們是親姊妹，所以，熙兒可以不嫁去侯府。」

屋內陳氏與林熙對坐，林悠在看到林熙當著母親的面說相讓後，真心相信了林熙的心意，很激動的抱著她種種許諾。

可這對於林熙來說，一點都不重要，她只是單純的希望林家的姊妹可以同氣連枝，尤其是親親的姊妹就算不能真的做到一條心，至少也不應該是嫌隙生恨的，畢竟沒有什麼比親人的背叛更教人無法承受的。

而對於侯門的親事，她雖然也曾嚮往，但在得知林馨與杜閣老家嫡出的兒子訂下親事後，卻忽然間對這高嫁的親事一點想法都沒了，只因為她想起了葉嬤嬤的話——「有人小心翼翼生怕錯，有人一時衝動一輩子毀。」

她的上一輩子，算是毀了，一半毀在自己的恣意任性，一半便是毀在自己以為的美好裡，以至於到了最後被背叛時，不能承受也百口莫辯；林馨以庶出的事實嫁給高門嫡子，這裡面不管是怎樣的緣由，都足以令她想到一個「毀」字，葉嬤嬤的「毀」字能說明什麼？自是林馨的種種不配，她甚至都會擔心林馨日後在那杜家生活的日子會不會苦悶不堪。

而於她，她更清楚的認識到，靠一紙文書約來的婚姻，更是將兩個不般配的家庭拴在一起，門不當戶不對的，怎生就合適了？她倒寧可自己創出一個好名聲來，他日嫁給一個因慕她名而來，一心上進的讀書郎，與他一道拚搏共勉，相夫教子，直到日後她或是舉案齊眉就此幸福終老，或是終有一天能夠翻雲覆雨再雪前冤。

重活一次，如此大的機緣，她絕對不要再做一個失敗者，她願意靠自己的雙手為自己的前程打造出一片錦繡芳華，靠自己腳踏實地去步步生蓮。

「妳真的想清楚了嗎？」打發林悠回去，說要和林熙好好談談的陳氏，這會兒真的是激動不已。

期許的這個竟想讓，不合適的那個則想爭，完全逆著她的意，可到底都是她的女兒，若真的能兩方錦繡，她又怎麼會不樂意呢？那可比只寄予一個更踏實、更好啊！

「娘，還有什麼比咱們一家人能親親和和的在一起更重要呢？如果您不應了四姊姊，她日後倘若嫁了一個更好的還好說，否則便一定會怨著您，何況四姊姊若不能高嫁，您也會臉上無光的，想來倒不如成全了四姊姊。」

「那妳呢？」

「我有嬤嬤教我啊，我若能學下她一半的本事來，也自是滿足了。何況爹娘疼我，至少也會讓我門當戶對的嫁出去，不會虧了我，我又何須擔心呢？」林熙說著對母親笑笑，陳氏眼裡卻閃著淚光。「不過才不到兩年的時間，妳就跟變了一個人似的，以前還什麼都不知道的成日裡就是玩鬧哭跑，如今說起話來都頭頭是道，比妳四姊姊說話都透著熟慮，想妳翻年才八歲，娘這心裡真不知道該高興還是該……」

「娘自是該高興的，早些懂事早些可以幫到娘您啊！」林熙說著拉了陳氏的胳膊，撒嬌一般的輕晃。

陳氏點點頭。「總算我生的三個女兒裡還有一個心眼開了，真沒想到妳竟夙慧起來，實在未能料及。」說著又衝林熙打量。「人常言一夜長大必有因，妳是因何開了竅？」

林熙抿了下唇，輕聲作答。「大姊姊。」

陳氏聞言一震，半晌後嘆了口氣。「到底都是我生的，根上連著啊！好，既然話說到這裡，娘就給妳四姊姊一個機會，但到底日後人家意向在妳還是在她，就由不著我了。」

林熙點頭。「知道了，娘。」繼而扯了扯陳氏的胳膊，聲音輕而柔。「娘，爹爹好像不喜歡邢姨父，今日裡他聽到玉兒表姊要高嫁，一臉的不痛快呢。爹爹這麼不高興，日後玉兒表姊要是到府上來找我玩，我是帶她見葉嬤嬤呢還是不見呢？」

林熙一串話，看似一問，卻提起了兩件事，父親的心胸不容於玉兒表姊日後前來，陳氏是個聰明人，表情上的微微變化，足以證明她已經覺察到先前的疏忽了。

「見與不見的還是問問葉嬤嬤吧，她願意指教是最好，不願意也不能迫了人家，畢竟現在多一個林馨要她操心，也很是費事了。」陳氏當下又問了幾句今日裡的詳情，最後便同林熙一道回了碩人居，自是逮著葉嬤嬤在屋裡嘰咕了一會兒，而後才離去。

陳氏一走，葉嬤嬤徑直來了林熙的屋內。

林熙此時已經換了一身輕便的裙袍，正拿著一本棋譜歪在榻上瞧看，眼見葉嬤嬤來了，急忙放了書下地。「嬤嬤來了。」

葉嬤嬤點頭衝她擺了手，不用她行禮，而後眼掃了屋內侍奉的丫頭，林熙便自覺的打發了她們都出去。

兩人對坐於榻上，葉嬤嬤輕問：「妳是怕了嗎？」

林熙眨眨眼。「因瑕疵而遷就，得一個空落落的風光有何意思？不過是強顏歡笑罷了，我與侯門並不當對，若強自貼上，不是虧了自己就是輕賤了自己，我何苦如此費心在嬤嬤膝下受教？」

「受教的本意不就是為日後覓得一個好郎君，嫁個好夫，相夫教子，享一輩子福嗎？」葉嬤嬤衝她輕聲而問。

林熙微怔後卻搖了頭。「嬤嬤就別考我了，主次焉能顛倒？」

葉嬤嬤的眉一挑，笑吟吟的望著她。

林熙當即淺笑。「嬤嬤叫我日日複盤，我只當練的是記與觀，可這幾個月下來，我卻明白了一件事，手談之局是為了贏還是為了執棋？是圖個結果還是圖個過程呢？嬤嬤說，女兒家學下好的教養是為了日後嫁個好夫婿，以前我也如此認為，可今兒個我不這麼想了，我倒覺得，女兒家學得一身本事，一身好教養，不是為了男人，不是為了日後的出嫁，而應當是為了自己，讓自己成為一個秀外慧中的賢者，在日後無論嫁與不嫁、嫁了誰，都當是活得體面端莊，都當活得是不卑不亢！」

葉嬤嬤望著林熙眼裡閃出了少見的滿意之色。「妳總算心眼開了。」她說著伸手摸上自己臉上猙獰的疤痕。「若論最初，我學下一切，為的就是更高的權貴之門，可結果呢？面對不幸的時候，聲名給我帶來生機，縱然我也被聲名所累，可最終我靠自己的本事闖過一遭又一遭，才到今日。沒有明豔動人的容貌，沒有可做籌碼的家世，我依然可以讓別人對我豔羨不已。說句殺頭的話，上自帝王，下至走卒，若我葉錦眉願意，皆能控於股掌，妳信不信？」

林熙怎會不信呢，葉嬤嬤的傳奇誰人不知呢？先皇對她的忤逆不但不殺還要留在身邊，所圖是何？不就是在有生之年他可以時時看著她嗎？堂堂皇上，天之子啊，卻有愛不能求，有求不能得，那不是葉嬤嬤的輝煌戰績又是什麼？大不敬嗎？算是吧，違逆帝王是何等的狂悖之舉，就算當時不動你，日後也得清算。但偏偏，先帝去世，新皇繼位，誰都沒來尋葉嬤嬤的晦氣，甚至如今各處都巴巴的眼瞅著她的好來，邢姨媽、杜閣老家，還有能讓瑜哥兒去小學進修的郭祭酒，這內裡的蹊蹺她不懂，但足以讓她相信葉嬤嬤的實力。

「嬤嬤，熙兒只要學下您一半的本事，便已是滿足了。」

「不，一半不夠，既然我們要為自己好好活著，就必須全力以赴。」葉嬤嬤伸手摸了摸她的腦袋。「妳可以的。」

「是，嬤嬤。」林熙昂著下巴用力的點頭。

第十四章　豪賭

「嵐兒，妳可別上了她的當，她是想妳怨我，才那般說的啊！」珍姨娘摟著林嵐，急急的言語。「她一句話推搡得輕鬆，便橫豎是我耽誤了妳，可若當年我把妳留在她的身邊，妳還能活得如此好嗎？只怕比個奴兒還不如！」

林嵐從母親的懷裡掙脫出來。「娘，您怕什麼呢，我是您生的，豈會被人家一、兩句話就挑撥了去？」

「那我瞧著妳……」

「我是生氣，生氣的是娘您何必要去跪求呢？您說過，跪下是為了得到，明知道得不到還去跪，這又何必呢？難道我們真格的就比人家下賤了不成？」林嵐說著扭了身子，此刻的她哪裡有那乖順謹慎的模樣，比起珍姨娘來，她倒顯得是個小主人一般。

「娘還不是怕耽誤了妳的婚事……」

「母親多慮了，我前頭兩個姊姊呢，庶出的都嫁進杜閣老家了，太太那個心眼豈會讓自己的女兒嫁得差了。前頭兩個嫁得好，後頭一個更得了葉嬤嬤的關照，有得是人來搶不是？家裡餘下的四個姑娘，只我一個嫁得差了，太太的臉往哪裡擱去？今兒個早上，娘不是拉著我們幾個哭成那樣，做足了服軟的模樣嘛，太太就是想針對妳都難，何必這會兒還送上去叫人奚落？我要是娘您，就規規矩矩的縮在屋裡，爹爹來了，就好生侍奉，爹爹不來，也別去招惹，委屈自己做上兩年巧姨娘那樣的，爹爹這人最是憐心的，那時也會越發的憐著您，變著法子的補償您，而太太抓不住您的不是，更不能尋您的錯去，您不也安生些？到了那時候，只消我說個好人家，又或者宇哥兒入了小學，還指望她做什麼？錦上添花與否，誰又稀罕誰了？」

珍姨娘見林嵐說了這話出來，忙擦了眼淚。「難得妳心裡透亮，倒比我這個當娘的還靈光。」

「不靈光怎麼辦？我身為一個太太容不下的庶女，若不自己為著前途盤算，日後還指不定過成什麼樣子呢？」林嵐說著蹙了眉。「只可惜，這事葉嬤嬤插手了，要不然，把林馨同林熙都嫁去了杜閣老家，我倒有機會能比照著她們兩個嫁去侯府呢！」

「別想著了，這本來就是冒險一試的事，若不是杜閣老家盤算著林熙，林馨也嫁不過去的。」香珍說著嘆了口氣。「唉，她倒撿到個便宜。」

「便宜？」林嵐忽而笑了起來。「若是便宜事，今兒個早上巧姨娘至於哭成那樣？若是便宜事，幹麼要把我們姊兒幾個支去邢府？還不是私下談著交易罷了。」

「這話是沒錯，可到底那也是高門權貴啊！」香珍的眉頭微蹙。「就是不知道杜家虧著什麼事。」

「反正不會是好事。」林嵐神色極為清冷。

「話說回來也算咱們運氣了，之前我瞧著巧姨娘那般猶豫不定，思量著林馨的性格，還以為這事她要推諉了呢，誰知她們倒應了。如今她高嫁了，日後對妳來說也是好事……」

「運氣？娘，若真有運氣，您就不會是個姨娘了，若真有運氣我也不需要這般算計，您以為林馨為什麼會答應，我不過給她心上扎了根針罷了，我們做庶女的，憑什麼就要活得窩囊，憑什麼就要給嫡女壓著？運氣，還不是要靠自己的雙手來造！」林嵐說著眼裡閃過一抹狠厲之色。「娘，您看著吧，將來我必然要林家的嫡女輸我一成！」

三姑娘的婚事一定，陳氏便有得忙了，雙方來來往往幾道後，連日子也說定了，只是她們這些沒出閣的姑娘得避諱著，是以誰都不知三姊夫會是個什麼樣的人。而三姑娘雖在年後被記在了陳氏名下，可也沒能隔著鏤花的屏風瞧看到未來夫婿的模樣，只因杜家的小五爺忙著春闈事宜，閉門讀書全力備考，所走程序全由杜老夫人帶著他家小三爺跑了個圈，反正以兄代弟的，這倒也理所應當，三姑娘都不覺得沒看見是可惜的事，她們幾個也輪不上替人家可惜。

後面的日子，林馨大部分時間便在碩人居同林熙擠著，關於林熙所享受的一切，自然是看得清清楚楚，穿上是沾不到什麼邊了，吃上，卻能偶爾蹭上幾回，眼瞧著林馨眼裡越來越明顯的落差之色，林熙越發的愁。

年後初四的那天，邢姨媽一家前來拜年。

本來年前玉兒就該及笄的，可是她那未來婆婆想討個好意頭，便把日子定在了二月二龍抬頭，加上林昌的小氣，陳氏刻意的壓了壓，邢家年前就沒來拜會，免得太功利，這不趕上正經拜年走動起來，才使得玉兒表姊前來顯得不那麼「急功近利」。

邢姨父為了自己家的女兒好，主動邀約了林昌去赴什麼詩會，兩個爺們出去後，陳氏自然和姊妹在一起說起私房話，玉兒便被打發到了碩人居來作客，於是自然而然的跟著林熙同林馨，受了葉嬤嬤一番教導與指點。

正月二十二日，林熙滿了八歲；二月二日，一家人前往了邢府，觀及笄禮，當玉兒表姊在未來婆婆親自動手上簪後完成了及笄時，林熙才知道玉兒是許給了淮山郡主的二兒子梁軒，心中便立時明白玉兒何以那般小心翼翼，而眼掃爹娘的笑顏時，明顯看到了父親眼裡的一抹憂色。

淮山郡主，是燁親王的女兒，她在十三歲上，就被先皇指婚嫁給了當時的新科狀元。如今這位郡馬現供職在刑部，任侍郎一職，看起這邊的地位來說，與邢姨父是真正的門當戶對的，只是，偏偏因娶了這位郡主，平抬了子嗣的身分於皇家宗親裡，倒成了玉兒高嫁了。

林熙看著父親眼裡的憂色，知道此時的他已經丟開了攀比嫉妒之心，委實在為玉兒擔憂，便覺得父親其實也不是那麼的小心眼，至少他不是幸災樂禍的那種。

只是為何要擔憂呢？

林熙倒是清楚，因為當初她嫁給康正隆後，康正隆曾有一次和他講過與梁家二兒子的結識，倒把梁家的事，給她提過。

這位淮山郡主同她的二兒子都相當的出名，前者未出嫁時，出名的是詩書禮儀，好一位淑女金枝，可她出嫁後卻惡名昭昭起來，只因她嫁後的五年裡管得緊，郡馬沒得一個通房與妾侍，在二兒子才降生後不久，正與人顯擺她的御夫有道，卻撞見郡馬與小婦勾搭，登時火冒三丈，一查發現其養了一個外室，她便親自上門手執馬鞭的殺將過去，把那小婦抽打個半死後，卻又說是什麼弄錯了人，花了大把的銀子賠給小婦叫人醫傷。

這種事鬧起來，誰都不好看，小婦雖然硬性，卻也沒什麼本錢與一個郡主抗衡，只得咬了牙忍了。哪曉得耐了三個月，傷剛好得差不多了，這位郡主又提著鞭子去了，還是親自動手不假於他人，把小婦抽得體無完膚，就剩一口氣，人家又給灌了參湯燕窩的養起，說著什麼，打她是因為她不懂事，但打完了，還得給郡馬面子，所以要替夫納妾，把那小婦嚇得不敢應聲，一個外室都被打成這樣了，要再進了門，還不得被吃到連骨頭渣子都不剩？當即表示再不敢有此心種種，於是郡主一揮手，銀子一包，車子一輛，小婦帶著父母直接連夜收拾行囊被送到不知何處去了，而這位梁郡馬果斷捂住眼耳口鼻，全當自己是局外人。

此一事鬧得沸沸揚揚，京城無人不知，也有御史看不下去參淮山郡主的，但小婦又沒死，郡主還花了大把的銀子，誰也不能說人家蠻橫無理，此事便不了了之，但惡婦之名卻是落了個實。後來怕清貴們閒得沒事，拿這個來攻擊宗府皇親，皇帝一道聖旨，淮山郡主便搬出了京城宅邸，將府門紮在了離京城最近的天津城。

按理如此強勢的淮山郡主搬走了，慢慢的也會淡漠下去，可萬沒料到的是，她的二兒子更出名，以至於名聲又傳回了京城來。

梁家滿共就三個兒子一個女兒，皆是郡主所出，小兒子在十歲上一場熱症給折了，梁家的兒子就兩個了——大兒子梁勝早年得蔭，封了個將軍銜隨去了大漠，只等混上三年，便能回來隨便掛職的，哪曉得偏偏遇上了流沙，活活的給埋掉了，又沒戰事，只是巡疆而已，這樣的死法委實憋屈，更憋屈的是梁家大房勝大奶奶卻連個子嗣都沒，這梁家的大房一系立時就敗了，梁家等於就剩一個兒子一個女兒了。

因著大兒子的死，二兒子得了宗室照顧，給掛了個將軍銜，再不用去大漠混資歷，終日裡去武場報個到也就是了，而這位爺似乎受母親影響深遠，二十的及冠年歲時，身邊連一個通房都沒，想想看，沒什麼人來爭寵，家裡最後也等於只有他一個獨子，這在常人看來得是極大的好事啊。可問題是這位二爺出名的是他好佛學，成日裡得了空就往寺院裡跑，大家給他起了個諢號「半路和尚」，他知道了，也不惱，竟然自此後，作畫寫書的，都給加個印，章裡便是四個字——半路和尚。

有一年，班禪來訪，辯起佛法來，他問了訊，顛顛的跑到京城來，求入宮論佛法，皇上知他所好，准了他來，這位二爺足足和那班禪論經三天，而後竟然表態想要入空門。

這下把梁家嚇壞了，就剩這麼一個兒子了，他要再入了空門，梁家不得絕後？若是女兒未嫁，還能想著招婿上門，可嫁都嫁出去了，以後梁家的根脈不得斷？登時一直把自己縮成團的梁郡馬發威了，淮山郡主更是瘋了一樣拿著鞭子往鴻臚寺衝，也不知道和班禪到底是怎麼溝通的，總之梁軒放棄了出家的想法，跟著郡主郡馬回家去了，但從此京城裡卻誰人又不知這位一心要當和尚的梁家二爺呢？

所以，玉兒嫁到這樣一個家裡，做媳婦的這可就得面對開枝散葉的大事，只生一個兒子都不夠，大房都還等著過繼一個呢。可問題是，要是家裡的老爺們沒這方面心思，她怎麼生呢？婆婆又是個強勢如斯的，玉兒的未來能不叫人憂心嗎？

林熙內心嘆了一口氣，委實不明白邢姨媽怎麼會給玉兒選這樣一門親事，縱然是高嫁了，可到底前途堪憂。這就宛如一場賭局，若是這位二爺肯好好過日子，盡人道，日後梁家大小兩房都是玉兒的孩子，遲早她在梁家是話事人；可要是丈夫一心向佛，玉兒的嫂子守的是死寡，她守的便是活寡了。甚至弄不好，將來夫婿不會回心轉意的話，難保當婆婆的不會遷怒到當兒媳婦的身上，說她無能的。

林熙越想越不是味道，心裡便悶悶的。

及笄之禮結束後，便是宴會，淮山郡主只動了三筷子，便急急的往回趕，沒辦法，她府宅可在天津，這會兒出發，馬車跑得快些，擦黑便能回去。

淮山郡主一走，宴會上的人明顯的輕鬆了許多，陳氏幫襯著邢姨媽招待賓客，林昌則拉著連襟喝起了悶頭酒。那一杯杯的喝法，叫從屏風鏤空洞裡張望的林熙內心委實感嘆爹爹是個性情中人，但凡遇上比他自己能耐的，內心便是不平，可要遇上誰虧著憂著了，他能憐憫得好似自己遭遇了一般，登時覺得父親有些孩子氣，更覺得母親日子過得也難，畢竟那珍姨娘恰恰就是抓住了父親這個性兒，平日裡端著一副比西施還弱的樣子，能不叫父親疼著憐著嗎？

心不在焉的吃了兩口，將放了筷子，桌對座的女孩子便衝她言：「林家七姑娘今日裡不舒服嗎？怎麼吃起飯來蔫蔫的？聽人說妳是跟在那位葉嬤嬤教養下的，莫不是平日裡好的吃多了，這些瞧不上吧？」

如果說受葉嬤嬤教養的名頭能帶來未來夫家的關注，自然也會帶來女孩子們的嫉妒，畢竟誰會希望身邊有一個將來會處處超過自己的人呢？

林熙雖早有所知，也不為懼，可葉嬤嬤說過，她絕不能和圈中的女孩子們成仇，反而一定要抓住她們的心，讓她們喜歡自己、圍著自己才是對的。

所以林熙聞言未惱，而是一副愁苦之色。「這與吃食無關，只想著表姊就要嫁人了，日後再不能與她玩耍，便覺得可惜，思及我三姊姊也快這般，家裡少了一個玩伴，便沒什麼胃口了。」

她一副簡單憂傷之色，訴的是她與兩位姊妹的情誼，眾人見狀，誰也不好奚落她，身邊的幾個反倒勸起她來。「這是遲早的事啊，妳得自己想開啊！」

「是啊，妳府上不是還有兩個姊姊嘛！」

「可她們也有嫁人的時候啊！」林熙說著嘆了一口氣，轉身招了丫頭，洗漱打整後，便自己撤了席。「姊姊們用著，我去找表姊說說話去。」說罷衝著大家行禮而去，既不和說話衝的頂，也不和說話親的纏，一時間誰也沒了念叨她的興致，各自又吃用了起來，只有那個先前說話衝的致遠伯孫家二姑娘瞧望著那遠處的身影，若有所思的模樣。

林熙逃離了是非地，直奔了玉兒表姊的院落，過了今日，這裡可就封起來了，美其名曰是收心養性，好好的在屋內刺繡日後的枕面肚兜啥的，等著嫁人。

瞧著她來，玉兒很是高興，才綰了飛仙髻的她，頭上插著未來婆婆給的赤金鳳頭銜南珠的大簪，看起來很是貴氣。「幸得還有個想著我的，不然我豈不是等到院門關上了，也瞧不見一個人影了。」

林熙聞言衝她笑。「那照表姊這話，豈不是院裡的婆子丫頭都不是人了？」

玉兒呵呵一笑，拉了她的手。「七妹妹謝謝妳幫我。」自那日葉嬤嬤處受教後，她們兩個可沒少書信往來，有些是林熙自己的感受而得的警言，便都掛了葉嬤嬤的名寫給了她，諸如用人防人、收斂忍讓的種種，真心怕她走上自己當年的錯路。

「妳別謝我，我們原就是姊妹，豈有不幫的道理。」林熙說著掃了眼屋裡的丫頭。

玉兒便立時把人攆了出去，一臉興奮的拉著林熙。「可是葉嬤嬤有什麼要妳囑咐我的？」

林熙笑了下，動手把一個荷包拿了出來。「圖樣是嬤嬤挑的，我繡的，她說讓妳把這個拿著戴著，但凡遇到心裡頭憋悶委屈的時候，就看看這個。」

玉兒好奇的接過，便瞧見那荷包上的圖案並非是吉祥四物，也不是什麼花草，而是雲層之後半遮半露的一輪月。

「這是……」

「守得雲開見月明。」她輕聲的回答著，一如這是她的勸言。

玉兒臉上的笑淡去，眼裡一滴淚落了下來。「嬤嬤真是個好人。」

林熙掏出帕子為坐著的玉兒擦了淚，內心有些淡淡的哀傷。

回到了林府，林熙便跟抽了骨頭一樣，沒勁的歪在榻上。

葉嬤嬤過來瞧見她那個樣子，抬手打發了下人們離開，便坐到了她的身邊。「這是做什麼？傷春悲秋嗎？」

林熙早把嬤嬤當作親近的人，也沒行虛禮，只怏怏地說道：「我不明白，邢姨媽素來疼著玉兒表姊的，怎麼會給她選了那麼一樁親事？縱然可博得一個幸福，但到底太苦，若博不到，豈不是會誤了她的終身。」

葉嬤嬤眨眨眼，自提了茶壺倒茶。「人家當娘的對自己女兒有信心，妳又何必替人憂愁？」

林熙轉了頭看向葉嬤嬤。「我是怕，玉兒姊姊做了棋子。」

葉嬤嬤的眉微微一挑，繼而喝了口茶。「那又如何呢？在很多世家，不，但凡有點想法的家裡，兒女們大多便是棋，或為一個紐帶，或為一個交易，或為一個籌碼，包括妳！用妳的好來彌補大姑娘的錯，用妳的聲名光輝來抹去她留下的污點，不都是一樣的？」

林熙登時無言。

「玉兒的路並非是死胡同，就算是賭局，她的贏面其實不小，關鍵是時間的長短和她是否能耗得下去。」

林熙歪了腦袋。「都想入空門了，還拉得回來嗎？」

「他入了嗎？」

「沒……可是他也不過是因為他爹娘所求……」

「那就夠了，入空門者，了無牽掛，沒了塵緣，他有父母掛心，豈能甩脫乾淨？不管梁家是怎麼折騰的，又不是拿繩子捆了他回去，這就說明他有牽掛，但凡有一絲掛念，便有轉機，妳那表姊入的不是死局，只是要花心思花時間，把一顆心焐出溫來就成！」

林熙聞言眨眨眼睛，內心有了些許感觸。

葉嬤嬤則放了茶杯。「我叫妳來繡那圖，也是要妳心中記著這一點——守得雲開見月明，說不定哪天妳就用得上！」

「嬤嬤的意思，就是將來我的婚姻之事，可能也會因一些盤算而未盡美好？」

葉嬤嬤淺笑。「林家不會虧待了妳，就算妳父母障目了，還有我和老太太為妳盯著。可是，很多時候，我們以為的平坦大道並不是真的光鮮，可能內裡坑陷不斷啊！有些時候，看似泥濘不堪的道路，走起來滿是艱辛，卻不過是看著驚心，一路平淡順意。我們又不是神仙，能度算得種種，我只是想妳知道，面對不好時，不需要驚慌失措，更不需要自怨自艾，只要淡然的平和的面對，以一顆守得雲開見月明的心來對待，妳終會找到自己的幸福之路。」

第十五章　冰肌玉骨

二月初三，天遲遲不亮，到了近晌午的時候，灰濛濛的天上落起了雪花，半個時辰後竟轉成了鵝毛大小，大片大片的落了下來。

年前有一場大雪，正月二十也落過一回，這陣子雪才化了乾淨，竟又下了起來。林熙的熱鬧勁頭早沒了，因而睡了午覺起來便自己鋪了紙，練起字來，不像別人那樣往那雪花裡鑽去。

她一早選的魏碑，圖個周正大氣，如今習下來也有模有樣了，嬤嬤便選了一款瘦金體叫她習著，說叫她揣摩出那字中自嬌的性兒來，畢竟是個女兒家，除了端莊外還是得有些嬌氣的。

林熙習字一個時辰後，便累了，放下筆，走去窗前打算看看外面的雪景，換換神，便詫異的瞧見外面的院子裡竟大大小小的擺滿東西，是什麼卻因著蒙了雪，很難看清。

好奇之下從屋裡出來，就看到屋簷下丫頭婆子們，悶聲閉嘴的在那裡刷盆刷鍋的，很是奇怪。

「夏荷，妳們這是……」林熙抓了跟前的丫頭問話。

「嬤嬤見下了大雪，使我們把全院裡的鍋啊盆的，總之但凡能裝了雪的，全都拿出來用了。」夏荷說著轉身把手裡的盆子放去了地上，將一個蒙了厚雪的盆拿了回來。

把上面的雪花唰唰一掃盡數倒進了身邊的大缸裡。

「嬤嬤叫妳們收集這雪做什麼？」

「不知道，嬤嬤沒說，只叫細細的收，還說越多越好。」夏荷話音剛落，院門一推開，葉嬤嬤同花嬤嬤說著話走了進來。

「妳換了斗篷就趕緊過去盯著，仔細乾淨可千萬別污了水，總之收上多少算多少，叫她們每個院都去轉轉。」

「知道了，今兒個雪本來就大，想來全府上都動起來，橫豎也能收它七、八大盆的。」

「但願吧，這二月的雪，可是最好的。」葉嬤嬤說著走了過來，看見林熙站在門口便衝她擺手。「進去待著，屋外冷，別寒了骨頭。」

林熙應了聲進去，隔著窗戶瞧著葉嬤嬤指揮這個調配那個，一盆盆的雪全都倒進了木桶和水缸裡。

她很想問問葉嬤嬤這是要做什麼，可嬤嬤壓根兒沒時間搭理她，指揮完了這邊又折了出去，林熙一下午去了窗邊瞧看幾次，就看到葉嬤嬤忙進忙出了。

雪到了晚上的時候，小了一些，依舊是洋洋灑灑的。

葉嬤嬤叫大家停了收雪，只把鍋碗瓢盆的全部留在了院子裡，便叫大家歇著，說明日裡還有得忙，而後自己回屋歇著了，別說複盤手談的事了，連林熙的屋都沒進。

第二日清晨，林熙照例梳妝打扮好，去了老祖宗那裡問安，一進屋就看到大家精神慨慨的，唯獨陳氏兩眼放著光。

「折騰人的貴主兒可來嘍！」林老太太待林熙一起了身，便招了手衝她言語。

林熙笑嘻嘻的湊了過去。「老祖宗怎地說熙兒折騰了，莫不是嫌棄熙兒來得早，擾了您的覺？」

「喲，還不讓說折騰了，妳問問這坐著的，哪個不為了妳一夜折騰？」林老太太說著指了指陳氏和幾個姨娘。

大家都笑著做了擺設，只有陳氏為林熙做了解答。「嬤嬤說，得要昨兒個的雪水為妳一用，著我們各處的院落都得為妳收集雪水，還得夜裡留著人瞧看，仔細著別叫什麼不懂事的丫頭，把雪水髒污了去，可費了不少勁呢！」

林熙聞言驚訝的眨眼，內心卻有些狐疑——

奇怪，就算是為我收集雪水，昨兒個夜裡我們院子裡也沒見人守著啊，怎地叫別處守著？而且還要全府收集，哪裡就用得了那許多了？

她心中再不解卻也不會說，只一臉不解的望著母親，陳氏見林熙一副呆樣，便伸手點了她的鼻子。「怎麼著，妳自己不知道？」

林熙搖頭。「嬤嬤沒與女兒說起啊。」

陳氏聞言笑著拍拍她的手。「當然不與妳說了，那可是秘方，為了妳好的。」

一句半話，陳氏便收了嘴不再言語，林老太太不問，林熙自己不問，姨娘們可沒在這裡開口的資格，是以這事說了個半截便懸吊吊的丟去了一邊，忽而說起前日裡陳氏在邢姨媽那裡詢問的關於玉兒嫁妝的事，比照盤算的是林馨的嫁妝規格來。

說了一會兒後散去，幾個姑娘們連同姨娘自是要去陳氏跟前再行禮的，可陳氏似乎心情大好，揮揮衣袖。「行了，昨兒個把妳們累著了，今兒就免了吧，都回去吧！」說完只單單把她生的林悠同林熙一拉往正屋回。

進了屋，上了暖炕，萍姨娘送了熱茶進來，陳氏便叫她取了一張繡面給了林悠。「妳有那份心想往上走，做娘的怎麼可能攔著妳。這張繡圖叫做『十樣錦』，是我纏著葉嬤嬤說了好半天才磨來的宮裡貨，妳拿回去好好照著繡，等妳將來議親的時候，若能繡個似模似樣了，將來也是能拿出來為妳掙些臉面的。」陳氏一席話，林悠立刻臉上透了喜色，愛不釋手的瞧看了一通，細細的收了，才對陳氏言謝，繼而掃了林熙一眼。「娘沒給妹妹求一個？」

陳氏笑了笑。「嬤嬤操心著熙兒，我操心著妳也就是了，娘就一張嘴，磨得來一個也就不錯了。」

林悠立刻撲去了陳氏的懷裡。「謝娘疼我，七妹妹好歹是在嬤嬤跟前的，想來也不會虧了她的，這不昨天還那麼折騰，就是不知道，要那麼些雪水做什麼？沖茶嗎？」

陳氏伸手戳了她腦門一下。「沖茶倒也有理，但何至於全府的動？」

「那是……」

陳氏笑看向林熙。「嬤嬤說，她有個宮裡的秘方，能叫人生得一番冰肌玉骨，只是得全靠這雪水，還得多，故而妳們的祖母一聽就發了話，各個院子都得張羅，連妳們兄弟們的院子裡也都擺起了呢，只是為怕男子陽重破了水的冰氣，全是叫府上的丫頭和婆子們去收的。」

林熙聞言咋舌，她萬沒想到這個「全府動作」竟是把兄弟們也折騰上了，頓時覺得有些不好意思。

「娘，那這雪水收了來，怎麼用？」林悠好奇地湊了過去。

陳氏淡淡一笑，摸弄起林悠的鬢兒。「聽嬤嬤說，得夜裡子時的時候，把雪水盛到浴桶裡，就著那冷氣浸泡上。」

「啊？」林悠張大了嘴。「那不得凍死？」

「哪裡就凍得死了，屋裡燒著熱炕，出了雪水立刻喝碗薑湯，再把燙過的毛巾揪出水後包在身上，決然是凍不到的。」陳氏說著忽而眉眼一挑衝著林悠說道：「我可告訴妳，嘴巴嚴實點，這可是宮裡的法子，不能傳的，還有這雪水多少都在嬤嬤的掌握，妳少給我打心思盤算，別胡來一氣，傷著妳自己！」

林悠立刻擺手。「不會，我才沒那麼長舌頭呢，何況，就算我想弄，也得有那雪水弄去！」說完衝著林熙一臉疼惜之色。「唉，那得多冷啊！」

林熙聞言打了個哆嗦，只覺得這法子真的有點嚇人。
外間聽著她們說話的萍姨娘嘴角微微的勾了起來。
林熙從陳氏那裡回來，便入了屋，才脫了雪袍子，葉嬤嬤就走了進來。「七姑娘，今天晚上的晚飯早點用，之後不許再吃什麼點心宵夜，最多喝點熱茶，知道了嗎？」
林熙點點頭，立時想到了陳氏說的，便開了口。「嬤嬤是要給我整什麼秘方了嗎？」
葉嬤嬤笑了笑。「對，晚上妳就受著吧！」說完轉頭就出去了，留下林熙在屋內無端端的打了個哆嗦。
晚上她依著葉嬤嬤的交代，早早用了晚飯，之後也只喝了點熱茶，只等著那折磨人的時候。豈料戌正時分，葉嬤嬤竟到了屋裡來衝著林熙說道：「來吧，先到我屋裡複上兩回盤吧！」
葉嬤嬤有時會把下棋的地方選在她自己房裡，是以林熙也不奇怪，披了厚厚的棉袍跟著葉嬤嬤出去，轉而去了她的房間。
「七姑娘來了？」廚娘董氏的聲音從梢間裡傳來，林熙笑著應聲傳進了梢間內，可一進去便呆住了。
屋裡角落上雖擺著棋盤雲子，可屋內正中卻放著一個大浴桶，裡面熱氣繚繞不說，圍著粗布圍腰的廚娘董氏正提著一個碩大木桶往裡倒著一股黑褐色的水。

剎那間一股艾草的味道飄浮起來，讓林熙有點摸不著頭腦。

「嬤嬤，這是……」

「別廢話了，趕緊脫了衣服進去泡著！」葉嬤嬤話語完全就是命令式。

「啊？泡?!」林熙驚訝的瞧看那浴盆裡的湯水。

湯水此刻由先前清亮的白色轉成棗紅色，內裡浮著些許近乎黑色的絨物，還有許許多多漂浮的紅花，以及一些似乎樹皮草根一類的東西，總之看起來很是怪怪的，而屋內更飄著一股艾草的味道，讓林熙懷疑這是不是藥汁。

「磨嘰什麼呢？快點！」葉嬤嬤說著上前動手幫著林熙脫去衣裳，又把她頭髮給盤了起來，當赤條條的林熙被董氏提起來按進水裡時，林熙只覺得水溫燙得皮膚麻麻的，有些微的刺痛。

「嬤嬤，這是做什麼啊？」

「給妳打造冰肌玉骨啊！」葉嬤嬤笑吟吟的說著，瞧看著被董氏按在水裡的林熙。「這可是秘方，只有我和她知道，現在多個妳，但需得閉緊嘴巴，從我這裡出去，只許說是複盤，知道嗎？」

林熙不傻，立時明白過來，當即點點頭。

葉嬤嬤便笑了笑不言語了。

這湯水泡了她一氣後，董氏也不按著她了，而是拿了兩個乾乾的絲瓜瓤放進了水裡，而後衝林熙說道：「七姑娘，等下會有點疼，可妳得死咬住了不能出聲，要不然我們這法子露了出去，我和葉嬤嬤可就得了洩漏宮中秘方的罪名，那得掉腦袋的，知道嗎？」

林熙驚訝連連，卻只得點頭，繼而董氏把林熙在水中扶正，抓著絲瓜瓤，就在林熙的背上刷了起來。

起初還好，越刷卻越疼，再加上熱水的滾燙，林熙覺得完全就是在受罪，但她瞧望著對面一直看著她的葉嬤嬤，死死的咬著唇沒出一聲。

待到脊背、肩頭、胸口以及雙臂刷洗完時，林熙被董氏直接從浴桶裡撈起，葉嬤嬤拿了床毯子給她裹上，便把人塞進了床上，捂上了厚厚的被子。

林熙眨眨眼，開了口。「嬤嬤，我在娘那裡聽的不是說要泡雪水嘛，莫非這湯水是雪水燒的？」

葉嬤嬤一頓，衝她搖頭。「這不是雪水，雪水妳等會兒才用得上，不過出去後，若有人問起妳來，妳娘是怎麼說的，妳就怎麼描述，記得嗎？」

林熙眨眨眼，點了點頭。

董氏又給浴桶裡加了一桶和先前一樣的藥水，而後林熙就被提溜出來，再次按進了浴桶裡泡著，水溫比先前的高了一些，腦袋便有些許的暈，但不等林熙緩過勁來，董氏便拿著絲瓜瓤在林熙的下半身賣力的刷了起來。

等到林熙再次被董氏從水裡提溜出來時，她看到的是自己雙腿上紅紅的刮痕印子，便詫異地看向葉嬤嬤。

葉嬤嬤給她裹好，再次給她蓋上厚厚的被子，這才坐在床邊，一邊拿著帕子給她擦汗一邊輕聲地說著。「不要怕那些印子，過得幾天就會好的，只消這樣連續泡上三天，妳自己就能看見改變。」

「可是，這是為什麼？」

葉嬤嬤笑而不答，林熙也就知趣的不問了。

這般捂在厚厚的被窩裡，林熙出了許多的汗，每過上一刻，葉嬤嬤便會給林熙把身上和身下的毯子被子都換上一換，直直耗去了快一個時辰，待到林熙身上再無一點汗時，葉嬤嬤便叫她穿套上了衣服，又用皮帽子捂住她半濕的髮，將她送回了屋裡。而兩人一進了屋，嬤嬤就指派起婆子同丫頭來，在屋內擺了木桶，取了雪水來，倒了半桶。待打發了丫頭婆子們出去後，董氏端著個簸箕，從裡面抓著一些粉啊、黃啊、白的碎末撒進了雪水裡。

林熙詫異的看向葉嬤嬤，起先用來泡的東西裡，她還能依稀辨出艾草與紅花之類，這些粉末狀的東西，她如何辨？

「那是去歲我叫人收集的桃花、臘梅的花蕊，和著黃芩、茯苓一道碾碎了。」葉嬤嬤說著，一邊叫林熙脫了衣服進去。

雪水寒冷，但林熙相信葉嬤嬤費這麼大功夫不會害她，便咬著牙進去了。

先前泡的是熱湯，這會子是冰涼涼的水，由著她身上火熱熱的，也被這冰涼涼的雪水給凍得哆嗦起來，而葉嬤嬤竟拿了個水瓢舀著水往她身上澆。

林熙起先還哆嗦得牙齒磕牙齒，但隨著她一道道澆下來，竟有些熱呼勁，而此時葉嬤嬤卻叫她出來，而後和董氏兩人拿著帕子手腳麻利的急速將她擦乾，待她穿好衣裳坐在床上了，兩人才氣喘吁吁的相視一笑。

「老了，只這麼一趟就累了。」董氏衝葉嬤嬤輕道。

葉嬤嬤衝她笑。「我看妳才不累呢，這原是八個人的活兒，只咱們兩個就拿下了，還不是全仗著妳有這體力。」

董氏衝她一翻眼皮子。「少誇我，有那兩句動聽的，還不如給我個好物件！」

葉嬤嬤笑著抬手從袖袋裡拿了兩個荷包出來。「都是妳的，伺候我們七姑娘到二十一桶雪水全部用完，幹不？」

董氏沒接茬，只伸手抓了荷包，把兩個都打開了邊看過後，一股腦兒塞進了自己的懷裡。「別說二十一桶，伺候一年我也幹！」

自挨了第一回，林熙便連續的被這樣熱冷交替的泡了三天。

每天都是以複盤為名，去了葉嬤嬤的屋裡泡那熱騰騰的藥浴，轉頭回自己屋裡再大張旗鼓的泡那雪水。不過就算是大張旗鼓，到了下料的時候，屋內必然只剩下葉嬤嬤和董氏伺候林熙，丫頭婆子們的也都被支開，沒人守在門外。

連續三天下來，林熙自己拿銅鏡前後的照身子，就看一身紅痕青條的一道道，哪裡有半點冰肌玉骨的樣子？用手摸摸按按的，還能感覺到疼，這讓她很想去問葉嬤嬤，這藥是不是出了岔子，可每每看到葉嬤嬤，面對那份從容不慌的淡定模樣，她都把話嚥了回去，狠下心，不聞不問由著兩位嬤嬤折騰她吧！

三天之後，這泡法便是隔著一天一泡了，將近泡了差不多半個月，林熙慢慢地發現，身上的那些紅痕青條沒了影，取而代之的是光溜溜的肌膚，摸起來滑嫩嫩得像剛剛蒸出來的嫩蛋。

如此一來，她更加樂意受罪了，每回進桶，再不用董氏去按她、撈她，自己就竄了進去，熱也好，冷也罷，一心的受著。

轉眼一個月過去，雪水已經用掉了大半，林熙的皮膚白裡透紅、肌雪滑嫩，連帶著整個人都透著一種瓷器的光澤，瑩潤起來。

這一日，葉嬤嬤不知何事，大清早的就出去了，她看完了書卷便在院子裡踢毽子、扔沙包，和丫頭們玩得開心，忽而院門一推，瑜哥兒急急的跑了進來，帶著小廝入了屋。

林熙詫異地看看天色，這會兒正是巳初時分，照理他應還在讀書的，卻忽而就跑了回來，實在奇怪，當下提了裙襬往他那邊去，才到門口，就聽小廝說道：「哥兒，這件吧！那件看著也不成的！」

林熙在外眨眨眼，轉了身子扯了嗓子。「瑜哥兒，你在忙什麼呢？好好的，如何回來換衣服了？」

屋門一開，小廝三娃跑了出來。「七姑娘。」

「這是怎麼回事啊？莫不是衣服弄髒了？」林熙半側了身問話，自覺的避開了門。

「不是衣服弄髒了，是辰正時分宮裡來了太監，說今兒個下午未初的時候，國子監裡要開一場三公論，不但各位翰林會到，就連宮裡的幾位皇子都要過來。先生放了話，叫回來穿得周正體面些，萬一來入了察，也免得有不敬之嫌。」三娃作了答，屋門一開，瑜哥兒走了出來，穿了一身青呢的袍子，在那裡整理著束帶。「這身如何？」

林熙回頭打量了一下，眼一轉。「你這身與時令不合，你且等我一會兒吧！」說著轉了頭。「夏荷，跟我去母親那裡。」

林熙一路小跑帶著夏荷去了陳氏那裡，就見大哥在屋裡與母親說話。林熙眼瞧桓哥兒已經換了一身輕紗煙羅罩面的學袍，滿是青蔥之氣散著儒家的文雅，便立刻開了口。「大哥只管自己收拾妥當，卻不念著瑜哥兒，弄得人家現在還在屋裡來回的換呢！」

長桓一聽，不好意思的撓頭，倒是陳氏開了口。「他也不是沒得穿，年初不是給做了兩件嘛！」

「娘，到底瑜哥兒是在我們府上的，人家這個年紀又是去的小學，若穿得不合適了，怕是丟我們林家的臉吧！」林熙說著衝長桓言語。「哥，去歲我記得你有件軟煙羅的罩衫，不如借給瑜哥兒？」

長桓一愣，隨即點頭，陳氏卻抬了手。「不成的，你穿過的怎好給人家？這樣，我立刻著人去買一件。」

林熙銜母親一笑。「葉嬤嬤定會感謝娘的掛心。」

陳氏臉上紅光大盛。「章嬤嬤，這事妳去，要咱們這個檔裡最好的！」說著她入了內屋，轉頭拿了兩錠銀子來，足有二十兩。「快去量了長短，速去速回。」

章嬤嬤答應著立刻帶著夏荷跑了過去，林熙便在陳氏那裡待著，此時與多日不見的大哥遇上，少不得要說上幾句的，只是她還沒開口呢，長桓便圍著她轉了個圈，口裡念叨起來。

「這葉嬤嬤到底是有神通的，以前見妳，也不過是個青黃小兒，沒得什麼招眼的，如今瞧著，跟個瓷娃娃一樣，唇紅齒白，膚雪凝脂的，這世上當真有冰肌玉骨的法子？」

林熙呵呵一笑。「有沒有的，大哥自己瞧著不就是了！」

「那法子如何，說來聽聽！」長桓湊到林熙跟前討問，林熙搖頭。「嬤嬤說了，提不得。」

長桓伸手捏了捏自己的下巴。「妳倒還較真兒了。」說著眼掃去陳氏那裡。「娘，最近也沒見著四妹妹，她人呢？」

陳氏聞言一愣，隨即笑著的臉少了幾分喜色。「不知道她這些日子怎麼著了，接二連三的鬧病。」

「鬧病？可嚴重嗎？」

「倒也不至於，就是受了風寒而已，大夫給抓了藥，說她體內寒濕日重，就是不知道，她怎生招的，問她屋裡的丫頭，個個都只會搖腦袋。」陳氏說著嘆了口氣，豈料長桓詫異起來。「唉，怎麼四妹妹和六妹妹都是受了風寒呢？」

「什麼？六妹妹？怎麼嵐兒也不對了？」陳氏聞言挑高了眉。「這些日子她照例請安，我沒瞧著她不對啊！」

「沒少不對呢！」長桓說著一笑。「娘您知道的，六妹妹好詩詞歌賦，父親囑咐我，但凡墨先生有教的，便抄送她一份。我這一個月滿共往她那裡去了三回，回回都聞著藥味，還聽著她咳來著呢，問了丫頭，也說是受了風寒，寒濕。」

陳氏聞言眉頭漸鎖，繼而猛地一拍桌。「不好！」說完也不管他們兩個，撒丫子（注）就往林悠那邊去，兄妹兩個對視一眼後，急急的追了母親去。

到了林悠院子裡，長桓避諱年歲，不能往姑娘屋裡鑽，便立在院裡。林熙追了母親進去，就看見母親正把丫頭婆子的往外攆，繼而伸手扯了林悠的耳朵，便是一副氣恨的模樣。「妳與我答應得好好的，轉頭做了什麼？」

林悠咧著嘴，急忙地去扳陳氏的手。「娘，疼、疼！」

陳氏一把鬆了她的耳朵，朝著她的身上又掐了一把，壓著聲音問：「妳給我說實話，妳這般害病，是不是妳自己泡了雪水！」

林悠頭搖成了博浪鼓，眼神卻很閃爍。「娘說什麼啊，我到哪裡泡去？」

「我現在就帶著妳去王太醫府上，若是他告訴我妳這膝蓋上落了寒濕，我今兒個就親自動手打斷妳的腿！」陳氏說著便扯了林悠要下床。

林悠聞言一把甩開母親的胳膊，縮去了床角。「娘，別啊！」

「妳說不說實話？說不說！」陳氏已經瞪了眼，林悠見狀只好認了。「是是是，我泡了，葉嬤嬤不給機會，我自個兒找還不成嘛！」

「妳哪裡來的雪水？」

「上交的裡面，我叫人扣下了半桶。」

陳氏伸手扶了額頭。「妳又自己泡了幾回，都怎麼泡的？」

「也不多，就三回，按照您說的那樣唄！」林悠說著不自在的扭扭身子。「天冷，我受不住，咬著牙忍上一回，還是著了涼！」說著她眼掃到了門口傻呆呆站著的林熙，當即挑眉。「我說妳怎麼就沒事啊，大家一樣的泡，怎麼光我不對！」

林熙卻不知如何回答。

顯然當日裡陳氏那話是說給別人聽的，若是誰心裡起了貪，便會上當遭罪，可誰料到別人沒收拾到，倒把林悠給收拾上了。而她呢，卻不能說出葉嬤嬤的法子來，畢竟那是秘密，牽扯到腦袋的，對於林悠，她還不至於傻到什麼都說，於是面對林悠的質問，她只能乾脆裝傻充愣，一言不發。

「問妳呢！」林悠衝著林熙嚷嚷。

注：撒丫子，意指抬腿走開或奔跑。

陳氏抬手就扯了林悠過去，恨鐵不成鋼的往她背上拍。「問什麼啊！娘說的法子，是半張！那裡面要加密料的，妳這樣胡泡，非但泡不出好來，還得廢掉妳自己！」說著她又丟開了林悠，急匆匆的跑到外面，高聲喝了院落裡的丫頭婆子，不分等級叫她們統統跪了地，繼而扯了長桓耳語一番，長桓愣了一下，還是點了頭，而後立時出去了。

陳氏轉頭看向林熙。「熙兒，妳回去吧，這裡的事，全當沒看見，更不要和別人提起來，尤其是……」

林熙點點頭。「女兒明白。」有些話，根本不用說到明面上，她完全明白母親所指乃是林嵐。

於一家人來說，或許大家應該是一條心，誰也別欺負誰的，但是她很清楚，在母親的心裡，珍姨娘和林嵐還有長宇都是她心裡的刺，一輩子也別指望著能真的一心去。

林熙退出了院落，回到了自己的碩人居，瑜哥兒同小廝正在焦急的等著，林熙說著別急，叫人取了棋盤來和瑜哥兒手談，瑜哥兒眼見如此，倒也不急了，真格的坐下來和她對招。

兩人你來我往一刻的工夫，夏荷同章嬤嬤抱了兩身衣服來，立時叫著瑜哥兒進屋換了。

瑜哥兒再出來時，小小少年，神采奕奕，頗有些亮眼。

當下瑜哥兒臉上有了喜色，說稍晚回來定去謝謝太太，便帶著三娃立刻離開。

章嬤嬤見狀準備回去，林熙卻喚了她。「章嬤嬤，我有事和您說。」

章嬤嬤立刻湊過來。「七姑娘有什麼事？」

林熙衝她勾勾手，章嬤嬤蹲下了身子，林熙便與她咬起了耳朵，繼而章嬤嬤臉色一變，看了林熙一眼點點頭後，立刻就小跑著離開了。

林熙便自己回了屋翻了本書出來讀。

稍晚的時候，葉嬤嬤風塵僕僕的回來了，入了屋便是歇著，一副累壞了的模樣，林熙見狀也不好打擾，自己練字。

到了傍晚時分，花嬤嬤進來掌燈，瞧見林熙練字便口裡念叨起來。「唉，都是太太生的，若是四姑娘像咱們七姑娘這樣上心修習，太太也不至於發那麼大的脾氣了！」

林熙抬了眼皮。「娘發脾氣了嗎？」

「發了很大的脾氣，把四姑娘院裡的丫頭婆子全給抽了個結實，質問她們為什麼欺上瞞下，由著四姑娘憊懶！」

花嬤嬤說著一臉痛色，林熙卻意識到母親這消息是說給那邊的，便內心嘆了口氣，嘴上說道：「娘發這麼大的脾氣，嬤嬤們也不攔著嗎?倒教姨娘們看笑話。」

「攔了，要是不攔著，只怕這些丫頭婆子要被太太全給發賣了去！」

「啊？」林熙嚇了一跳，母親竟發這麼大的火，是她沒能想到的，她囑咐章嬤嬤幫著攔擋，也是怕母親鬧大了，父親那邊不好交代，畢竟這事真要查下來，母親也是逃不掉一個下套的錯，卻沒想到母親會發這麼大的脾氣，竟要發賣了全部，這得是多大的火啊！

林熙沒再問話，只內心擔憂，第二日她惴惴不安前去請安，卻沒瞧出母親的氣性和林悠的唯諾，一時也有點糊塗。而父親林昌對於昨兒個的事，更是當堂嚴厲斥責了林悠，說她且不可憊懶不學，繼而十分高興地說起了自己昨日在三公辯論上，面對皇子關於辯論的種種提問，答得頭頭是道，得到了太傅的表揚，從而一面表達了自己的得意，一面又對子女做了貼身教導，以提醒他們什麼叫胸有成竹，有備無患。

有了林昌的斥責，這件事便如此揭過，再無人提及，但不久後，就在林熙最後一場泡浴終結的那天，玉芍居卻出事了。

林熙剛被兩個嬤嬤伺候著擦掉了全身的冰水、套了衣裳，花嬤嬤就在院落裡扯了嗓子。「玉芍居出事了，六姑娘發了熱症驚厥得直抽搐呢！」

林熙聞言一驚，口中呢喃。「熱症？」隨即她眼掃葉嬤嬤，葉嬤嬤則一點也不驚奇，無奈般的嘆了一口氣。「到底還是貪心不足啊！」

林熙立刻明白林嵐的熱症是怎麼回事，當即有些糾結起來。

「進來伺候七姑娘穿戴妥當過去瞧瞧吧！」葉嬤嬤出屋說了話，就自行回屋，董氏也跟著，沒說什麼。

花嬤嬤伺候中，林熙問了兩句如何，花嬤嬤便一臉驚奇的衝她急言。「老爺請了王太醫來，結果卻診出六姑娘寒毒攻心，您說她屋裡的人怎生伺候的，沒給她穿衣服不成？」

第十六章 野心的代價

林熙匆匆趕到玉芍居時，院子裡已有不少丫頭婆子候在那裡，待入了主屋，就看見林昌同陳氏已經坐在屋內，各自皺眉愁色，而那珍姨娘則是來回的在那裡踱步不止，臉色兀自發白，慘兮兮的。

兄弟姊妹的這會兒都在，並著三個姨娘齊齊的在此處，顯然情形已見緊張，尤其是那萍姨娘不但臉有愁色憂慮，更是額頭上沁著細汗，燈光下照著隱約閃亮。

熱症不是小事，尤其是都驚厥得抽搐起來，便是大事，一個不留神，可能人就沒了，是以這會兒大家都聚了過來。

「老太太來了！」

忽而外面一聲喚，屋內的人都是一驚，紛紛起身。

簾子一掀起，林老太太拄著枴杖急急地進了來。「怎麼回事？」

林昌上去扶了母親，急聲說道：「誰知道這是怎麼了，下午我將回來才入屋，香珍就跑來求我去找王太醫，說是嵐兒忽然發了熱，我趕緊去請了人家來時，嵐兒就抽搐了，王太醫說她寒毒攻心，這會兒正給她下針拔罐呢，也不知，成不成……」

他說著已是聲調漸變，林老太太當即橫他一眼。「還沒死呢！」說完立刻看向香珍。

「怎麼回事？」

香珍縮了脖子。「我也不知道她是怎麼了，晌午的時候瞧著還精神不錯與我說了會子話，晚上我給她送點絲線過去，打算幫著繡繡圖樣，豈料就看她病懨懨的躺在那裡。前兩天她有些受風，得了風寒，丫頭們幾個以為還是老樣子，就給她餵了祛風寒的藥，我便也思量著睡一覺就沒事了，豈料申時過了，這人就莫名的熱了起來，起先還不高，後面就燙手，人也抖個不停，我才嚇得去報了老爺……」

「妳去報了老爺？為何不是報給太太？」林老太太皺眉。「還有申時的事，怎麼現在才說？況且都這個時候，王太醫還在下針拔罐？」

林昌和珍姨娘對視一眼，沈默不語，陳氏則開了口。「婆母您別急，我想香珍也是見嵐兒病成那樣急了才去找的老爺，怕在我這裡轉一道，誤了時候吧！」

她主動解圍，林昌自是感激的看了一眼陳氏，衝香珍遞眼色，香珍立時點了頭，卻沒說出什麼來。

陳氏並不理會這些，一邊扶著林老太太坐下，一邊說道：「話傳到我這裡的時候，已經是酉時了，王太醫也來了，那會子，嵐兒就已經抽搐起來，王太醫也下了診斷，只是乍然聽來震耳，好好的，怎就寒毒攻心了。王太醫忙著救治，叫人弄了熱湯下了重料的薑啊當歸的，總之先把嵐兒弄進去泡了一場，直泡到發了汗，才叫把人抬出來，光這個便耽誤了近一個時辰，如今又是下針拔罐的，可無一不是耗功夫的，因而拖到了這個時候。」

林老太太抿了唇。「這麼說，要不是太過嚴重，這還打算瞞了我了？萬一嵐兒有個……豈不是我連她都見不著了嗎？」林老太太說著那枴杖砸地。「那如今，怎樣了？」

「先頭泡了一場，發了些汗的，沒那麼燙了，可這會兒卻又燒了起來，王太醫說熬不熬得過去，全看今晚。」陳氏說著一臉的惴惴不安，眼掃向了偏屋的簾子。

林老太太聞言驚訝的張了張嘴，而後鼻子裡哼了一聲，竟不言語了。

可她不言語，屋內的人卻更加緊張起來，彼此間對視之後，都埋頭立在那裡。

林熙心情複雜的看向偏屋的簾子，思緒紛亂，眼掃兄弟姊妹的神情，無不擔憂，而林悠的臉上不只有擔憂，更有一絲驚懼之色，如同後怕，這讓林熙很替母親擔心，又看了一眼陳氏。

陳氏愁眉苦臉的立在林昌身邊，似乎真的很焦急，眼神裡的惴惴不安也能顯露出她的始料未及來。

這樣的結局，應該不是母親希望的。

林熙剛剛做了判斷，簾子一掀，王太醫帶著兩個醫女一臉疲憊的走了出來。

「王大人，小女怎樣了？」林昌見他出來立刻迎上詢問，林老太太也扶著枴杖站了起來，香珍更是急切的盯著王太醫。

「林大人，六姑娘此刻高熱已盡退，性命無礙。」王太醫這話一出來，大家都吁出了一口氣，但王太醫還在捋鬍子，顯然還有下文，於是大家又屏氣而聽。「只是……只是這孩子體內寒氣侵入得太重，以後怕有些影響，得費很大的心思和精力去調理。」

「敢問王太醫，這寒氣侵入是怎麼回事？還有影響為何，調理又是怎樣？」林老太太上前問話。

王太醫衝她微微點頭道：「老夫人，您這孫女為何寒氣侵入我可答不了，得問她自己，我醫治時六姑娘昏沈中也死咬著不知。可這寒濕重聚在何處只消我下針拔罐便醒目不已，您回頭自己去瞧瞧吧，至於什麼影響……寒濕重聚在雙膝，她日後只怕遇上個陰雨天氣便會疼痛，這還不算打緊的，那寒濕重聚在臍下，只怕會寒宮，那日後可就……」

一席話出來，聽得人瞠目結舌，林老太太更是白了臉。「那她……」

「幸好這寒濕來得短促，爆得強勁，若是長期如此，便是調都沒得調了，所幸六姑娘現在年歲尚小，問起還尚無月事，眼下只能抓緊時間調理，盡可能的暖回來吧！」

林昌在外間同王太醫招呼，林老太太則在聽了那席話後，直入了偏屋，陳氏自然扶著而去，香珍想進去，卻因為身分礙著，只能在外面等。

林嵐一頭是汗的捂在被窩裡，神情懨懨，林老太太走上前去，看她一副昏沈沈的樣子，捉了被子掀開，便見她身上罐印無數，幾乎罐印中間都有針眼，而大部分的罐印黑紅，尤其是從腹部往下乃至腳心都罐印發黑。

被子再一蓋下，林老太太咬了唇。「我定要查個清楚，這是怎麼回事！」

屋外，王太醫把竹罐拿了出來。「您瞧瞧，這些年拔罐，有幾個能把我這罐子給冰濕的？您摸摸，這都快趕上人家幾十年受風下來的老寒腿了！」說著王太醫搖搖頭。「得了，都這會兒了，我也該回去了，明日裡我就不來了，我會叫秋兒過來繼續給六姑娘下針拔罐的，她這回只怕得受至少一個月的針與罐了。」

林昌聞言一臉氣憤與心疼，狠狠地捏了竹罐，送那王太醫出去，立時屋內剩下的人，你看我，我看你，繼而嘀咕起來。

「好端端的，六姑娘怎麼會受了這麼重的寒毒？」巧姨娘轉頭問向萍姨娘。

萍姨娘一頓，卻搖搖頭。「不、不清楚。」

她話語微虛的模樣，讓巧姨娘以為她不想和自己多言，看向珍姨娘，更不知道自己可以說什麼，乾脆轉了頭，繼而看到珍姨娘生的長宇，便出言安撫。「你別擔心了，太醫說了，你姊姊沒事了。」

長宇耷拉著腦袋點點頭，自己縮去了一邊站著，長桓見他那樣，伸手一把拉他到自己跟前立著，可他的眉卻是緊蹙著。

林熙瞧見長桓這般，知他心性好，待人平易，生怕他一時衝動會亂言，便眼珠子一轉，挪去了長桓跟前，扯了扯他的衣袖。「大哥，你帶三哥先去歇著吧，明個兒你可還要入學呢！」

此時林昌正好回來，聽見這話抬了手。「熙兒說得沒錯，你們哥兒幾個回去吧，六姑娘沒事！」說著又看了三個姑娘一眼。「妳們三個也別這裡待著了，回吧！」說完嘆了口氣直往偏屋內去，此時珍姨娘趕緊的邁步跟了進去，剩下兩個姨娘自然也跟著去了。

大家往外走，林熙刻意的拉著長桓的衣袖放慢步子，於是其他幾個哥兒姊兒都被丫頭婆子的領著走了，唯獨剩下他們兩個站在廊口。

「妳是要和我說什麼嗎？」長桓看了看院裡的人，用很低的聲音問著林熙。

「大哥，有些事一個巴掌拍不響的。」她輕聲說著看向長桓，她希望他懂自己的意思。長桓眨眨眼，點了頭。「我明白，我是娘生的，再怎樣，也不會做傻事的。」

林熙回了屋，可她心裡有事，這夜裡哪裡睡得著呢？翻了一陣子後，索性穿了衣裳，趿拉上鞋子，邁過了趴在腳踏上打瞌睡的秋雨，在廳裡轉悠，結果在窗邊看到葉嬤嬤屋裡還亮著燈，心思一動溜出了屋，她決定去找嬤嬤談談心。

剛溜到門前準備敲門，就聽到了內裡的聲音，竟是母親陳氏的——

「……我素來知道六丫頭和她娘都是一氣，慣會作偽，這才防了她，哪曉得這娘兒兩個是瘋了的，發了狂的汲著那雪水泡！如今好了，竟弄成這樣，差點沒了命，婆婆也動了火氣，這會兒把丫頭婆子們都捆吊起來抽，只怕到了明兒個早上，就能招出她做的手腳，那時，婆婆要是怪起我來，可怎麼辦？」

「這會兒知道後怕了？早先您就別盤算啊！」

「嬤嬤呀，您就別來呲我了，我、我只是不甘心……何況那法子，原本只是能捂出個腿疼罷了，誰知……」

「行了，您擔心什麼呢，秘方在我手裡，我若不願給，誰能得了去？本就沒她的事，她自己看不清自己的骨有幾兩重，硬紮過來，受罪也是自找的，這回能把命保下，也算她福氣，但願她自己能就此悟了，也算沒白吃虧一回。」

「嬤嬤，我來可不是說這個，而是……」

「妳不用怕，那娘兒倆自己是不會說的，就算丫頭婆子抖了出來，這事也尋不到妳我的頭上，畢竟法子在我手裡，妳也不過是照我說的學了一遍，她們自己貪心受罪，怪得了誰呢？也是時候，讓老爺看看亂了本分是何等的造孽了。」

林熙聽到此處，已經覺得自己內心的結打開了，固然母親下套有些不占理，可若那嵐兒不貪心，又怎會上當呢？說者並非無心，聽者著實有意，甚至因為野心勃勃而加緊的泡，這倒把這件事給推到了一個爆發的狀態上。

她搖搖頭，決定溜回去，此時卻又聽到了葉嬤嬤的話——

「不過太太，有兩件事，我得提醒您，第一，六姑娘寒濕那麼重，顯然是按照我說的法子來的，她能知道得那麼細，這是走的誰的口？第二個，四姑娘湊進來這樣的心勁兒，我怕日後會給您闖禍的，所以您以後還是多費費心吧，要不然遲早會釀出禍事來。」

「這個……不瞞您說，我說那話時，真正聽得細的也就秀萍了，我知她有自己的心思，可我不明白，我待佩兒不差，她為何叛我，又為何會和那蹄子湊得近！至於悠兒，我也知道她給我惹事，可那丫頭跟我死強上了，一心撲那侯門上，唉，熙兒懂事，連相讓的話都說出來了，我卻不敢貿然應的，還不是怕她……其實要是您肯……」

「別打我的主意了，只七姑娘一個，我已經費心費力到沒什麼精神了，如今三姑娘也是要出閣的人了，我順帶籠著她也已經不錯了，您還是自己來吧。說到底，太太您自己都同我說，大姑娘讓您給慣壞了，那如今的，您何不自己親手糾正回來一個？」

林熙聽到這裡，內心滿是歉疚，當下又悄悄地溜回了屋裡。

第二日上才起，院子裡就有了議論的聲音，林熙探問了才知道，真格的有丫頭扛不住打，給招了，然後因為提及了泡雪水的事和法子，林老太太竟沒再細問下去了，只叫人把林昌給叫回來。

一個時辰後，花嬤嬤聽了消息過來傳，說是老爺林昌大發了脾氣，叫人把珍姨娘給關去了府後的小院裡禁閉三個月，林嵐則被罰在玉芍居禁足三個月，這母女兩個等於是三個月別想見了，於是玉芍居裡當天發生了什麼，大家便不得而知了。

「香珍那個蹄子還真是死性不改，要不是她挑唆著，六姑娘也不至於遭罪。」秦照家的原是陳氏那兒過來的陪房，自是心裡向著陳氏的，說起珍姨娘來，絲毫不客氣。

院裡的人都是跟著林熙的，自是會向著陳氏，紛紛點頭應和，可林熙卻知道，不是那麼簡單的，如果只是珍姨娘的主意，王太醫何至於會說林嵐燒得糊塗的時候，也死咬著不說呢？顯然林嵐不但知情，甚至還可能是她的主意……

林熙的心立刻懸吊起來——叛了母親的萍姨娘，和母親明爭暗鬥的珍姨娘，再加上一個能狠得下心、咬得住口、又野心勃勃的庶女，這三個人要是擰成一股繩，那今後會怎樣呢？

忽而她眉一挑高，既然法子都能從萍姨娘的口裡傳過去，那關於與侯門的一紙婚約只怕也……那，若我是林嵐，我不甘心的話，我會怎麼做？

林熙越想越覺得心驚，她不怕輸掉一個侯門姻緣，她怕的是林嵐的這股子暗勁。想到這裡，她倒慶幸自己的母親下套了，否則，她根本無法料想到林嵐會這麼狠，會這麼蟄伏藏匿，打著自己的算盤，布著看不見的局。

爹這樣處置了她們母女，只怕是珍姨娘一個把責任全攬了過去，那麼林嵐定然在爹的眼裡是被挑唆、被吃虧的人，自己在房裡禁足，還不是養傷調理？父親氣頭上可能惱她一陣子，日後呢，她又生了病，吃了這些虧，依照父親的性子怕是又要疼她了吧？這麼看來，她吃了虧，卻還是進了一步……

林熙想到此處嘆了一口氣，越發覺得母親難，但隨即卻又想到了萍姨娘，張口問起了秦照家的。「只是處置了珍姨娘和六姊姊嗎？還罰了別人沒？」

「玉芍居的丫頭婆子被太太全部給收拾了，這會兒放了些新人進去，原先的那些，說是大部分都要發賣了呢！」

秦照家的，完全沒提及萍姨娘，顯然她躲了過去，這讓林熙坐不住了，她起了身。「娘一定氣壞了，我得去看看娘。」

晨昏定省，這是個日常大禮，但因著凌晨的事，今日裡一早各院落都傳了話，免了，是以林熙去了後，又等了章嬤嬤去通傳，近一刻的工夫，才進了屋，由章嬤嬤領著進了寢室，這才見到了母親陳氏。

大約是凌晨那起子事鬧得太久，自己又來得太早，陳氏的臉色並不怎麼好，透著一分憔悴，此刻披著襖子斜靠在床上，扶著墊子掩口打了個哈欠，而後見了林熙也沒什麼精神。「章嬤嬤說妳鬧著要見我，這是怎麼了，有什麼事啊？」

林熙往陳氏懷裡直奔。「女兒想娘了，想和娘偎一會兒。」

陳氏聞言一愣，繼而笑著拍拍她的背。「原來是這樣啊，好，那就上來偎一會兒。」

當下章嬤嬤上前幫著給林熙脫了外袍，由她穿著夾襖鑽進了被窩，然後陳氏擺手，章嬤嬤便退了出去。

「我們家的熙兒明明都是個小大人了，今兒個卻又成了奶娃兒，要纏娘了。」陳氏說著縮進被窩裡，半摟了林熙。

林熙嘴巴近了陳氏的耳朵，輕聲言語。「娘，爹爹沒有因為六姊姊的事，怪您吧？」

陳氏一頓，眼掃林熙，繼而輕輕的拍了她。「妳心裡清楚？」

林熙點點頭。

陳氏嘆了口氣。「也是，妳到底是最知情的，那法子的真假妳有數……熙兒，妳怨娘心狠嗎？」

林熙搖搖頭。「嬤嬤說過，不怕賊偷，就怕賊惦記，您也沒想到會這樣的。」

陳氏摟緊了她。「到底知道娘的心，我只是想叫她吃個虧，明白自己的斤兩，哪裡想到她那麼狠，幸好命在，要是昨晚真燒沒了，我……」

林熙蹭蹭她娘的胸口。「六姊姊還在的，娘。」

陳氏點點頭，嘆了口氣。

「那爹怪娘了嗎？」

「沒，這事他尋不到我來，我只說那是嬤嬤告訴我的話，她自己起了心思，怪不到我的。」

「爹沒怪娘就好，可是，那天娘說那話的時候，屋裡只有我和四姊姊，外面還有個萍姨娘，今早聽說爹罰了珍姨娘和六姊姊，那萍姨娘呢，可也受罰了？」

陳氏瞧看了林熙幾眼，伸手點了下她的鼻子。「妳也尋思出不對了？」

林熙點頭。

「罰不到，六丫頭說法子是從妳四姊口裡打聽到的，我也問了妳四姊姊，她為了和那邊討點雪水，把法子說了，便沒了萍姨娘什麼事。」陳氏說著臉有愁色。「我真的已經弄不清楚，到底有沒有她的分兒。」

林熙趴在陳氏的懷裡，眼珠子急轉，繼而她巴著母親的肩頭，與她咬耳朵。「娘，四姊姊才泡了幾次？六姊姊又泡了幾次？她們兩個可一直不和來著，先不說四姊姊是不是說全了，只說六姊姊這邊，若是從對頭的口裡打聽來法子，您信還是不信？四姊姊固然怕受罪，才泡了三回，六姊姊呢？都鬧到那種地步，又是泡了多少呢？她這般相信這個法子，肯定是得了信任之人的消息，如此我倒覺得萍姨娘定有其分，畢竟她是您身邊的，她說自己聽到的，六姊姊自然會信！」

陳氏眨眼。「可她應該和那兩個也是對頭才……等等！」陳氏忽而坐了起來，她思想起當日的挑唆，眉頭皺了起來。「我想不到為什麼啊？」

林熙也坐了起來。「我一時也不知道為什麼，但總是有原因的，娘還是小心些的好，我只怕與侯門婚約的事，六姊姊也是知道的，到時候……別生出什麼事來，誤了我四姊姊！」

陳氏立時攥了拳頭。「哼，就憑她一個庶女也敢想？明陽侯府是什麼等級，要真輪資格，咱家嫡女都巴不上，她就是送上去當妾，也沒人要！」

林熙聞言大驚，明陽侯府，這可是一等一的權貴之家啊！祖父竟然是和他家約下的那一紙文書……那林嵐這個庶出的身分，還真是進不去的。

「現在妳放心了吧！」陳氏眼瞧林熙震驚的模樣，伸手輕拍了她的臉蛋。

林熙搖搖腦袋，讓自己盡可能的清醒些。「娘，固然人家侯門高，六姊姊沒什麼機會，但三姊姊高嫁了，她自是有了念想，若她是沒想法的人，這次會把自己弄到這個田地嗎？萬一她還不長記性，胡來可怎麼辦？到時候，只怕別說什麼婚約了，惱了人家，咱們家可吃罪不起。」

陳氏立時面色凝重。「我兒說得對，是娘小看了，從現在起，不管怎樣，我都得這麼想，得防著，何況若一個人生了離心，她又怎麼會為妳守口如瓶呢！我是得……」說著她忽又看向林熙。「熙兒，妳……」

她欲言又止，眼神裡透著一分驚色，雖沒說下去，林熙卻知道母親在糾結什麼，只能自己湊過去說道：「女兒得嬤嬤教養在身邊，處處提點，是以有些事上尚能揣摩一二；嬤嬤說，人得懂得大智若愚，若是可能，女兒也願一輩子裝傻充愣，圖個周全，可到底您是我的娘親，女兒實在怕娘吃虧，才大膽揣測推想，說了這些胡話，未必就對了，但防一防，想來也還是好的。」

陳氏聞言將林熙摟住。「老天爺疼我，總算給了我一個貼心懂事的！」

第十七章　明陽侯府

林熙從陳氏那裡回來後，就把自己關在床帳裡，明陽侯府這四個字，讓她此時此刻心都在顫抖。

大明自開國起，便有開國功勳侯爺共五位，之後經歷四百年歲月，共計平添了四位輔國侯，也削掉了一位開國侯和一位輔國侯，其中葉嬤嬤的生身之家安國侯便在其列。

侯，這在爵位中，只比公低一等，但三公早是虛爵，沒什麼實權，權當各朝各代養著那些追本溯源的顯赫世家，只在祭祀、加冕、冊封之時，出來走走儀式而已，所以除了在名頭上，三公高於侯外，實際上在爵位裡真沒高於侯這一級的存在了。

那麼侯府這麼多，侯爺也還有不少，為何獨獨這家算是一等一的權貴之家呢？因為人家的家世上溯可比之三公而不輸，更有實權在手。

早先的豪門大姓，無外是——太原王氏、琅琊王氏、陳郡謝氏、范陽盧氏以及清河崔氏，後來兩個王姓合併以後，便成了四家，這就是赫赫有名的海內四姓，這四家便是顯赫豪門，怎麼個顯赫法呢？往通俗易懂了說，皇上要嫁女兒給這四家，人家還不樂意；別人巴巴的想做官遞條子，找門路，而這四家，都是人家求上門來，求著你出來一、兩個子弟做官吧！條件好說，只要您肯出來人！

為何？皆因這四家起家靠權勢，延續靠文化，服膺儒教，重視教育理財，以至於家中子弟的學識才能，狀元們都不能企及，家中財富更是白玉做堂金做馬，如今要錢有錢要人有人的豪門大家，試問能不顯赫嗎？皇上加冕，誰能完成冠禮給天子加冕？不就是這四家的族長嗎？

當然時代變遷，這四姓的輝煌，在隋唐之後便開始衰敗淡漠，於是三公的虛銜往往會給他們，而慢慢的，四大家也幾乎消失在歲月長河，但幾乎就不是絕對，陳郡謝氏之後，跟隨了開國之帝打天下，立下了赫赫功勳，因其號「明陽山人」，才被封了明陽侯。

明陽侯，到底是海內四姓這樣顯赫的世家子弟，自然與其他的功勳不同，在別人吃起蔭封，靠著「世襲罔替」當一輩子侯爺的時候，人家卻還是從這祖上的教育，絲毫不肯放鬆，以至於到了今時今日，大把的資源在手，要職、肥缺可不少都被他家的子弟占了。

也許這樣的權貴之重，會叫皇帝坐不住，畢竟功高蓋主不是？可是，謝家除外，人家歷代為皇室拋頭顱灑熱血的人可真不少，而且四百年來，家中能人備出。論武，拒了整整四回的五官——司馬、司空、司徒、司士、司寇，掌握國家軍政和軍賦的；論文，六卿之位拒絕得兩隻手都數不過來了，還每逢國家戰事，會拿出一部分錢財來補貼國庫，您說這樣的忠心世家，誰會動？皇上能不罩著嗎？因為它自然成為了一等一的權貴，說他是權貴之首，其實也很貼切，但是為了招呼到三公的面子，這個，心照不宣而已。

林熙聽到和祖父約定下那一紙婚約的是明陽侯府，她能不震驚嗎？

那一家老少，真要論起來，只怕隨便拉出一位夫人身上都有誥命封號，這樣的婆家，別人大約是豔羨，可對於林熙來說，卻是膽顫驚心，她頓時明白，母親為什麼要極力打造出一個近乎完美的自己，為什麼要冒著得罪老太太的風險請了葉嬤嬤出山，又為什麼林悠三番四次的鬧了起來，母親都會猶豫不決了。

想她自己跟著葉嬤嬤學了這許久，都還是內心空到沒底，那林悠能比她好到哪裡去？頂多，和當年的自己一樣，無知者無畏，那不是等於去羊入虎口受罪了嗎？

林熙抱抱雙膝，陡然發現自己的後背涼颼颼的，竟是出了一身冷汗。

三月的最後一天，林馨及笄了，因為也是定下了親事的，便請杜閣老府上的老太太過來，給林馨盤髻插簪，府上也熱熱鬧鬧的置辦起來。

林熙原本是想出去瞧看的，可嬤嬤卻讓她在屋內讀書，不叫她出院子，起先林熙還有些不樂意，但很快就想明白了其中的關節，自個兒在屋裡讀書了。

晌午的時候，章嬤嬤來了，說今天府裡人手不夠，從七姑娘這裡借幾個丫頭婆子過去，好歹她們也是葉嬤嬤訓導過的，不會失儀種種。林熙樂得幫幫母親，便把大家都攆去幫忙，身邊只留了最小的秋雨跟著。

不多時，那邊宴會的熱鬧聲傳了過來，林熙立在院子裡回想起當年自己及笄時的情景，便覺得心內湧起一抹物是人非的感覺，正當她內心喟嘆之時，院門卻被推開，三娃、瑜哥兒帶著一個陌生的少年，三人賊頭賊腦般的閃進了院落來。

三人一進來，就瞧見了林熙同秋雨站在院裡，登時傻了眼。

「七、七姑娘？您怎麼沒、沒去參加宴會？」

三娃的舌頭頓時不利索，這讓林熙好奇的打量他身後的兩人，瑜哥兒一臉意外的表情，那個陌生少年倒是無所謂的樣子，眼睛四處瞧望，跟看稀奇似的。

「今天是三姊姊的好日子，我不大舒服，就不去湊熱鬧了，倒是你們，這會兒不應該在小學的嗎？怎生跑了回來，還有這位大哥哥，又是誰？」她故作一臉迷糊狀，將那少年打量。

那少年身上穿著一件湖藍色的織錦羅袍，衣料很是華美，襯著他那張十五、六的俊顏，在日光下神采奕奕，令林熙不自覺地想到那句詩詞——陌上誰家年少，足風流！

「今兒個宮裡突然來了一道旨意，先生們停了課，入宮了，我們就得了閒。」瑜哥兒說著眼掃身邊的少年。「至於他是……」話說了一半，等那少年接茬。

少年卻昂了下巴，等了等不見瑜哥兒說出來，復又看他。

「你倒是說啊！」瑜哥兒拿胳膊肘戳了那少年郎一下。

少年郎卻驚奇的咧嘴。「你、你不認識我啊？」

林熙看著這三人一副你看我、我看你的樣子，頓時無語。

「我到哪裡認識你去？遇上你時，你正丟了面具袍子就往東門上跑，若不是認得那衣服和面具，哪知道你是幫鵬哥兒的人，更不會帶著你躲進府了。」瑜哥兒說著把那少年郎打量一遍。「再說，我為什麼得認識你啊？你很有名嗎？」

少年郎一頓，「嘿嘿」的笑了起來。

林熙看著他那皮相，不得不承認，這的確是個美男子，比之當初她嫁的康正隆還要英俊好看些。

「你笑什麼呢？」三娃在旁言語，一臉莫名。

「沒什麼，只是我還是頭一次聽說，有不知道我的。」他說著忽而止住了笑，將衣袍打整了一下，對著瑜哥兒和三娃欠了身。「多謝兩位出手救了我，我字慎嚴，慎重的慎，嚴格的嚴，因比你們大些，你們可以喚我慎嚴兄，不知你們怎麼稱呼？」

瑜哥兒一愣，很少有人介紹時，不提自己姓氏的，但凡不提，必有避諱之心，他也是反應較快的人，沒那麼多心思刨底，便張了口。「我單名一個瑜字，既然喚你兄長，我只能做瑜弟了，他是我的小廝三娃。」

瑜哥兒如此暢快順了話，完全沒什麼忸怩矯情的，倒叫一旁的林熙抬了眼。

讀書人之間輕易不結兄弟，只靠著同門同窗同鄉拉關係結網，真要結起來少不得擺酒叩拜的，哪有這麼一、兩句話就把兄啊弟的掛在口上的？林熙不免覺得瑜哥兒太似戲文裡的江湖浪子，草率了些，偷眼去瞧那少年郎，只希望人家能給他留些面子，別太傷了自尊。

豈料那慎嚴，竟說了一聲好，把瑜哥兒的肩頭一拍，真格的喚起瑜弟來，讓林熙大吃一驚，疑心起這人到底是不是從學堂裡出來的權貴，畢竟誰家權貴這麼隨便呢？

「她呢！」忽而少年郎一指林熙問了起來。「她又是誰？」

瑜哥兒這會兒倒正經起來。「哦，她是林府的七姑娘。」

女兒家的名諱不是隨便可與外人道的，常都是訂了婚約，才交換了名字出去，日後在夫家也極少會提及，只是用來添在家譜上而已。

「七姑娘？」那少年郎眨眨眼，忽而嗓子裡發出一聲「哦」，似想起了什麼一般。「原來是妳啊！」

「什麼我？我怎麼了？」林熙一頭霧水。

「妳府上有個葉嬤嬤吧，應是妳的教養嬤嬤，可對？」那少年郎說著把林熙打量起來，但見小小的人兒，皮膚白如凝脂偏又透著粉氣，眉眼因年歲尚小，還看不出姿色幾何，卻也隱隱有著動人的閃亮，加上衣著華貴，看起來猶如一個富貴的吉祥瓷娃娃，很是討喜，便又口中喃喃。「瞧著還不錯，不知日後能不能出落成一朵芙蓉？」

林熙聽他這般言語，一時微怔。

這話若是旁人說出來，她只怕早扭頭而去，免遭言語輕薄，但話從他口裡出來，卻不帶一絲輕浮，倒像是真心期盼一樣，讓林熙終究是低了頭，對著其一福身，繼而緩緩轉了身，帶著秋雨回屋了。

少年郎看著林熙的背影，眉高挑起來，笑了一下，轉頭看向瑜哥兒。「瑜弟是林家第幾子？」

瑜哥兒立刻擺手。「小弟可不是林府的人，我姓唐，隨了祖婆來此，借在林府屋簷下讀書而已。」

「那這麼說來，你是葉嬤嬤那個乾孫子了？」

瑜哥兒聞言點了頭。「正是。」

自他入學第一天，先生便與他在堂上言及了葉嬤嬤，是以大家都知道他是誰，所以借著葉嬤嬤的名頭，倒也沒在小學裡被人輕視過，如今被這位問起，自不覺得什麼。

「哇，那我豈不是好運，結識了這麼一位『貴弟』！」

瑜哥兒聞言卻噗哧一聲笑了。「兄長就別逗了，我算什麼貴弟啊，不過是祖婆有些名頭，能借了光讀讀書而已，到底還是個鄉下小子。」說著一伸手朝自己的屋。「進去坐會兒，喝點茶吧，混上一個時辰再出去，那幫人肯定也走了。」

少年郎點點頭，不過入了屋後，卻不好意思的笑了。「那個，瑜弟啊，能不能給弄點紅花油啊？」

林熙坐在屋裡發怔，看他的穿著，加上又是學堂裡的人，自然是權貴了，不過這樣隨興散漫，與他那名字差之千里，怕是哪個權貴家的紈袴子弟吧？剛才說什麼打架來著，想來應該是個嬌寵慣溺的……

「七姑娘，三娃來問咱們有沒有紅花油？」秋雨推了門進來張口就問，林熙一愣搖頭。「我如何有這些，要問也是去前院裡找那些護院問才是啊！」她答了話，忽又覺得不對，起了身，跟了秋雨出去，見著三娃直接問了起來。「好好的，要那東西做什麼？莫非你的爺傷著了？」

三娃立刻擺手。「沒、沒！不是瑜哥兒，是那個慎嚴公子，他腳上扭了。」

「扭？」林熙茫然。「我怎麼沒察覺？」

「那公子有兩下子，打架很是厲害，只是為了躲追的，從牆上跳了下去，才傷了腳，要不然他哪裡要躲進咱們府啊，那些人根本沒法追他的。他走路倒不礙事，就是不能跑，眼看腫起來，這不才問嘛！」

林熙聞言嘆了口氣。「你去前院裡尋吧，就說是瑜哥兒扭了，別提那人，還有，早早收拾了，趕緊送了出去吧，雖然說是你們哥兒幾個的熱鬧，可到底他是個外人，躲到這裡來，可是越了規矩。」說完林熙便退回了屋內。

這會兒她還小，尚不足十歲，不用單獨立院，見著了還算不上什麼大事，若是單獨立院這般過分親近了，便是傷名聲的事了。林熙對於紈袴子弟，沒什麼好感，當初就被康正隆給騙了，以為他是個謙謙君子，結果呢，繡花枕頭外加好色縱慾，沒一天消停的，所以看到這種皮囊再好的，一想到那種隨興浪蕩的樣子，便沒了好感。

夜裡的時候，忙活了一天的林府人都累了倦了，董氏也忙完後就離府，於是今夜複盤，林熙便是觀祖孫兩個的棋。

「白天你把什麼人領進來了？」葉嬤嬤放了雲子開口輕問，那瑜哥兒一頓，賠了笑。

「祖婆瞧見了？」

「我問你答就是。」葉嬤嬤慣常的淡笑模樣。

「是。慎嚴兄，我們一個學堂裡的，不過，他不是小學的，是大學的。」瑜哥兒倒也老實，有什麼說什麼。

林熙卻是挑眉，十五已入大學，這人一來得是等級高的權貴，二來得是嫡子，三來嘛，自然是成績不錯的了。一時間多少對那人恢復了一點點好感，倒覺得瑜哥兒和他交往結義的，也不算個錯事了。

「慎嚴？」葉嬤嬤眉一挑。「哪家的？」

「他避而不提，我自也不問了。」瑜哥兒說著放了子，忽而又笑。「不過他挺有意思的，竟還覺得我聽了名號會認識他，怕是個有些名頭的。」

「這麼說來，還是個不熟的，那你也敢帶進府來？且不說這裡是林府，不是你自己的家，就當這是你的宅子，怎麼敢稀裡糊塗的把人往府裡帶？你不知道什麼叫謹言慎行嗎？」葉嬤嬤說著皺了眉頭。

「祖婆，他又不是惡人，今兒個的事要是您見了，怕也會幫他一把的！」

「怎麼？」

「今日裡學堂停了課，我們得了假，大家覺得難得空閒，便結伴去踏青賽詩來著，哪曉得路上遇上景陽侯的小二爺當街縱馬，險些傷了人。鵬哥兒見狀，斥責那人狂悖，反倒被抽了鞭子，鵬哥兒可是撫遠大將軍的次子啊，有些拳腳，兩人幾句話後就扭打在一起了。按說那小二爺打不過鵬哥兒的，可人家帶著人呢，把鵬哥兒給圍到裡面，我們這些人又不會拳腳，乾著急沒法啊。結果有個人戴著一個鍾馗的面具，披了件道袍忽而冒了出來，兩、三拳就把那小二爺給打昏了過去，登時那些人全圍他去了，他就帶著那幫人滿城的跑。我又追不上，眼看鵬哥兒叫相熟的給送了回去，今兒個踏春也沒了興致，便回來唄。誰知走到胡同口，卻遇上個人從牆上跳下去，丟了面具道袍的，想跑，結果就被我和三娃給瞅見了。那邊追來的人吱哇亂叫著過來，我一尋思，立刻拉了他從側門進來了，反正今兒個林府上出出入入的人也多，誰又能瞅見了？走的時候，他也是混出去的，沒誰留意。」

「你說得可真輕鬆，進出都沒瞅見留意的，我怎麼就知道了？」葉嬤嬤說著瞪他一眼。

「日後你遲早要讀書中舉做官的，關係網裡千千面面，一個不留神可能就埋下了禍根！明日裡你去找桓哥兒問一下看看，知不知他吧，但願別是什麼不成器的，若真是那樣的，往後收斂著點！」說著又嘆了口氣。「不過話說回來，這人心裡有口正氣，又知道藏著臉皮的，倒也是個有心眼的，藏了姓氏，卻又覺得你是該知道他的，誰知道又是存的什麼心思？」

祖孫兩個一時你看我、我看你的猜測起來，林熙卻沒那心思在這上，只覺得對這個人的好感登時又增添了些許。

心思散逸了，結果複盤的時候，就出了岔子。

葉嬤嬤嘆了一口氣。「我知道一心二用是難為妳，可妳必須得練就這個本事，日後生存，心思越靈，越得機會，當然不可流於表面。」

葉嬤嬤一句話，林熙的心陡然收緊，一下就想到了明陽侯府，立時整個人都緊張起來。

「熙兒知道了，熙兒一定會努力，努力學下這些的。」

葉嬤嬤眼尖，一下子看出林熙的侷促不安來，立時轉了頭向瑜哥兒。「行了，你回去歇著吧！」

瑜哥兒自然退了出去，葉嬤嬤抓了林熙的手。「往日裡同樣的話，也不過看妳挺胸抬頭的表個態，今日裡怎麼反倒侷促起來？」

林熙抿了唇，不知道說與不說，還是葉嬤嬤瞧那樣子猜了出來。

「婚約的事，妳是早知情的，如今這樣，怕是知道是哪個侯府了吧？」

林熙聞言身子一傾，直接撲進了葉嬤嬤的懷裡。「嬤嬤，熙兒真的有些怕，那種侯門，都是公主之類才嫁得進去的，我不過一個翰林的女兒，如何就有那資格了？若父親真把那文書拿出來，只怕婚事沒成，還落了笑談，豈不是……」

「不會是笑談的，仁義禮智信，缺一不可，逆了的才是笑談。」葉嬤嬤抬手輕拍著她的背。

「可是到底我們家……那時門不當戶不對的，就算成了又怎樣，守不住夫婿，當不得家，只怕和個奴僕一般！」

「胡說！」葉嬤嬤扶了她起來。「堂堂的權貴之門，就算真冷著妳，輕視了妳，也不會把妳當奴僕的，敢亂了家規，亂了身分，那無疑是抽自己的臉！世家豪門，上千年的傳承，豈會那麼兒戲？」

林熙聞言一頓，覺得自己是有點想過頭了。沒辦法，自知道了這事，這大半個月，她就一直在胡思亂想，越想越是謹慎小心，越想越是怕了。

「不過，七姑娘啊，妳瞧瞧妳自己現在是個什麼樣？妳被嚇得亂了心嗎？」

「啊？」

「那謝家再是權貴之首，可不也是人家？是人，就有利益謀算，是人就有心思門道，是個人他就有優缺，那有什麼可怕的？刀子扎進去還不是一樣的死！」葉嬤嬤說著眼裡閃過一抹輕嘲。「這種人家厚重的是傳承，是學識，是人脈，可並不是拿捏不了的！妳母親為何叫妳學這些，不就是指望著妳成了傳奇，平了彼此的相差嗎？只要妳好好學，嬤嬤我就會用心的教，他日妳真嫁過去，自會兵來將擋水來土掩，怕個什麼呀！」

第十八章 謝謹謝慎嚴

葉嬤嬤的一席話，讓林熙有了些底氣，只是她不是葉嬤嬤，她沒那種傲視的本錢，所以儘管有了些信心，卻還是難免戰戰兢兢，畢竟明陽侯府，實在太強大了。

葉嬤嬤沒在侯府的事上多說什麼，而是拉著她開始複盤，一步步一顆顆，她放完雲子後才看向林熙。「貪和不貪，妳分得清嗎？」

林熙木然。

「人，貴在自知，有多大的本事，做多大的事；不是自己的，沒那個本事撐著，還硬纏著想，費心的去奪，那叫貪；可是，妳要是有本事了，做得了，扛得住，就不是貪了，是應該應分，區別在何處，在妳自身的實力與等級！」

葉嬤嬤說著拿起一顆黑色的雲子。「六姑娘生在林家，庶出，如果她清楚自己的身分等級，這輩子有老爺的關照，親娘的盤算、橫豎也能去個殷實之家，過著舒舒服服的小日子，一世無憂的。可是她忘了自己的身分，起了貪心，她妄圖成為妳們，或者說，想要過得比嫡女還要好。」

葉嬤嬤將雲子落在了角區裡。「她開始盤算，開始運籌帷幄，希冀著一切都會好，可結果呢？」她指指周圍的白子。「身無二兩肉，還想坐正位，她拿得下嗎？」白子黑子一番交錯，那顆代表林嵐的雲子終被吃掉。「心比天高，命比紙薄，落得如此結局，就是忘了她的身分，貪而得死，自釀苦果。」

葉嬤嬤又拿了白子。「妳，身分為嫡，妳祖父為林家求得一個機緣，是，妳是身單力薄，沒那個斤兩。可妳為正，只要妳學出本事來，就能扛得起一方！」她把白子落在棋盤上，手中幾子來往，片刻後大龍已成。「到了那時，妳未必就擔不了重任！這可不是貪，而是做好妳自己的事，該做的事，妳總不能讓妳的祖父苦心費力的白下這麼一步棋吧！」

「祖父給了我機會……」林熙望著棋盤，一時呼吸都促了。

「對，那一紙文書，不是妳求來的，是妳祖父輝煌之時的見證，想想吧，那麼大的權貴之家為何要和妳祖父簽下那文書呢？也許是酒後糊塗，也許是彼此的交易，更可能是一份投緣的心氣，但無論起因是什麼，至少他為林家掙來了這個機會、這個緣分！妳以為只憑妳祖母去請我，我就會來嗎？人都有自己的盤算，我成全他，又何嘗不是在為自己呢？七姑娘，做好妳該做的事，林家才有可能繼續輝煌，家裡有一個三品以上的官，官運籌措可延續兩百年，若妳真正能入了明陽侯府成了其中一位，林家的久遠是必然的，妳也希望林家會好吧？」

林熙點了頭。「我懂了嬤嬤，我不應該怕，而是應該朝著它一步步的向前，若我有那能耐，我自會去，若我沒那能耐，人家也會出法子，兩全其美的消了這事。我是林家的孩子，就得擔負林家的未來，哪怕我是最小的，也一樣要為這個家去努力。」

葉嬤嬤笑了。「走好妳的每一步，必然可以，錦繡芳華的。」

學堂路口，下了學的瑜哥兒到了馬車前候著，雖然人人皆知他的身分，在小學內也無人輕視他，但到底他是越了規矩的，在外還得依著說下的情兒來，乖乖的把自己當個書僮一般，候在那裡等著長桓出來。

不多時，一幫人談笑而出，各家候著的小廝書僮上前相迎，瑜哥兒從來不上前的，照例坐在車轅上等，只有三娃和長桓跟前的福全兩人迎去口子上張望。

瑜哥兒掃著那幫出來的人，不住地張望，他瞧的可不是桓哥兒，而是慎嚴，這位兄長說過他是讀的大學，自然而然他也能注意到。

此時一幫子大聲說笑的人從內而出，當中被簇擁的一位，華裳不掩書卷氣，青帷還襯靦靦，好生俊美的一個人，一舉一動，都似儒家的楷模，修學的典範一般，自成一氣的雅致，時時刻刻微笑著，與人禮讓也端的是大家的風範。

瑜哥兒張大了嘴，直接從車轅上跳下，揉揉眼睛，他懷疑自己是不是看岔了。

而此時三、五個體面至極的書僮上前相迎，那人對著大家恭敬作揖，扶著書僮的手，施施然而去，復上了馬車，當馬車甩鞭後，周邊的人家車輛皆相讓，那車便遠去了，瑜哥兒只記得那馬車上有個特殊的花紋，如同一隻燕子那般飛掠留影。

「看什麼呢？」長桓一到瑜哥兒身邊，就拍了他的肩。「那麼專注！」說著自己也張望了下。

「桓哥兒，那車是……」

「謝家的，厲害吧？」長桓說著笑著往車上鑽。

瑜哥兒急忙跟著。「那剛才那位是……」

「你說剛才那個被簇擁的公子？」長桓放了書提。

三娃此時伸了腦袋進來，說道：「哥兒，我剛瞧著……」

「沒你事！」瑜哥兒知道他要說什麼，立刻頂了回去。「盯好你的車去！」說著動手放下了簾子，湊了過去。「桓哥兒，剛才那個公子他誰呀？我看大家都指著他似的。」

長桓回頭看他。「謝家你不知道嗎？」

瑜哥兒搖搖腦袋，他又不是京城裡長大的孩子，更不清楚這些權貴的身分，如今認識的幾個都還是因為小學，這大學裡的人，他除了認識一個長桓，又知道誰了？

「明陽侯爺，聽過嗎？」

瑜哥兒立刻點頭。

無比顯赫的大世家啊，但凡讀過書的人，誰人能不知海內四姓，誰人不知道有一個明陽侯爺是這四姓的傳承者之一？

立時他拍了腦袋。「莫非你說的謝家是陳郡謝氏？」

長桓一副孺子可教的神情。「沒錯，就是他家。剛才那馬車便是侯府的馬車，那位被簇擁的公子便是明陽侯爺的嫡孫小四爺——謝謹，謝慎嚴。」

瑜哥兒直接跌坐在馬車裡——我稀裡糊塗的救了一個權貴之首的侯爺嫡孫，還把人家叫了兄長？

長桓見瑜哥兒那樣，只當是名頭嚇到了他，伸手拍了他肩。「瞧把你嚇的，那謝慎嚴人可是個大好人，一心讀書，乖巧聽話，最得先生們喜歡，成日裡大家都叫我們向他學習，囑咐我們要少鬧事，少惹事，只學他一心唯讀聖賢書。」

瑜哥兒再次傻了眼——他不鬧事不惹事的嗎？

「你說什麼？是謝家的？」葉嬤嬤聽聞瑜哥兒言語，停撥了燈芯，扭頭看他，眼裡滿是驚訝。

「桓哥兒告訴我的，還說他平時是個不惹事不鬧事、十分乖巧的人呢！」瑜哥兒一臉見鬼的表情。「真是邪門了，若他不是個鬧事惹事的，我因何與他結識，還稱兄道弟的，難道昨兒個是我發了白日夢不成？」

葉嬤嬤卻嘴角一勾，笑了起來。「你這糊塗的，他如何鬧事了？打架的事他可起頭了？還有那惹事，面具道袍遮身的，若不是遇上你，誰又知是他了？難怪說不得，還和你稱兄道弟起來，原是要封住你的口。至於不提謝家，想來他自己也知道，家門再高，也禁不住是非，能出手固然是對，但能不惹禍上身才是真！」

葉嬤嬤的言語讓瑜哥兒眨眨眼。「惹禍上身？祖婆莫非說的是那個景陽侯的小二爺？」

「不是他又是誰？」

「謝家那麼厲害，竟也要忌憚著，這個景陽侯是不是也很厲害？」

「那是莊家的老祖宗厲害，為開國始皇立下赫赫戰功，才得了開國功勳，得了個世襲罔替，論起家資與厚重，可比不上明陽侯的。」葉嬤嬤說著眼裡閃現一絲輕嘲。「如今的景陽侯厲害的其實不是侯爺，是侯爺的女兒！」

「女兒？那是怎麼個厲害法？」

「景陽侯府的大小姐便是宮裡的莊貴妃，昨日那個囂張鬧事的，可是這位莊貴妃的侄子。」

「原來是這樣，怪不得那般囂張跋扈的！」瑜哥兒立時眼露厭惡之色。

葉嬤嬤卻蹙了眉。「那個謝家的隨你躲了這裡來，可見著七姑娘了？」

「見了的，不過只是問了一句而已，七姑娘就回去了。」

葉嬤嬤聞言點點頭，不出聲的思量著什麼，末了搖搖頭，那樣子看得瑜哥兒好奇。「祖婆在尋思什麼呢？」

「沒什麼，他的身分還是別與七姑娘提起，就當沒這事，知道了嗎？」

「哦，好。」

「你日後自己謹慎些，他若自尋你，你就當不知底細的與他結識，他若告訴你了，也就正經八百的結交，不卑不亢，用不著上杆子的巴結。倘若他視你不見，你就當自己是路人一個，可別去湊，知道嗎？」

「放心吧，祖婆，我是什麼斤兩，我心裡有數。」說著去了一邊翻書。

倒是葉嬤嬤眨眨眼，口中低喃。「年歲上差著些，應不是他。」

林熙在屋內支著繃子，針走布紋正繡著一張花好月圓的繡面。

這是嬤嬤給她的，說最好能趕在八月十五前繡出來，也能討個好意頭。

正在忙乎間，屋外傳來了鞭炮聲，林熙聞聲一愣，放了針。「什麼動靜？」

「像是前門處放炮仗呢，我去打聽一下。」夏荷說著出了屋。

林熙則尋思起來，最近家裡也沒聽見有什麼喜事來著，怎麼放起炮仗來了？

半個時辰後，夏荷一臉喜色的奔了回來，人沒進屋就在院子裡嚷嚷起來。「好事，七姑娘，大好事！老爺升官了！」

說話間夏荷也入了屋，聽了聲的林熙自是開心。「妳說什麼？我爹他升官了？」

「是，外面正放著炮仗呢，姑娘可要過去賀喜？」

「自然得去的！」林熙眉眼滿是喜色，立刻帶著人往正房那邊去了。

還未行至正房，一路上就見幾個姊妹都急急的趕了出來，大家說了兩句一併到了正房院落，但見三個哥兒也都在內了。

「妳們也過來了，爹這會兒可高興得很，正在祠堂裡拜謝祖先呢！」長桓一見大家便說了起來。

林悠立刻上前扯了長桓胳膊。「哥，爹升了什麼官？」

「哦，翰林院侍講！」

「侍講？」林悠眨眼。「去年不就是升的這個嘛！」

長桓衝她笑。「可不一樣的，聽起來雖名頭相同，品級卻升了，原先的是六品，如今已是從五了，而且爹爹如今也不再是泛講，而是專給三皇子侍講了呢。」

「真的呀！」林悠一臉驚喜。

「父親這陣子交上了好運，終是亨通起來了呢！」長桓由衷而言。

「說得沒錯！哈哈！」林昌的聲音從院口而來，隨即他同陳氏眉眼皆是激動的喜色走了進來。「你們爹爹我，熬了這十幾年總算是熬出頭了！」

「恭喜爹爹擢升！」長桓當即帶頭，一眾兒女下跪恭賀。

林昌很是高興的叫大家起了來，一併入了屋。

「這麼大的好事怎麼之前沒聽爹爹提起啊，要不是鞭炮響起，女兒都不知道呢！」大家圍坐在屋內，才落了坐，林馨就開了口。及笄之後，她似乎得了很大的自信，整個人面對林悠時，都無形中直起腰桿來，今日這樣的話更是自自然然的就說了出來，全然一副嫡女的模樣，若是以往，必是不說的。

林悠見林馨搶了她的話，瞪了林馨一眼，扭了頭。

「不是我不願意提，也是我沒料想到的。先前三公辯論之時，我曾對皇子所問答了一番，哪知曉一問一答的話語入了皇上的耳中。前日裡，就馨兒及笄的時候，一道旨意下來召了國子監、公學，以及翰林院的各位齊聚含元殿，我恰逢告假在府未曾去，故而不知此事，直到昨兒個才知。皇上前日裡那般召集，竟是要為幾位皇子選侍講，一番推薦擢選的列了個九人的名單，這上可沒我，但散的時候，皇上問起了郭祭酒關於我的資歷，老郭關照說了我幾句好話，皇上便把我的名兒也列在單子上。我知時，已覺得能入了單，便是不錯了，豈料今早上就得了吏部的文書，擢升了，這不急急的去宮裡三皇子處先見了一輪才回來，因此此時才放了炮仗，知會大家這樁喜事！」

林昌說得眉飛色舞，陳氏聽得笑顏如花，整個人從內到外都透著精神。

夫婿成器，做人媳婦與子女的，都是得了好處的，一時間府裡滿是喜色，大家說笑了一會兒。林昌看著自己的兒女中唯獨沒了林嵐那張臉，一怔之間想起了她的禁足，忽而就眼神裡露出一分傷色來。

林熙本是喜悅，但瞧見父親那眼神，內心忽而一驚，隱約也不大舒服起來，只覺得內心悶著一口氣。

此時，林老太太傳了話來，說此福也是得了郭祭酒的好處，便叫著林昌去下帖子，晚上請人家一家到府上來一起吃頓飯。

林昌當即前去，陳氏自是忙著叫人安排張羅，便立刻擺手叫大家散了。

林熙步履緩慢的從正房出來，便看到長桓站在院口，上前招呼了一聲。「大哥怎麼沒走？」

「等妳啊！」他說著聲音低了些。「前面還瞧著七妹妹挺好的，這會兒怎麼又一副精神不濟的樣子，莫不是病了？」

面對長桓的關心，林熙的內心自是溫情滿布，她衝長桓搖搖頭。「我好著的，沒病，只是……只是瞧著父親喜中見傷色，心裡不自覺地就不舒服了。」

長桓聞言一頓，嘆了一口氣。「爹爹素來疼愛六妹妹，瞧不見她，自是有些傷色，還不是恨鐵不成鋼，妳又不是不知道這些，何苦為這個尋自個兒的不痛快？」

「我不是嫉妒六姊姊，今兒個明明是喜事來著，爹那樣眼中帶傷的，可不是好……」林熙說了一半，自覺這話不對，立刻伸手捂嘴，隨即張口接連「呸」了三下，眼神不安的看向長桓。

長桓倒是一副無所謂的樣子，衝她輕道：「妳小小年紀，倒想得深遠，真是沒白跟了葉嬤嬤，不過就是想得太多，哪有那麼多兆頭的！」

說罷他搖著頭大步而去，林熙一時倒不知是不是自己太過講究了。

她回了碩人居，葉嬤嬤正在廊下修剪著花草，見她回來，便是笑言：「人逢喜事精神爽，妳怎麼耷拉著腦袋？」

林熙銜身邊丫頭擺擺手，大家自退了去，她便到了葉嬤嬤的跟前。「嬤嬤可知當今三皇子的情形？」

葉嬤嬤一頓，手中剪子舞動起來，冷冷地說：「莊貴妃所出，只比皇后娘娘生的四皇子早一天。妳問這個做什麼？」

「父親擢升，日後要專給三皇子侍講了。嬤嬤教我讀了列傳，又常與我提及圈子利益，今日裡忽見父親於喜事裡思及六姊而傷，我這心裡面就不安起來，怕、怕有些……」

「難為妳竟知道為妳父親思量，有這心是好事，不過妳還是多思量妳自己吧，妳父親雖然也有些劣處，但到底也是得妳祖父教養下來的，好壞、厲害他也不是不知數的，妳就少替他思量吧！」

四月中旬春闈開場，到了下旬放榜日，京城裡不時的能聽見報喜的鑼聲響。

林府的幾個哥兒都是未走到這一步的，原也挨不著，但因為林馨許給了杜閣老家的小五爺，以至於一大早的聽著鑼響，林昌就在府裡轉悠上了。

挨著臨近正午的時候，杜家來了人傳話送帖子，說小五爺不負眾望，中了，是二甲第四名，杜家立時邀請林家晚上到府上去吃喜宴。

由於林家的兩個庶女，一個及笄鎖閨不能出去，一個禁足罰在院中，是以能去的便是林悠同林熙這兩個嫡女，陳氏同林昌一商量，便只帶了長桓這個嫡子，不帶別的庶子過去，也是免得人家瞧問起來。

下午申時，他們一行到了杜府。

杜家到底是閣老之家，宅門大氣，今日裡又宴請的不只林家，是以他們到府後，分成了兩撥，林昌帶著長桓去了頭門上賀儀，陳氏則帶著女兒們入了二門，被引去了大廳裡與杜家老太太行禮。

杜家老太太當日去給林馨及笄，自是瞧見過林悠，未見過林熙的，眼見那個小小的人兒禮儀周全，便心中明瞭她是那個七姑娘，當下開了口。「這就是葉嬤嬤教養下的七姑娘吧，真格的有福之人啊！」

林熙低頭乖乖站在那裡並不答言，由著母親去接話。「老夫人啊，她是我那最小的七丫頭，今兒個得您這吉言，日後她要能真有了福，我定叫她一準來給您磕頭！」

陳氏這話說得漂亮，把那杜老夫人捧成菩薩，登時老太太臉上滿是喜色，衝林熙招手。「林家七姑娘，來！」

林熙乖乖上前，杜老夫人抓了她的手後，直接抹下手上的一個鐲子，套上了林熙那纖細的腕子上。「好姑娘，妳可得好生跟著葉嬤嬤學，他日，我可等著妳來給我磕頭哪！」

林熙聞言心裡突突——這可叫她怎麼接，答應著嗎？若是母親先前說的謝吉言，還好，可那磕頭的另一個意思便是進了這個門，誰知道這老太太說的是哪茬兒？

眼瞅著女兒不言，陳氏一見準備接茬兒，林熙此時卻開了口。「謝謝老夫人賞賜，我一準用心學。」

避而不答，總好過稀裡糊塗的應著，杜老太太見她這麼說，笑著點頭，正要說什麼，此時門口有丫頭傳聲。「貞二太太來了！」

杜老太太當即衝陳氏一笑。「是楓哥兒的娘！」

聽見杜老太太的兒媳婦，林馨未來的婆母來了，林熙立時自退去了邊上。

此時簾子一挑，一位略有豐腴，穿著藍緞華服的婦人帶著兩個丫頭急急地走了進來。

「一聽說林府上的太太來了，我急忙的趕了過來，別人可以晾一下，我這親家可怠慢不得呢！」

這婦人言語親熱，十分的近人，進來後先衝陳氏笑，再轉頭給杜老太太行禮，很是會吹捧人。陳氏面上熱乎，自是滿面春風。「親家客氣了，日後早晚一家的，您就是晾著我們，我們也是自甘的。」

那婦人笑著轉頭看向杜老太太。「婆母，其他夫人們花廳裡等著呢，我這就帶親家過去坐著吧，二門上傳話說致遠伯夫人已來了，少時也就會到這裡的。」

杜老太太聞言自是不會再和陳氏多言，畢竟今天她還得見不少的客，便叫著老二媳婦多多照顧的說了兩句，由著貞二太太帶了她們出來。

她們一走，杜老太太轉頭看向了身邊的婆子，口裡喃喃。「瓷娃娃一個啊，到底還是沒弄過來！罷了，瞧著小小的玉一樣的人兒，也別遭擠她了，就當咱們積德吧！」

一離開了大廳，貞二奶奶胳膊就攙上了陳氏的胳膊，那份親近，讓林悠同林熙在後瞧著是大吃一驚，彼此對視一眼後，都納悶起來。

兩個小的都吃驚，就別說陳氏了，貞二奶奶親近為什麼，她不是不清楚，越是這般親近，就說明問題越大。她心裡唸了一聲罪過，倒轉手來攙了貞二奶奶。「都是親家的，要親近，咱們日子長著呢，您這會兒跟我親近了，一會兒入了廳，別人還能不嫉恨我啊，都是您的客，就別光想著我這個自己人了！」

貞二奶奶見陳氏這般上道客氣，眼裡透了喜色，攥了陳氏的手。「親家真是和我投緣，見著就親！」說著轉頭掃到後面這兩個姑娘，立時站住了腳步，抬手就從袖袋裡摸了兩串拴了喜繩的金錁子出來，往兩個姑娘手裡塞，隨口問著排行第幾。

林悠同林熙答謝了，報了排行，那貞二太太聽到七姑娘時，多看了林熙一眼，便轉了身又拉著陳氏前行，轉頭就入了主客廳。

此時主客廳裡已經到了一些人家，貞二太太進來就做了介紹。「這是林侍講的夫人，我未來的親家，這是她的兩個閨女，四姑娘和七姑娘。」說著一招手。「惠蘭，快引了姑娘們去梢間裡玩去，我們這些人聊會兒！」

隨著她的話音，身後的丫頭分了一個出來，引了她們兩個，因著葉嬤嬤的教養，兩人非常知道規矩的對著屋內四方的夫人們福了身，這才跟著丫頭入內，一時間屋內的幾個夫人相互之間飛了眼神，便齊齊衝陳氏讚起她教養有方了。

姊妹兩個隨著丫頭惠蘭到了梢間，就瞧見已有四、五個姑娘在內，當中一個粉紅羅裙的，笑著迎來，惠蘭道了身分，那丫頭便笑言將她們迎進去，兩人才知那是小五爺楓哥兒的親妹妹，明華。

大家互相道了身分，彼此便知了家世，這幾位姑娘皆是伯爺、將軍以及刺史的女兒，論起哪個，都是家世比她們高的，林熙尚能自持，林悠難免就不自在起來，畢竟開口得欠著，說話得小心著，哪有她往日的自在與威風？雖然她看起來很是得體，沒表現出什麼不對來，但林熙還是察覺到了林悠那種全身繃著的感覺。

幾個姑娘在一起言語了沒幾句，大家就把林熙給圍了起來，張口閉口的竟是葉嬤嬤這、葉嬤嬤那，顯然大家對她的印象，都是全仗著葉嬤嬤的名頭了。

聲名所累大約如此，林熙也算早有準備，不緊不慢的答著話，奉行著不親不疏的原則。

「喲，這不是林家的七姑娘嘛！」此時惠蘭又引了人家過來，一來就先招呼起林熙來。

林熙一瞧來的是致遠伯孫家二姑娘，便笑著衝她點頭。「見過孫家姊姊。」說著衝明華不好意思的笑。「敢問淨室在何處？」

明華立時叫了惠蘭引她去，林熙當下便告罪著躲了出去，來的人比她有名頭，她巴不得乘機涼著自己一些。

假裝方便走了一圈再回來，屋內人圍著轉的就換成了孫二姑娘，這會兒她正興致勃勃的和她們講著什麼進香求籤的事，林熙便默不作聲的揀了處角落坐著，當一個安靜的聽者。

孫二姑娘口才很好，嘰哩咕嚕的講了一大串，說得口乾舌燥剛喝了口茶，一個丫頭進了來，衝明華姑娘耳語了一句，明華便笑著說道：「妳們難得來我們這裡作客一回，我若只把妳們留在屋裡閒話吃茶，未免無趣，我家花圃前有處小池塘，不如我帶著妳們去垂釣消磨下時間如何？若妳們誰能釣到魚兒上來為今晚添菜，那可更是討了好了。」

姑娘們平日都是在院落裡捂著的，能有垂釣這樣的樂事，自然個個嚮往，大家便結伴而去。

只是姑娘幾個才走到花圃跟前，便聽到一人高聲的吟詩之音，頓時都收了口，不敢出聲，只留那少年之音拉著長調將一首〈春日遊〉緩緩地吟完。

按說姑娘們遇上哥兒們，就該避諱，可興許明華平日裡在府上是橫著走的，不但沒帶著姑娘們回去，反倒對她們說道：「妳們這裡等等我，他們霸了我們的樂處，我這就攆了他們去！」說罷根本不顧姑娘們的錯愕，直接就衝向了前方。

孫二姑娘見狀呵呵一笑，轉頭衝她們幾個說道：「我們這裡等著也沒意思，不如一起過去瞧瞧這杜家的六姑娘是何等威風！」說著邁步，其他幾個姑娘對視一眼後，也只得乾脆跟在後面。

林熙覺得不妥，便未邁步，可林悠卻是很有興致，上前拽了她就走。「走，咱們去瞧瞧。」

林熙急忙拽她袖子。「四姊姊，不好的，嬤嬤說過，得知男女有別，不可……」

「哎呀，我們就邊上瞧瞧而已！」林悠說著拽了林熙就小跑起來。「別和她們遠了，咱們本來就低人家的，妳再獨立獨行的，小心人家惱著妳，孤立了妳！」

林熙一聽這話，想起孫二小姐那刺人的性子，便也乾脆順了林悠，反正她如今還不到九歲，真要見著那些哥兒，與她也無傷，倒也不去多事、找惱了。

她們兩個跟著孫二姑娘一併到了池邊的假山旁，藏在幾棵柳樹與假山後，正好能瞧見斜上方幾位坐在涼亭裡的哥兒，此時明華已經衝上去，對著幾個哥兒福身一下便言：「五哥，今兒個中午我可就和你說好，下午這裡空出來，就給我們姑娘們垂釣的，您怎麼忘了這茬，帶著大家過來了？」

哥兒裡有一個伸手拍了腦門。「哎呀，我把這茬給忘了，得，讓妳們成了吧！」那人說著站了起來。

林熙因為聽到「五哥」這個稱呼，便偷眼瞄去，想看看他是什麼模樣，回去也能給林馨說一說。可她這一瞄，卻看到一個站在亭邊上的身影，那一張俊美的臉，帶著一抹儒雅般的淡笑，不是那慎嚴公子又是誰呢？

第十九章　印章封口

「是他？」此時孫二姑娘忽而抽了一口冷氣，有些激動的抓了身邊的趙家姑娘。「我沒看錯嗎？是謝家的小四爺嗎？」

那姑娘也很激動。「是他呢！」

林熙的腦袋像被什麼鑽了一下一樣，嗡嗡的響。

謝家小四爺？說的是、是他嗎？

她望著那個身影，心無端端的猛跳了起來——若是他的話……

「哎，不讓！不讓！」忽而有人出言反對。「妳們垂釣妳們的，我們在這裡吟詩我們的，妳們占著池邊，我們占著亭子，兩不衝突的，有何不可？」

那人聲音很是洪亮，嗓門大得跟喊似的，聽得這邊的幾個姑娘都是一愣，眼神裡都有些不自在。

此時明華大聲地說道：「莊家的哥兒，你就別逗了！我們杜府和你們景陽侯府可沒得比，自小爹爹就教過我們，男女避諱的道理，哪能像你說得這般輕描淡寫的，若想兩不誤的，那改天您府上請他們一眾吟詩的時候看姑娘們垂釣去好了！」

林熙聞言心裡一突——景陽侯？莊家？

「嘿，楓哥兒，你這妹子可真夠牙尖嘴利的！」那人依舊大嗓門不說，還伸手一扯慎嚴的衣袖。「謹哥兒，來，該你吟詩了！」

慎嚴呵呵一笑，伸手整理了下衣袖。「賢二爺，算了吧，我們讓讓也無妨的。」說著抬手又把那人的肩頭一推。「還是走吧，你這兩日少生點事的好，前幾天才叫人給打了一頓，你爹不是叫你消停點嘛，這會兒你可是客，這裡更是杜府，你莫又使性子，免得再惹事，那你爹回頭只怕要禁你足了！」

說著他推搡著那人就從亭子裡出來，其他幾個哥兒自然跟著，很快他們就從假山的另一面走了過去。

此時林悠輕聲地嘟囔起來。「那個長得挺好看的人倒是個明事理的。」

「聽妳這話，那個賢二爺就不明了？」孫二姑娘說著看向林悠。

「這不明擺著嘛，聽著姑娘們過來垂釣也不讓的，哪裡就明事理了！」林悠一點也沒避諱的實話實說。

孫家二姑娘忽而冷笑了一下。

此時明華已經下了來，見她們在說話就湊上來。「在說什麼呢？」

「這位林家的四姑娘在說謝家的小四爺（注）明事理，說那賢二爺不明事理呢！」孫二姑娘說完自己扭身就往亭子裡去，明華頓時愣住，而林悠不服氣地拽了明華的胳膊。「我說錯了嗎？難道那位還明事理了不成？」

明華臉色立時尷尬，她扯了下林悠的手，壓低了聲音。「噓，快別說了！」

林悠一臉不服之色。「幹麼不叫我說，是那人不講……」

明華伸手捂上了她的嘴，林熙也急忙上前扯了林悠的衣袖。「四姊姊，妳就少說兩句吧，嬤嬤說過，不許背後說人長短！」

林悠聞言噎住了一般，狠狠地瞪向林熙。

明華見狀感激的看了一眼林熙，又掃向走上去的孫二小姐，這才急急的拽了林悠壓低了聲音說道：「妳呀，那孫家和莊家可是姻親，賢二爺是孫二姑娘的表兄，妳說賢二爺的不是，不等於是傷孫家的臉嘛?!」

林悠聞言一愣。「什麼，他們是……姻親？」

明華只得再多言兩句做解釋。「孫家的大姑娘嫁給了老侯爺，生下的一雙兒女，女兒入了宮，是現在的莊貴妃，那個賢二爺便是兒子的次子。」

林悠當即傻住，林熙卻是心裡突突得更厲害了——原來那個嗓門大的就是莊家的小二爺，那個囂張跋扈的，那個被慎嚴給打了的……可是，剛才他們兩個卻似乎很親近……

她立時想起瑜哥兒講的慎嚴戴了面具著了道袍的，便覺得這慎嚴很有些不同，但是她隨即卻沒心思落在這上面了，因為她意識到了一件大麻煩事——林悠一時背後議論，正好當著孫家二小姐的面，若是那孫二小姐舌頭長，漏了話出去，只怕那跋扈囂張的莊家小二爺知道

注：謝家五房的子女排行是合在一起算的，因老太爺還在世，且大家族都住一起。

了，定要去找林悠麻煩的！

心念至此，她哪裡還有心跟著大家垂釣啊，急忙扯了呆滯狀的林悠衣袖。「四姊姊，孫二姑娘在上面，不如我陪著妳去給她道個歉吧！」

能化解自然要化解的，孫二姑娘說話犀利，言辭針鋒相對，顯然是個被捧慣了的，所以林熙相信，只要她們兩個肯去道歉，孫二姑娘拿話兌上兩句，她們只要忍了，孫二姑娘順了面子，應該也不會多事的，自然就出了這個主意。

可是林悠卻不幹，一甩袖子。「我為什麼要去道歉？做錯了事還不許別人說，這算什麼道理，欺負人也沒這麼來的！」她說著衝明華一欠身。「我們就不去陪著樂了，妳們釣著玩吧！」說完就打算扭身走。

林熙見狀只得急忙拉住她。「姊，這裡是杜府！」她提醒著林悠，作為客人的身分和事實。「我們怎麼可以這麼不管不顧，給主人家添麻煩呢？」

一句話驚了林悠，她才想起這會兒自己的身分，立時尷尬。

還好明華並未和她計較，倒是上前拽了林悠的胳膊。「妹妹應該是個直性子，藏不住事也繞不得圈，可到底大家都是一起來湊著熱鬧的，何苦不快呢？走吧，一起上去吧！」說著明華拉著林悠往上走，林熙自是跟在後面。

她看著林悠的背影，不自覺地想到了當初的自己，立時嗤笑自己當初的愚蠢——原來我那時就是這般的只顧自己痛快，卻什麼都不替人著想，怪不得人人厭了呢！

到了亭臺裡坐下，丫頭們進來支桌擺茶的準備起來，林熙眼掃孫家二姑娘，思量著要怎麼去緩和，豈料此時孫二姑娘眉頭一皺，低頭看腳，繼而伸手從腳下撿起一個小墜子來。

「我說什麼東西硌著我腳了，原來是個扇墜啊！」孫二姑娘說著拿手撥拉那扇墜，忽而眼裡一亮笑了起來。

此時一個丫頭跑了進來，衝著明華言語。「姑娘，那邊有位哥兒說，他的扇墜可能落在這裡了，若姑娘瞧見收了，叫我送還給他。」

明華聞言看向孫二姑娘，可她還沒開口，那孫二姑娘起了身，拿著扇墜晃悠著。「我和妳一起去還他！」

丫頭一愣看了明華一眼，明華點點頭，那丫頭立刻引著她過去了。

林悠哼地一下冷笑起來。「怪不得替著表親言語幫襯呢，敢情自己就是輕禮的。」

亭內的人聞言各自對視不語，明華則是蹙眉，林熙則是心叫倒楣，衝著林悠搖頭，示意她可別再說什麼了。

只是林悠掃了一眼林熙後，就扭頭選擇不理她，沒得兩息卻又言語起來。「妳們瞧那邊！」

大家順著她所指瞧望，自是看到了孫二姑娘的身影，此刻她笑顏如花與人說著什麼，但偏偏柳條隨風蕩，竟擋了個嚴嚴實實。

此時孫二姑娘抬了手，一隻手接了墜子，顯然兩人之間應該也完事了，豈料孫二姑娘一轉身，腳下一滑人就往後倒，那人立時伸手接了她，而風停，垂柳停擺，林熙便看清楚了那人，端的華服玉顏，不正是那個慎嚴公子？

是他啊！

林熙的心裡輕喃了一句，看著孫二姑娘被他扶起。

孫二姑娘剛站住，他便撤了手，後退兩步，衝著孫二姑娘一欠身便轉身離去，沒有半點拖泥帶水的慢色，登時林熙的嘴角微微上勾，心中喃語——這人真是有意思，這舉動分明熟知禮儀規矩，做事不苟，不越半分，與他那字倒符合，只是那日裡為何又隨興無拘？明明是他動手打的那個莊家小二爺，怎麼今日裡倒又與小二爺親近似友，這人莫非生就兩副心腸，明一副、暗一副的嗎？

亂亂心語中，孫二姑娘已經走了回來，大家明明瞧見那一幕，都不約而同做了不知，唯獨林悠盯著孫二姑娘似要出言諷刺，嚇得林熙急忙拽了她的胳膊。

此時丫頭也把釣具準備好了，明華便笑嘻嘻的把釣具分給大家，當下孫二姑娘打頭帶著大家去了湖邊垂釣。

林熙年歲是這裡面最小的，明華有意不讓她太近湖邊，免得危險，便乾脆留在亭子裡與她閒話。林悠因著孫家二姑娘，本也不打算去，可看著大家嘻笑起來，又眼熱，明華見狀拉著她催了幾句，她便借著臺階下，也下去玩了。

一時，亭子當中只有她兩人，明華便忽而湊到了林熙身邊。「七姑娘，妳家三姑娘個子高嗎？」

林熙心裡偷笑，面上一副呆樣的點頭。

「那她長得好看嗎？」

明華開始詢問關於三姑娘的一切，打聽著未來嫂子的情況，林熙乾脆一面答一面問起五爺楓哥兒的種種，做著「禮尚往來」。正在兩人探問得差不多時，忽然湖邊的聲音大了一些，兩人一起扭頭看去，就聽見一聲驚呼，隨即孫家二姑娘竟落入了湖內。

「天哪，救人！」明華驚嚇得立刻跑下去，走了兩步還不忘回頭衝林熙喊：「七姑娘，妳在這兒別動，等著我們！」

林熙看著她急匆匆的跑下去，知道她是為自己的安全著想，看來明華這人膽大心細，便兀自立在亭子裡向下張望。

正看著別人忙碌的撈救孫二姑娘呢，冷不防一隻手捂上了她的嘴，繼而一個聲音在她耳邊輕輕的言語。「別喊叫，是我。」

隨即手放開來，林熙緊張地回頭，便看到了一雙美麗如星的眸子，下意識地退開一步，看清了來人。「是、是你？」

「是我。」慎嚴公子一臉淺笑，壓低了聲音。「妳知道我為什麼來找妳嗎？」

林熙一愣，脫口而出。「我不會說的。」

慎嚴的眉一挑。「那我就放心了。」說著貓著腰轉身就要開溜，忽而又站住摸出了一方印章丟給了林熙。「都說吃人嘴軟拿人手短，還是給個物件出去封住妳的口好些。」說完衝林熙一笑，立刻貓腰急跑，靈得跟隻貓兒一樣，轉瞬人就沒了。

怦、怦……人走了，林熙忽而聽見了自己的心跳，她張張口，後怕了起來。

剛才他與自己那般親近，還捂了自己的嘴，這要是……

忽而底下熙攘嘈雜的聲音大了些，林熙趕緊把手裡的印章塞進了袖袋裡，將才轉身往前迎，就看到孫二姑娘被個丫頭揹在背上上了來。

「她沒事吧？」林熙本能的出言詢問。

明華在旁剛要作答，那孫二姑娘自己開了口。「沒事？我這像沒事嗎？」說完狠狠地瞪向了林悠。

林悠也毫不客氣地回瞪她。「妳瞪我幹麼？是妳自己非要搶我的魚，落了水，還怪我不成？」

「就怪妳，誰讓妳……」

「好了！」明華一臉無奈。「這個時候妳們還吵什麼啊！」說著看向林悠。「林家四姑娘，妳這裡幫我招呼著大家吧，我先陪孫二姑娘回我房裡換身衣裳，這身子可涼不得。」說完急催了丫頭，帶著那孫二姑娘往自己的院裡回。

林熙抬眼看她們的背影，便看到孫二姑娘回頭盯著林悠張了口，她雖沒出聲，但口形很大，分明著三個字——等著瞧！

林熙登時覺得有朵陰雲飄了過來。

孫二姑娘和明華一走，其他幾個姑娘略有些尷尬，幾乎是下意識的，她們幾個聚在了一起，眉眼一對的，提著釣具又下去了，顯然是不動聲色的和林悠保持了距離。

林熙嘆了口氣，走到了林悠跟前。「四姊姊，這是怎麼回事？」

林悠昂著腦袋。「我怎麼知道？她非要和我釣的比大小，眼瞅著我的魚比她的大，便硬說我那條是她的，往她兜裡放，我自然要搶回來啊……」

「妳不會推了她吧？」吃過一回虧，林熙完全可以想到林悠渾勁上來的時候那種不管不顧。

但她話一出來，林悠卻瞪了她。「妳少胡說，我才沒推呢，是她自己沒站穩，魚兒又滑得拿不住，結果魚兒落進了湖裡，她自己也下去了，可沒我什麼事！」說著伸手戳了林熙的腦門一下。「熙兒，妳說話可留點神，少往妳親姊姊身上扣髒盆子！」

林熙伸手揉了下腦門，聲音低低的。「四姊姊，妳心裡就沒一個『怕』字嗎？」

林悠一頓。「妳什麼意思？」

林熙抿了唇，沒有言語，只打量氣鼓鼓的林悠，忽而就明瞭她明明平日裡在府上都能裝作一個知事知禮的大家閨秀，把自己隱忍成一個淑女，為何今日裡三番四次的不加掩飾，任性起來——因為她害怕這種輕視，討厭被人比下的感覺。

「四姊姊，妳要真不想被人看輕，妳自己就先別輕了自己啊！」她柔聲地說著。「不一定妳比她厲害，妳就贏了，也不一定是妳敢槓上她，妳就是不可輕視的了。」
林悠眼神閃爍。「妳胡說什麼啊！妳知道啥！」
林熙嘆了一口氣，選擇了沈默。有些話不是她可以說的，何況說了，林悠也未必聽得進去。
人，貴在自知，也貴在自尊自愛。
她心裡念著，坐去了一邊。

半個時辰後，明華差人來請大家回去，準備用晚宴，大家便隨著回去。
因著有了這麼一齣，所謂的添菜之事，便誰也沒提了。
華燈掛頂，夜照燦爛，賀喜楓哥兒的宴席可擺了不少，因為杜閣老的身分，各路達官貴人都前來祝賀，是以男賓們都列桌在外，女賓們都列桌在內，中間隔著一道門。
成人的話題，孩子們並無多少資格參與，因而在這個席位的邊緣處，又置了十幾張屏風做了圍，中間再掛了帳子一分為二，便是用來招呼各家帶來的公子與姑娘。
林熙跟著林悠，在明華的引領下，坐在了角落上，不多時孫二姑娘過來了。
此刻她換了明華的衣裳，不再是先前那種貴氣奢華，反倒因為料子的色彩樸素顯得人文靜雅致了些，只是孫二姑娘一開口，那個感覺立刻就沒了。
「喊，今天我給妳面子，要不然我才不要和她坐一桌呢！」她衝明華說著，直接坐在了偏正的位置上，顯然要不是把正位留給主人明華的話，她一準坐那裡去。

林熙其實對於這個位置是無所謂的，更樂得這樣遠一點，以希冀能少點是非，可林悠卻因為再次感受到了身分的落差，忿忿的瞪眼，繼而衝著明華就要開口，林熙急忙扯了她。

「四姊姊，一會兒妳幫我挾菜好不好？」

林悠眼見林熙攔她，衝口的話便嚥下了，衝著林熙點頭。「知道了，餓不著妳的。」說完扭了頭瞪了那邊一眼，才轉過來盯著桌上的碗筷，繼而自己小聲嘟囔。「好歹也是未來的親戚，憑什麼叫我們陪了末座？」

她那不服氣的模樣，讓林熙替母親頭疼。

今日裡來的哪個不是達官貴人呢？基本都是四品以上的官爵，她們的爹才剛剛得了個五品，雖然放在外面，那也是不可輕視的，但到底在大把官爺的京城裡不算個什麼，要不是因為他專教著皇子，只怕這一個五品的銜，外加未來親家的身分，也是入不到今天這場席面裡的。

林熙在心裡為林悠這種狀態嘆了一口氣，暗自思量起來——今日裡的事要是母親知道了，回去少不得要罵林悠一場，倘若換了嬤嬤，怕是得動那戒尺的。唉，若說是為林悠好，她就得去做那個告狀的，可是那樣未免傷了姊妹的情誼，可要是她替林悠瞞著，這樣下去，只怕林悠會越來越錯，這不等於害了林悠嗎？

林熙兀自煩惱，身後的帳子那邊則有了動靜，顯然哥兒們也入了內。

以帳子相隔，其實也就是遮個面而已，倒並不礙著雙方言語，只是慣常來說，食不言寢不語，大家悶頭吃了也就是了，輪不到說什麼的。只可惜隔壁的哥兒們裡坐了莊家的賢二爺，這邊還有個孫家的二小姐，兩個人因著沾親便隔著帳子問了幾句話後，那位無所顧忌的賢二爺竟撥了帳子伸頭過來衝著孫二姑娘言語。「妳太不仗義了，我要知道垂釣的人裡有妳在也就湊著玩去了！」

對於賢二爺的舉止，姑娘們盡數低頭以做避諱，孫二姑娘也很意外他這般無畏，當即便也是衝他擺手，示意他回帳子那邊去，只是這擺手中她眼掃到了林悠斜來的輕嘲之色，登時臉上燒起，覺得自己丟了人，便在賢二爺縮回去後，開了口。「我說賢二表哥，你今日裡可別再想什麼就什麼，這裡不是你那侯府，你但凡越禮，我這做妹子的就要為你挨臊，今兒個已經受了一回，你莫非還要讓我挨上第二回？」

林熙聞言心裡一個咯噔，明華已經開口。「孫二姑娘，這裡有妳喜歡吃的蜜汁醬肉，我給妳挾塊嚐嚐吧！」

她想要把這事掩過，可孫二姑娘卻不買帳，毫不理會地說道：「我說賢二表哥你可聽見了？」

帳子「嘩」地一下又被掀起，那莊家賢哥兒看向孫二姑娘。「什麼叫受了一回？難不成有人說妳？」

「說我？若只是說說，我何至於求你不要越矩，為著你我可丟臉了，還被人給推下了水呢！」

孫二姑娘的話一出，林悠就回了嘴。「妳少胡說，是妳自己搶我的魚兒溜了下去，關我什麼事！」

林熙此時真想直接躲去桌子底下，但這是不可能的，而此時因著林悠自己站出來，賢二爺直接就轉頭盯上了她。「妳怎麼欺負我孫家妹妹了？」

林悠立時辯解。「我沒欺負，明明是她欺負我……」

「姊，別說了！」林熙此時伸手拽了林悠示意她千萬別去回嘴，那賢二爺可是個大嗓門，若是一會兒大聲嚷嚷，那林家今天非丟臉丟到姥姥家不可！

「妳拽我幹麼！」林悠渾勁已經上來。「我為什麼不說啊？明明就是她冤枉我！」說著更是直接指向了孫二姑娘。

孫二姑娘立時挑眉拍桌。「妳敢指我？妳們林家的禮儀原是這個斤兩嗎？」

林熙聽聞這幾人的大嗓門，只覺得黑雲壓頂，大麻煩湧至，死死的抓了林悠低聲言語。「四姊姊，求妳別再說了，妳為咱爹娘想一想！」

就在此時，一人鑽到了這邊帳子裡，伸手捂住就要言語的賢二爺的嘴大聲說道：「大家一見如故，歡喜是好事，可到底咱們是跟著蹭吃喝的，還是小心點，別叫外面的大人們聽見，回頭數落咱們不知分寸。」說著把賢二爺往回拉。「好了，知道你掛著親戚家的妹子，但我們還等著你行酒令呢，來來，這邊！」

林熙感激的望著慎嚴公子，知道他是掐斷了這火引子，沒讓事給爆下去，便衝他點了下頭以作謝，他則狀若掃視一般的瞟了她一眼，轉頭看向了孫二姑娘。「孫家小姐，今日可是楓哥兒的好日子，大家切莫吃醉了酒，胡來啊！」

第二十章 苦肉熬心

謝慎嚴出來橫插一腳，立時，這邊的事就被強壓了下去。大家隔著帳子，各自吃喝，兩邊一時安靜得不聞聲響。

孫二姑娘揪扯著衣角坐在那裡低頭不語，碗筷不動，不知是糾結著謝公子的言語還是尋思著法子，總之是很意外的消停了。

而林悠這個火筒脾氣，孫二姑娘都不發作了，她又能衝誰發去？揉著鼻子剜了孫二姑娘一眼，倒拿著筷子開動起來，儼然一副勝利者的姿態。

林熙內心嘆息，眼掃明華，見她衝著自己苦笑，便也尷尬地回以笑顏。

好不容易挨到飯畢，大人們有些還在吃酒熱鬧，有些則開始陸陸續續告辭。

林熙因怕林悠那直性子再和孫二姑娘掐起來，便一直拽著林悠，走到哪兒都跟著，兩人這樣在花廳旁的偏院子裡轉了一會兒，便聽到了母親陳氏的聲音，才趕緊的走了出去，隨著母親與明華還有貞二太太告辭。

待到出了二門，與林昌和長桓會合後，便出了杜府，上了自己家的馬車，往林府歸。

一路上陳氏繃著一張臉，一字不言，只死死地盯著林悠。

林悠瞧見母親那樣子，無端端的自己打了個哆嗦。「娘，您幹麼，這麼看著我呀！」

陳氏不出聲，林昌扭了腦袋，唯有長桓衝著林悠搖搖腦袋，張口準備言語。

「閉上你的嘴，桓兒！」陳氏的聲音透著冷氣。

長桓立刻低頭。

馬車內，再一路無話，直至回到了林府，陳氏也沒回答林悠的問題。

剛入了二門，陳氏站住了腳。「老爺，今晚我有事要做，可否請老爺宿在巧姨娘處？」

林昌看了陳氏一眼點點頭，轉身往一邊去了，陳氏又轉頭看向長桓。「你跟著來吧！」說完一掃林悠和林熙。「妳們也是。」

陳氏帶著三個孩子回到了正房，當頭第一件事竟是把章嬤嬤喊了來。「今兒個晚上院子裡值夜的姑娘婆子，都免了，我這正院裡的人，都叫去別的幾個院落湊合擠擠，明早再回來，只妳一個伺候在我這裡吧！」

章嬤嬤聞言遲疑，卻沒多嘴詢問，應著聲下去吩咐去了，一刻鐘後人折了回來。「太太，按您的意思，大家都出去了，院子裡如今就我了。」

「妳去把門給上鎖！立在院口不許人靠近！」

章嬤嬤應聲又折了出去，陳氏則一轉身入了屋，不多時再出來時，手裡竟是拿著由三根指頭粗細的藤子編成的藤條。

她往正中大椅子上一坐，手裡的藤條便擱在了桌子上，抬眼盯著面前的三個孩子。「你們三個，今日覺得自己有錯的，就給我跪下。」

話音一出，林熙第一個跪了下去，隨即便是長桓，而林悠直愣愣的看了看哥哥和妹妹後，挑著眉一臉不解的也跪了下去。

陳氏的眉一挑。「妳那樣子不像知錯，何必跪？還是站著吧！」

林悠的嘴巴撇了下，人卻沒動。

陳氏眼掃林熙。「熙兒，妳第一個跪，說說，錯在何處？」

林熙咬了下唇。「《千字文》有云：『孔懷兄弟，同氣連枝』，今日裡四姊姊莽撞，我沒拉著，是我錯。」

林悠聞言登時不悅。「什麼叫我莽撞，難不成要任人欺負？」

「閉上妳的嘴，問妳了嗎？」陳氏的聲音拔高。

林悠當即咬了唇，忿忿地瞪了一眼林熙。

「桓兒，你呢？」

「《幼學瓊林》中也有〈兄弟〉篇，提及『須貽同氣之光，無傷手足之雅』，是兒子今日裡糊塗，聽聞兩位妹妹難堪，竟未曾出言勸解，是我的錯。」

長桓說著腦門挨去了地上。

陳氏深吸一口氣，看著林悠緩緩而言。「熙兒妳是葉嬤嬤手裡教養下來的姑娘，妳四姊她不如妳知道那麼多規矩，她錯，妳就該立時制止，制止不了，妳就得立時來告知了我，我哪怕不作這個客，扯了她回去，也好過事兒鬧了起來！」

她這話明明說給林熙的，眼卻是盯著林悠，這讓林悠覺得這些話完全是說給自己的。

「熙兒知錯了。」林熙伏在地上。

「妳想求全，可世間能有多少全？」陳氏說著又言。「桓兒，你是她們的兄長，自家的妹子在外臨險，你不去出面化解，只會乾看著，待別人去抹了事，這是你一個兄長該做的嗎？倘若今日裡那位謝家的小爺沒出來阻著、抹著，你可有想過，咱們林家今日裡得失多大的臉？」

長桓一言不發完全伏在地上。

陳氏當即站起，手拿了那根藤條。「你們自己都知道自己錯在哪裡，我不重罰，但也不會輕饒。」她說著走向林熙。「站起來，掀起妳的裙角。」

林熙聞言，乖乖起身，她知道母親是要抽她的小腿，這也是要在人前給她留著臉面，免得傷在手上，不能執筆，滿府皆知。

剛把裙角提及到小腿處，陳氏的藤條就重重的抽在了她的腿上。

疼，她咬著牙晃動了身子，卻不吭一聲。

陳氏一言不發，只一下接一下的抽，紅印一道道呈現，看得在旁的林悠身子越來越縮，最後忍不住張口。「娘，您別打七妹妹了，她拉了我的！」

陳氏手裡的藤條頓住，她看了一眼林悠，眼裡閃過一絲淚光，但隨即她從林悠的身後走過，直接到了長桓處。「你也一樣！」

長桓聽話的起身，撩起了長袍，登時陳氏的藤條也落了下去。

「打得好！」和林熙不一樣，他受了墨先生的教導，儒家責打時，學生總要為挨打叫好，這也是一種殘心之責。

他慣性的叫好，讓陳氏的藤條揮得更重，眼看抽了七、八下，林悠大聲的叫了起來。「好了，別打了，要打就打我，不關大哥的事！」

陳氏看她一眼。「怎麼就不關了？」

「大哥那時哪顧得上啊，他又不知道發生了什麼事。」林悠說著一臉硬氣地看向陳氏，自己站了起來，一提裙子。「娘，您打吧！」

陳氏沒有下藤條，反而是執著藤條站在那裡。

「妳有錯嗎？」

林悠撇了嘴，不言。

陳氏不下藤條，而是走回了林熙的身後，朝著林熙又抽。

「娘！」林悠猛然衝過去，擋住了林熙。「我都說了，七妹妹她拉過我，勸過我，還不止一次，您就別打她了，她沒錯。」

「那妳有錯嗎？」

林悠窩火的跺腳。「好好好，是我錯，我錯行了吧？我不該和孫二姑娘爭執，我就該由著她欺負，對了吧？」

陳氏轉了身，直接走向長桓，抬著藤條又往長桓身上抽。

林悠又急急地撲了過去。「娘，您到底想怎樣啊，我都說我錯了！」

「不，妳根本不知道妳錯在何處！」陳氏說著一把將林悠扯開，推搡到地上，揚著藤條就往長桓身上抽。

「打得好！」長桓依舊叫好，但這三個字不斷的響起，落在林悠的心頭就跟重錘一樣的砸著。

「四姊姊，求求妳別再說了，妳為咱爹娘想一想！」

「四姊姊，妳心裡就沒一個怕字嗎？」

林熙的話音忽然出現在腦海，隨即她恍若看到了葉嬷嬷，用一種痛心的眼光看著她。

「四姑娘何必這麼日日守著我？妳若是把心放在對的地方，不必妳求，都有人疼著妳，若妳都破罐子破摔了，再做這些，也還是狗肉上不了席！回去吧，我用不著妳來圈著圍著，用心做好妳自己才是正經。」

她抬眼看向長桓，長桓雙拳緊攥著衣袍，滿頭汗水的叫好，轉頭看向林熙，她顫抖著身子，淚如雨下。

登時，她感覺到一種心痛，忽而她明白過來，林悠立刻正經八百的跪地跪好，朝著地上就是猛磕。

「娘，我錯了，求您，責罰我吧，真的不關大哥和七妹的事，是我錯，是我非要爭個高下，是我不懂尊卑，是我不知規矩，是我不曉護著林家的體面，是我惹是生非，是我給爹娘帶來麻煩，是我錯，求求娘，您就別打大哥了，是我錯！求娘您打我吧！」

陳氏的手微微顫抖，她喘息著，咬了咬唇，才走到林悠的跟前。「妳知道錯了？」

「我知道，我真的知道了。」林悠說著伸出了雙手。「求娘責罰我，女兒以後再不敢任性胡來，再不敢不顧姊妹兄弟，不顧父母親人，再不敢給您惹是生非！」

陳氏攥了攥藤條。「妳聽好，今次的事，我這裡已經揭過，若是後續孫家、莊家不尋麻煩，也算妳便宜，可要是他們兩家尋了事來，挨著什麼那妳都得受，可明白？」

林悠點頭。「女兒明白。」

「妳這就扶了妳的兄長妹妹去耳房裡歇著吧，今日我給你們三個留臉面，統統歇在我這裡，明日問起，只說我念著你們三個與你們說了一夜的話，聽見了？」

林悠聞言詫異的看向陳氏。「娘，您、您不打我？」

「娘已經沒力氣打了。」陳氏說著抓了藤條入屋，完全不管他們三個。

林悠傻呆呆的跪了好一陣才反應過來，當即就抽泣起來。「娘，您還是打我吧，這樣，您、您叫我可怎麼好啊！」

「出去，少來吵我！」陳氏的聲音從房子裡傳了出來，透著一絲哭音。

長桓聞言當即轉頭看向林悠。「四妹妹，別再為難母親了，我們出去。」說著自己咬著牙轉身開始往外走。

他挨得最多，前前後後加在一起，近三十下，每走一步都疼得厲害，但是他絲毫不怨母親的責罰，因為母親最後一句話裡帶著的那絲哭音已經給了他答案。

「哥……」

「別哭了，快抱了七妹妹出去吧！」長桓說著邊扶著門向外走。

林悠立刻答應著上前，把林熙就要往外抱，此時章嬤嬤跑了進來，眼裡臉上全是淚，她一把將林熙抱了過去，一聲不吭的帶著他們三個去了耳房。

金創藥拿了來，章嬤嬤在耳房的炕頭上置了座屏，她在北邊給長桓的腿上上藥，林悠便在南邊的這裡給林熙的腿上上藥。

一時間，屋內是兩人的抽氣哼唧聲，把章嬤嬤瞧得心裡發酸，把林悠給憋得心裡歉疚滿滿，終是忍不住又哭了。「七妹妹、大哥，是我不好，害得你們挨打，是我的錯……」

林熙抬手抓了林悠的手衝她搖頭微笑，那邊長桓已經言語。「挨打受罰沒什麼，只要四妹妹真心悔過，再別這麼不管不顧的由著自己就好。」

林悠使勁點頭。「我知道了，我以後、我以後再不這樣了。」她看著林熙腿上腫起的紅痕，心疼不已。「娘打你們那麼狠，卻不打我，我、我……」

「四妹妹，聽大哥一句話——咱們三個，可是娘生的，得同氣連枝啊！」

「是啊，四姊姊，娘打的是我們，其實和打妳是一樣的，我們痛的是身，妳痛的可是心，娘她只是希望妳自己能明白錯在哪裡，妳一定比我們更痛更難過的，對不對？」

林悠抽抽鼻子。「七妹妹！」她攥著林熙的手。「我知道怕了，我以後再不敢想怎樣就怎樣了，她們再欺負我，我都不還手、不還嘴了。」

林熙聞言一愣，剛要張口，那邊長桓已經言語起來——

「胡說！『怕』是對的，但不是說妳要任別人欺負，他們這些權貴，是比我們身分地位高，我們是不能說什麼，但欺負二字也輪不上的。妳以後要學會動動腦子，別人來刺妳，妳就讓開，別跟個炮仗似的一點就著！再不濟，想想法子，至少我和七妹妹不是就在妳跟前的嘛，我們三個，可是一個娘生的，得齊心協力，妳若以後有了難處說給我，有不知道的，就問七妹妹，她好歹是葉嬤嬤教養下的，總會有法子幫妳。真真到了最難的，咱們還有爹娘、祖母，好歹一家人，還能把妳當外人，看著妳被欺負了？」

林悠聞言抬手抹眼睛。「哥，我知道了。」

「四姊姊，以後嬤嬤教了我什麼，我得空就來教妳，妳千萬心裡別不痛快啊！嬤嬤說過，每個人的路都是自己走出來的，走得好不好的，全看自己的心。四姊姊，妳有我和大哥陪著妳，咱們三個一起走這條路，定然會很好的，對不對？」

「嗯！」林悠的眼淚啪嗒啪嗒的落。

章嬤嬤看了一眼炕上的三個人，伸手抹了臉上的淚。

座屏雖然把他們分割開來，全了禮儀避諱，但彼此的相親，卻透著血濃於水，那是一輩子都無法割裂阻礙的。

掩上門，她奔去了正屋，還沒進到寢室，她就聽到了陳氏的哭聲，立刻捉了帕子沾濕了，擰乾拿了進去。

「我的太太啊，屋裡的三個都好過來了，您怎麼還在哭啊！」她說著湊到陳氏身邊，遞過了帕子。

陳氏已經哭得兩眼紅腫，抓了帕子就往臉上擦。「我就是不明白，我到底上輩子做了什麼孽，攤上這麼不懂事的女兒。」

「可您不還有懂事的桓哥兒和七姑娘嗎？何況，四姑娘也並非無可救藥，您這招攻心的同氣連枝，不也逼得四姑娘開竅了嘛？」

「誰知她是真是假？這幾年她在屋裡也是看著乖的，可一出去，卻成了愣頭兒青，要不是親家為了她家小五爺將來得哄著馨兒過日子，賣我一個好，也不會把這事說給我，妳可知我聽了事後，心裡就跟炸了雷一樣，倘若這丫頭真在那裡和孫家姑娘吵翻天，又或者把那莊家的小二爺給惹得冒火，那叫老爺將來怎麼去侍講？三皇子可是莊貴妃的孩子，存了心的要整老爺，一句話就能把他辛苦的打拚給抹了啊！」

陳氏說著又激動起來，眼淚簌簌地掉。「今日這事，我提都沒敢和老爺提，話都沒敢說實在，只說今日去了杜府，悠兒禮儀上不大規範，有些搡臉，晚上我要親自教悠兒，讓他別過問也別管，這才讓他沒出聲的過去那邊歇著。若他知道這些，難免憂心前途，回頭定拿六姑娘來和悠兒比，我那不是生生的遭人抽大耳刮子嘛！」

「太太啊，快別想這些了，屋裡的下人都在別的院子，我親自鎖的門，沒人聽牆的。至於這事，您把兩個孩子也抽了個結實，四姑娘自己也悟了過來，終究是好的，還是快快放寬了心吧！」

陳氏嘆了口氣，拿帕子捂眼。「桓兒和熙兒怎樣？沒、沒事吧？」

「藤條不是板子，傷不到筋骨，破皮傷肉便是最重的了，七姑娘挨得少，只紅腫了印子，三、五天就能乾淨；桓哥兒挨得多，有幾處破皮了，想來也就是十天左右的事，總之都不礙著的。」

陳氏聞言點點頭。「那就好，其實我都下不去手，原本葉嬤嬤說過，等到四姑娘出了錯，定要咬著牙狠抽熙兒，務必叫她一輩子記著那種心疚。可我到底還是捨不得抽她，才抽的桓兒，想他畢竟是個男的，日後……」陳氏說到這裡嘆了一口氣。

「太太就別在這裡撓心了，這三個都是您的孩子，抽打在誰身上，另外兩個也會痛的。今兒個我在旁瞅著，四姑娘不但悟了，桓哥兒更一再說著同氣連枝，看來日後他們三個必能一心的，七姑娘還說要把嬤嬤教她的東西也教給四姑娘呢，您看，這不也是好事嗎？」

陳氏聞言眼露一絲笑意。「總算這頓打，挨得值得。」

天剛亮，林熙就習慣性的起床了，睜了眼抬手，準備叫丫頭們伺候，才明醒過來這不是自己房裡。

轉頭看到林悠睡得眼角掛淚，她內心倒有一絲慶幸。

昨夜裡挨抽，她絲毫不怨，天下無不是的父母，娘親抽打她，也是她原就有錯，一味的想著幫襯姊妹，卻未曾思量過，過了度便是害了，何況打到最後，她也看出母親的用意，故而在娘抽打長桓時，她忍住了沒去出言求饒，只為這場苦肉熬心的法子，真能幫了林悠。

此時座屏那邊有了抽氣的聲音，林熙眼一眨，輕聲言語。「大哥，你醒了？」

「嗯，看來七妹妹是早醒了？」長桓的聲音傳來，林熙感覺到一絲親情的溫馨，扭扭身子，爬到了屏風邊上伸了腦袋過去，就看到長桓仰頭看著屋頂。

「想什麼呢，哥？」

「在想那個謝慎嚴。」

林熙的心猛然一震，眨眨眼。「哥想他做什麼？他是誰啊？」

「他就是昨天那個幫咱們解圍的人啊，至於為什麼想他，我覺得這人值得我學習。」

林熙垂了眼皮。「哥要學他什麼？」

「熱心、靈活，還有，睿智。」長桓說著轉了頭看向林熙。「昨天我這個做兄長的，竟然沒第一時間出來解圍，是他站了出來，妳看他多熱心啊！而且解圍還不是單純的勸，拿個話頭就接了過去，各處都留了面子，靈活又睿智，最最叫我佩服的還是他最後一句，點了孫家那位二姑娘，直接就讓人家給閉上了嘴，他倒是很有一套啊！」

林熙聽著眨眼幾下。「是不是這個謝公子和那孫家有些瓜葛？」

長桓衝著林熙一豎大拇指。「聰明！」繼而聲音低低地說道：「莊貴妃三年前省親的時候，曾說要給孫二姑娘找一處好人家，言明絕不會比公主差；這公主的婚配，除了權貴便是和親，孫二姑娘又不是公主，和親輪不到她的，那絕不會比公主差，不就是嫁入權貴嘛。她家本就是權貴之層，再入高門，便只能是侯爺，而拋開各侯爺家的情況，顯然，只有謝慎嚴的年齡與她是差不多。再者，莊貴妃所出的三皇子與皇后所出的四皇子，只有一日之隔，莊貴妃得寵，皇后正統，將來立儲之時，少不得要拚家底的，莊家貴妃只怕早盯上明陽侯府了。所以啊，將來慎嚴公子及冠之日，那孫二姑娘也已經及笄，只消莊貴妃讓皇上指婚，兩人還不成了一家子？」

林熙聞言心裡惴惴起來，看著長桓。「你如何知道這些的？」

「大學裡這傳言早出來了，有幾個不知道的啊！」

林熙盯著他。「難不成連立儲拚家底的事，大學裡也說嗎？」

「這個不過是心照不宣罷了，我們學的五術本就是為日後的輔佐，若連這點都盤算不出來，那可白入學了。」說著長桓一看天色。「都這個時候了，還是起吧！」

林熙把腦袋縮回了座屏這邊，看著兀自睡得呼呼的林悠，心裡發悶，伸手隔著布料捏了捏袖袋中的印章，她對自己內心輕語——年歲相差，本就著落不到她這裡的，將來若有幸嫁入謝家門，那也都不錯了。

——未完，待續，請看文創風122《錦繡芳華》2

華麗的宅門／攻心的教養／名門淑女的必殺絕技／

粉筆琴

錦繡芳華

全套五冊

羨慕名媛淑女總能嫁入豪門當貴婦嗎？
名門閨秀教養守則，教妳一步步養成淑女，絕代芳華!!

文創風 121 **1**

她含冤而死，卻重生於小妹之身。
從此她不再是那個任性驕傲的林家嫡長女林可，
成了林府最小的嫡女林熙。
林家為她請來了堪稱傳奇的葉嬤嬤作為她的教養嬤嬤。
她暗自立誓——既然上天讓她再活一次，
她要活得光耀門楣，她要一步步踏出她的錦繡芳華……

文創風 122 **2**

嫁入侯門世家裡，哪個夫君是不納妾的？
看著母親與父親的妾室鬥著，她不只怕，光想心裡就不舒服。
可嬤嬤卻教她另一種心法——
只予情不予心，無傷無擾，才能淡泊平心，
才能在將來不為了妻妾之爭而累，不為了夫君移情而傷。
她該怎麼拿捏對夫君要情深義重，
但卻又要做到無心無傷、更讓夫君時刻都念她在心上呢？

文創風 123 **3**

沒想到在林府裡的嫡庶之爭，對她而言倒只是些小把戲了，
真正難的是，為了沖喜，她提早嫁入明陽侯府謝家，
之後，她除了得守著自己的心，
才成親就得操持為夫君找通房丫頭的事……
而她只是個月事都還沒來的小小媳婦，
該怎麼拿捏好分寸、瞻前顧後的誰都不得罪呢？

文創風 124 **4**

讓男人自己不要妾侍？這，可能嗎？
這道理她都還沒參透呢！
於是她小心翼翼地伺候公婆與夫君，小心翼翼地守著她的心，
然而夫君竟對她說：「我待妳以真，妳也得待我以真。」
他是在責怪自己對他無心，她究竟該怎麼做才好……
她真能將她藏在心裡的秘密都說與他聽嗎？

文創風 125 **5** 完

夫君竟不打算弄些姨娘、通房什麼的養著，
只願守著她一個，只生養她生的嫡子、嫡女。
她何其有幸，能得夫君如此真心相待！
面對謝家捲入皇位之爭及後宮的爭鬥，
她該如何成為夫君最得力的助手，成為當家主母，
為他撐起家務，同時開枝散葉，
她得更有擔當才行，並牢記夫妻永遠同心……

女人最不容錯過的一部作品，讓妳成為人生必勝組！

溫馨樸實、生動活潑／農家妞妞

穿越時空／經商致富／婚姻經營之動人小品！

旺家俏娘子

全套五冊

聰慧靈巧，是脫穎而出的基本條件；
找對方向，致富強國並非遙不可及。
她要讓這些人瞧瞧，一個農村小婦也能有大作為！

文創風 116 1

原本躺在手術檯上，默默忍受失去孩子的椎心之痛，
誰知一醒來卻穿越時空，靈魂附在一個剛懷有身孕的農婦身上！
這個與自己同名同姓的女子，丈夫為了救人被洪水沖走，
頓時從新嫁娘變成寡婦，空有副漂亮皮囊，日子卻過得苦哈哈。
看著滿臉悲苦的婆婆與小姑，還有窮得什麼都不剩的家，
喬春下了決心，定要發揮所長，讓這家人徹底翻身！

文創風 117 2

先是合夥對象的弟弟上門鬧事，害她早產；
接著還有他那仗勢欺人的母親，不甘被黃口小兒作弄，
竟將歹毒的惡心思動到孩子身上……
面對這群不知罷休的陰險賊人，喬春在心底默默發誓，
就算得化成厲鬼，也要他們付出代價！
只是她完全沒料到，那應該已經成為天邊一顆星的丈夫，
不但好好活著，還大大方方上門認親，親暱地叫著她的小名！

文創風 118 3

俗話說樹大招風，這句話真是一點也沒錯！
不過就是她的茶藝了得，連頭腦都比一般人清晰、敏捷，
再加上長得漂亮一些罷了，怎麼不但大齊國皇上對她念念不忘，
貴妃嫉妒得兩眼發紅，甚至連敵國王爺都別有心思，
害得她不僅差點在村子裡混不下去，身邊的人也無辜遭殃……

文創風 119 4

原以為從此能平靜度日，卻萬萬沒想到，女兒豆豆生了場大病，
還被人藉機擄走，連個影兒都找不到！
這下不得了，不僅全家上下人仰馬翻，婆婆也對她不諒解，
不但白眼相待，甚至來個相應不理，當她是隱形人，
讓喬春有苦說不出，瞬間從商場女強人降格為悲情小媳婦……

文創風 120 5 完

色迷迷的皇帝終於伸出魔爪，更有詭異至極的國師給他撐腰，
讓他們如同砧板上的魚兒，只能任人宰割！
不，她想要一家人快快樂樂、四處雲遊啊，怎能讓惡人得逞呢？
說什麼都得化解所有困難，保全這個小小的心願，
才不枉她穿越時空走這一遭！

文創風 121

錦繡芳華 1

國家圖書館出版品預行編目資料

錦繡芳華 / 粉筆琴著. --
初版. -- 臺北市 ： 狗屋, 2013.10
冊 ； 公分. --（文創風）
ISBN 978-986-328-148-1（第1冊：平裝）. --

857.7　　102018256

著作者　粉筆琴
編輯　王佳薇
校對　黃薇霓　黃亭蓁
發行所　狗屋出版社有限公司
地址　台北市104中山區龍江路71巷15號1樓
電話　02-2776-5889～0
發行字號　局版台業字845號
法律顧問　蕭雄淋律師
總經銷　知遠文化事業有限公司
電話　02-2664-8800
初版　102年10月
國際書碼　ISBN-13　978-986-328-148-1
原著書名　《锦绣芳华》，由起點女生網〈www.qdmm.com〉授權出版

定價240元
狗屋劃撥帳號：19001626
網址：love.doghouse.com.tw　E-mail：love@doghouse.com.tw